4

류센 히로츠구 지음

후지 초코 일러스트

정재식 옮김

서로 오랜만이라며 인사를 나눈 뒤, 에카르라트 카리용의 면면들은
느지막한 점심을 먹기 시작했다. 식사 중, 잡담을 나누다 보니 퓨어래빗이 화제에 올랐다.
그 털이 행운의 부적이라는 사실을 알았던 제프는 부디 한 가닥이라도 좋으니
털을 달라고 미라에게 부탁했다. 그러자 미라는 손으로 빗어봐서 빠지면
주겠다고 하고는 살며시 퓨어 래빗의 털을, 그 가느다란 손가락으로 빗었다.

운이 좋았던 것인지 마침 털갈이 시기였던 것인지, 모든 멤버에게 푸른 행운의 털이
돌아갔다. 그리고 그 중에는 타쿠토의 것도 포함되어 있었다.

"돌아가면 제가 책임지고 건네줄게요."

플리카는 퓨어래빗의 털을 건네받으며 은근슬쩍 미라의 손을 잡는 데 성공했다.
숱한 노력 끝에 플리카가 습득한 기술이 서서히 빛을 발하기 시작했다.

미라는 캐트 시의 목덜미를 붙잡아
머리에 태우고는 기어오르는
자세로 호수에서 나왔다
하늘에서는 태양이 가라앉기
시작하여 숲에 어둠이 서서히
퍼지고 있었다
호숫가에 알몸으로 선 미라는
젖은 머리카락을 거칠게
쥐어짜서 물기를 뺐다
그 모습은 어쩐지
흐드러지게 핀
꽃들 사이에서도
유달리 환상적이고도
고혹적으로 보였다

$$\langle 1 \rangle$$

　알카이트 왕국의 서쪽 상공. 작은 산맥을 유유히 넘어가는 페가수스. 그 등에 걸터앉은 것은 은발의 소녀 미라였다.

　"언제 봐도 넓군그래."

　눈 아래에는 심록의 숲이 한없이 펼쳐져 있었다. 미라는 그 웅대함에 매우 감탄하며 머나먼 지평선을 바라보고 있었다.

　그때였다. 갑자기 발치에서 가벼운 진동이 느껴지더니 딱딱한 무언가가 박살나는 듯한 둔탁한 소리가 들려왔다. 그것은 꼭 갈렛이 모는 마차가 좀비며 카벙클을 쳤을 때의 소리처럼 들렸다.

　"아니, 설마……."

　하지만 이곳은 하늘 위였다. 치일만한 상대는 새 정도밖에 존재하지 않았다. 그리고 새라면 성수(聖獸)인 페가수스 앞에는 얼씬도 하지 않을 것이다. 실제로 미라는 여기까지 오는 동안 모세의 기적이라도 일어난 듯 새들의 무리가 잽싸게 갈라서는 모습을 수차례 목격했다.

　그렇다면 대체 무엇일까. 페가수스에게 멈추라고 지시를 내리고 나서 조심스럽게 아래를 내려다본 미라는 새하얀 새가 숲속으로 떨어지는 모습을 발견했다.

　'저건, 블리자드 이글인가?'

　눈을 크게 뜨고 자세히 보니 눈처럼 새하얀 날개와 피처럼 붉은 부리를 지닌 것이 보였다. 그리고 미라는 그런 새의 모습을 본

적이 있었다.

마물로 분류되는 블리자드 이글이었다. 떨어지고 있는 새의 날개는 본래의 색을 찾아볼 수 없을 정도로 검붉은 피에 젖어 있었다.

혹시나 싶어서 문득 시선을 들어보니 예상했던 대로 페가수스의 발굽에 마물의 피가 흠뻑 묻어 있었다. 아무래도 덤벼든 것을 페가수스가 반격한 모양이었다.

한시름 놓은 미라는 하얀 안개가 걸린 숲속으로 사라지는 블리자드 이글을 배웅했다.

그 직후, 턱 끝에 손을 가져다 댄 채 어라, 하고 고개를 갸웃했다.

'흐음~. 대륙 남쪽에 블리자드 이글이라, 기괴하군그래. 이것도 현실이 된 것에 따른 변화인가?'

미라는 의아하다는 눈으로 숲을 노려보았다. 원래 블리자드 이글은 대륙 최북단, 눈 덮인 숲이며 산에서만 출현하는 마물이었다. 그 하얀 날개는 애초에 눈 속 세상에 숨기 위한 보호색이었던 것이다.

하지만 현재, 미라가 있는 지점은 대륙 남부. 지금까지의 상식에 비추어보자면 있을 수 없는 일이었다.

하지만 그것은 이 세계가 게임이었던 시절의 상식이었다. 게임이 현실이 되고서 30년이라는 세월이 흐른 이 세계에 온 지 얼마 되지 않은 미라는 아직 모르는 일이 많았고, 그렇기에 변화를 즐기는 경향이 있었다.

마물의 출현 지역 변화. 그런 일도 있을 수 있다 생각한 미라는 딱히 마음에 두지 않고 하늘 여행을 재개하기로 했다.

이번 여행의 목적은 알카이트 왕국의 서쪽에 위치한 '신자의 숲'에서 아홉 현자의 일원인 소울하울의 발자취를 찾는 일이었다. 또한 그 근처에 있는 '천마미궁 프라이멀 포레스트'에서 솔로몬이 부탁한 '시조의 종자'를 모으는 일이기도 했다.

그 도중에 장시간 페가수스의 등에 걸터앉아 있던 미라는 말과 같은 짐승을 타는 데 익숙지가 않았던 탓에 가랑이가 아파 와서 휴식을 취할 수밖에 없었다.

'흐음~. 이 페이스대로 가면 목적지에는 밤에야 도착하겠구먼.'

미라는 상공에서 발견한 마을에 있는 작은 식당에서 한숨을 돌리고 있었다. 점심시간은 지난 지 오래라 드문드문 앉은 손님이 전부였다. 미라는 그런 손님들 중 한 명으로서 쉬고 있었지만 주변에서 보는 눈은 달랐다. 미라의 지나치게 수려한 외모가 이곳에서는 너무나도 눈에 띄었기 때문이다. 주요 도시에서 떨어진 장소에 위치한 이 마을은 이렇다 할 특색이 없어서 여행자들은 그냥 지나쳐가기 일수였다. 따라서 미라처럼 혼자 있는 미소녀와 만날 기회 자체가 드물어, 대부분의 자들이 말이라도 붙여보고 싶어 하고 있었다. 하지만 미라의 왼쪽 손목에는 상급 모험가의 증거라 알려진 팔찌가 끼워져 있어 말을 붙일 만한 용기가 있는 남자는 없는지 다들 멀찌감치 떨어져 감상이나 하고 있었다.

근처에 유명한 던전이며 사냥터, 그리고 모험가 종합 조합도 없는 이 마을에 상급 모험가가 오는 것 역시 매우 드문 일이었기 때문이다.

그런 주변의 시선은 까맣게 모른 채 미라는 지금까지 온 거리와 남은 여정을 맵으로 대조하여 간단히 이동 시간을 산출하고 있었다.

아무래도 목적지에 도착하면 오후 열 시가 지나 있을 듯했다. 그러한 계산 결과를 도출해낸 미라는 얼마간 생각을 해보았다. 숲에 밤이 찾아오면 시야는 거의 어둠으로 물들 것이다. 그렇게 되면 흔적을 놓칠 우려가 있었다. 무엇보다도 미라는 그렇게 늦은 시간까지 일할 생각이 눈곱만큼도 없었다.

미라는 때때로 믹스베리 오레를 홀짝이며 맵으로 숲 근처 적당한 위치에 있는 숙박 시설을 찾기 시작했다.

'흠, 적절한 위치에 있군. 이곳까지 가면 충분하겠지.'

현재 지점에서 페가수스를 타고 약 두 시간 정도 걸릴 듯한, '신자의 숲' 가까운 장소에 숙박을 할 수 있을 듯한 마을이 있는 모양이었다.

신자의 숲은 매우 광대했다. 심지어 최종적인 목적지인 신목은 숲에서 한참 안으로 더 들어가야 하는 장소에 있었다. 직행하면 보나마나 날짜가 바뀔 것이다. 그러니 그 앞에 있는 마을은 미라에게 매우 고마운 존재라 할 수 있었다.

이래저래 30분 정도의 휴식시간을 가진 미라는 겸사겸사 화장실도 들렀다가 마을을 뒤로했다.

그 후, 얼마간 하늘을 날았다. 미라는 활활 불타오르는 듯한 붉은색으로 물든 삼림이며 초원, 그리고 숲의 일부를 뒤덮은 안개를 시야에 둔 채 지평선 너머로 해가 저무는 모습을 바라보고 있었다.

하늘과 대지가 시시각각 표정을 바꾸었다. 그리고 밤이 찾아오자 하늘은 서서히 별의 바다가 되어 잔물결이라도 일어난 듯 반짝이기 시작했다.

미라는 그 광경에 탄성을 흘리며 바람에 일렁이는, 칠흑 같은 숲을 멀리서 바라보았다. 그러던 중, 인공적인 불빛이 무수히 밝혀진 것이 시야에 들어왔다. 작은 마을에 걸린 화톳불 같았다.

미라는 그 빛을 이정표 삼아 나아가, 머지않아 마을 근처에 자리한 풀숲에 내려섰다.

"수고 많았다. 다음에도 부탁하마."

미라가 그렇게 노고를 치하하자 페가수스는 하얀 날개를 활짝 펼쳐 당연한 일을 했다는 듯이 울었다. 송환의 빛에 휩싸인 채 귀환하는 페가수스를 배웅한 미라는, 들뜬 마음을 안고 가벼운 발걸음으로 처음 찾은 마을을 향해 걸어갔다.

그곳은 마을이라 하기에는 크고, 도시라 하기에는 작은 곳이었다. 맵으로 이름을 확인해보니 헌터즈 빌리지라는 곳인 모양이었다.

미라는 지나치게 간소한 문을 지나 단단하게 다져진 흙길을 걸었다. 양옆에는 이름 모를 꽃과 풀이 무질서하게 자라 있어, 얼핏 보면 시골 같았지만 왕래하는 사람은 의외로 많았다. 민가며 점포 같은 건물은 대부분이 나무로 되어 있는 가운데, 돌과 나무로 지어진 건조물 한 채가 눈에 띄는 곳에 떡하니 자리하고 있었다. 걸린 간판으로 미루어 모험가 종합 조합인 모양이었다.

주변을 둘러보니 확실히 모험가로 보이는 자들의 모습이 꽤나 눈에 띄었다.

제법 활기가 도는 마을을 적당히 돌아다니던 미라는 우연히 맞닥뜨린 여관의 문을 두드렸다. 도어 벨이 경쾌한 소리로 울림과 동시에 "어서 오십시오!" 하는 남자의 쾌활한 목소리가 미라를 맞이했다.

그곳은 식당도 겸하고 있는, 어디서든 볼 수 있는 여관인 듯 했는데 식당이 붐비는 것으로 보아 장사는 잘되는 모양이었다. 몸에 걸치고 있는 옷으로 보아 손님들 대부분이 모험가인 듯했다.

미라가 가게에 들어섬과 동시에 그중 몇 사람이 식사하던 손을 멈추고 반사적으로 문 쪽으로 고개를 돌렸다.

흥미를 가득 머금은 시선이 쏟아지는 가운데, 미라는 종종걸음으로 카운터까지 걸어갔다. 이 가게의 점주는 처음에 들려왔던 커다란 인사 소리와는 대조적으로 호리호리하고 가정적인 남편 같은 인상을 풍겼다.

"이거 귀여운 손님이 오셨군요. 몇 분이서 오셨나요? 식사만? 아니면 묵어가실 건가요?"

점주는 부드러운 미소를 지은 채 미라에게 그렇게 말을 붙였다. 하지만 가게는 보이는 바대로 매우 붐벼서, 그의 손은 매우 분주하게 조리 기구를 놀리고 있었다.

"묵어가지. 식사도 하고. 혼자서 왔다."

"흐응~ 혼자서? 아가씨는 혼자서 이렇게 외진 곳까지 올 수 있는 사람이구나. 그렇다면⋯⋯ 술사이려나. 정말 술사는 재미있다니까."

옆자리에 앉아 있던 청년이 미라가 점주에게 한 말을 듣더니 흥미가 가득한 눈으로 말을 걸어왔다. 그 말투에는 어쩐지 선망 같은 것이 섞여 있었다.

말을 걸어온 청년 옆에는 그의 것으로 보이는 번듯한 대검이 놓여 있었다. 검은 가죽 코트 위에서도 알아볼 수 있을 정도로 체구가 탄탄한 것으로 보아, 대검을 다루기에 걸맞은 완력도 갖춘 듯했다. 어두운 밤색 머리카락을 적당히 잘라, 어쩐지 투박한 인상을 풍겼다.

"아, 갑자기 말 걸어서 미안. 나는 알페이르라고 해. 보다시피 검사인데, 술사를 동경하고 있어서 말이지."

그렇게 자신을 소개한 알페이르는 그럭저럭 말끔한 얼굴에 기분 좋은 미소를 지은 채, 진심으로 부럽다는 눈빛으로 미라를 바라보았다.

"그래, 무슨 술사인지 물어봐도 될까?"

알페이르는 여전히 미소를 띤 채 미라에게 그렇게 물었다. 태도는 상당히 뻔뻔했지만 구김살 없는 표정에서는 이상하게도 친밀감이 느껴졌다. 그런 그에게 호감이 생긴 미라는 관대하게 고개를 끄덕이더니 다소 자랑을 하듯 가슴을 펴며 입을 열었다.

"소환술사다!"

그 대답에 주변 모험가들의 말소리가 멈췄다. 그리고 동정과 애틋함이 뒤섞인 시선으로 미라를 쳐다보았다. 그러한 주변 사람들의 반응에 미라는 수그러들듯 허리를 굽히고는 소환술 부흥으로의 길은 멀고도 험하구나, 라는 생각을 하며 한숨을 내쉬었다.

그런 가운데, 다른 반응을 보인 자가 한 명 있었다.

"여기까지 혼자서 올 수 있을 정도라니, 소환술이란 굉장한 거구나!"

알페이르는 더더욱 동경심이 짙어진 눈으로 미라를 칭찬했다. 그의 말대로, 신자의 숲에 인접한 이 헌터즈 빌리지는 신참 모험가가 혼자서 올 수 있는 장소가 결코 아니었기 때문이다.

가게에 있던 모험가들도 알페이르의 한마디로 그 사실을 알아채고는 하나같이 탄성을 흘렸다.

"알페이르 군, 그보다 우선 아가씨에게 주문을 받아도 될까. 배가 고플 테니 말이야."

"어이쿠, 그랬지. 미안하게 됐어."

주변이 떠들썩해지기 시작할 즈음, 이대로 두면 대화가 끝나지 않으리라는 것을 깨달은 점주가 타이밍을 살피다 미라에게 요리 메뉴판을 내밀었다. 미라는 "고맙군" 하고 그것을 받아들어 향초 닭구이 세트와 허니오레를 주문했다.

알페이르는 정말로 술사를 좋아하는 모양이었다. 일상에서도 도움이 되는 무형술의 편리함에 관해 뜨겁게 논하더니 조금이라도 술사의 기분을 맛보고 싶은 마음에 술법의 대용품으로 가지고 다니던 수많은 술구를 늘어놓더니 신이 나서 설명하기 시작했다.

각종 술법이 깃든 술구는 주로 기동술구라 불렸다. 시판품인 데다 사용 횟수 제한도 있었지만 마나가 없는 자라도 이용할 수 있기에 모험가들 사이에서는 귀중품처럼 여겨지고 있다는 모양이었다.

상급은 무리라도 하급까지의 술법은 대부분 기동술구로 개발되었다고 한다. 하지만 소환술과 음양술의 식신, 그리고 사령술은 하급이라 해도 기동술구가 없었고, 알페이르는 그 사실을 몹시 안타까워했다.

미라가 주문한 요리가 나온 뒤, 알페이르의 관심은 사용자도 적고 기동술구도 없는 소환술로 향했다.

그리고 그는 말했다. 확실한 실력자가 소환술을 쓰는 모습을 꼭 보고 싶다고.

"제발, 좀 보여줘. 이렇게 부탁할게!"

청년은 연하의 소녀에게 몇 번이나 고개를 숙이며 애원을 했다. 점주의 말에 의하면 이러한 일이 처음이 아니라는 모양이었다. 알페이르는 모험 도중에 만난 술사에게도 이번처럼 말을 붙여 애원을 한다는 듯했다.

알페이르의 그런 모습에 처음부터 가게 안에 있던 모험가들은 쓴웃음을 지었다. 하지만 중간부터 그 광경을 본 자들은 소녀의 무엇을 보고 싶다는 건지 알 수가 없어, 변태적으로 들리기도 하는 청년의 언동에 눈살을 찌푸렸다.

저녁 식사를 마친 미라는 알페이르와 함께 헌터즈 빌리지에 자리한 훈련 광장이라는 장소를 찾았다. 여관에 있던 몇몇 사람들도 덤으로 구경꾼처럼 따라왔다.

깜깜한 밤의 어둠을, 알페이르가 가지고 있던 술구의 빛이 밝게 비추었다. 이 장소는 모험가며 헌터들의 자기 단련용으로 준비된 곳이라고 설명한 알페이르는 신이 나서 이곳이라면 마음껏 소환술을 쓸 수 있을 것이라고 말을 이었다.

"뭐어, 그렇게까지 관심이 있다면 보여주지."

거들먹거리듯 말하기는 했지만 미라는 소환술을 인정해주는 사람이 나타나 기분이 좋았다. 하지만 그것을 겉으로는 내비치지 않고 지극히 차분하게 소환술을 행사했다. 그러자 평소와 다름없는 위압감을 두른 흑기사가 정면에 떠오른 마법진에서 모습을 드러냈다.

"오오오! 이게 소환술인가! 새까맣군, 강할 것 같아!"

알페이르는 소환술을 처음 본 사람처럼 흥분하더니 흑기사의 정면에 서서 온몸을 떨었다. 동시에 가볍게 구경이나 하러 왔던 구경꾼들은 할 말을 잃고 경직된 미소를 지었다. 대부분의 이들은 미라의 실력이 어디까지나 헌터즈 빌리지에 혼자서 간신히 올 정도에 불과할 것이라 생각했다. 하지만 실제로 소환된 흑기사를 본 순간, 그들은 전율했다. 저건 강해도 보통 강한 것이 아니리라는 생각이 퍼뜩 든 것이다.

"대련 한 판, 부탁해도 될까?!"

알페이르는 깜짝 놀란 구경꾼들의 마음은 개의치 않고 어린애처럼 들떠서는, 기대로 가득한 눈동자로 미라를 쳐다보았다. 그 표정은 간식을 눈앞에 둔 개처럼 밝아, 거부하면 얼마나 우울해할지 굳이 보지 않아도 알 수 있을 정도였다.

"뭐어, 좋다."

미라가 그렇게 답하자 알페이르는 펄쩍펄쩍 뛰며 기뻐했다.

그늘 없는, 쾌활한 모습에 덩달아 들뜬 구경꾼들이 성원을 날리기 시작했다. 훈련 광장의 분위기가 서서히 달아오르자, 그에 홀리기라도 한 듯 사람들이 모여들었다.

그런 가운데 미라는, 신이 난 알페이르를 지그시 쳐다보며 어느 정도의 실력을 지녔는지를 **확인**했다. 그것은 플레이어 출신자들만이 쓸 수 있으며 플레이어 출신자에게는 효과가 없는, 대상의 능력치를 조사하는 행위였다.

능력치를 읽어보니 검사로서는 일류지만 마력은 일반인 이하였다. 술법에 대한 저항력에 이르러서는 불안해질 정도의 수치를 보였다.

하지만 그보다 중요한 것은 검사로서 능력치를 살릴 수 있는 기술이 있는가 하는 점이었다.

알페이르가 흑기사에게서 열 걸음 정도 떨어진 거리에서 검을 뽑았다. 그 도신(刀身)은 은빛으로 빛나는 동시에 희미한 냉기를 두르고 있었다. 그리고 미라의 눈은 그 검에 깃든 정령의 힘을 꿰뚫어 보았다.

'호오…… 빙(氷)정령검인가.'

그 검을 가볍게 겨눈 알페이르는 지금까지와는 명백히 다른, 날카로운 분위기를 내뿜기 시작했다. 전투태세로 전환했다는 것이 미라에게도 전해져왔다. 그 차이가 확연한 탓인지, 알페이르가 내뿜는 위압감은 확인된 능력치 이상의 실력을 예상케 했다.

"고양이는 발톱을 감춘다더니, 그 짝이로군."

"아가씨야말로 이걸 느끼고 눈썹 하나 꿈쩍 않다니, 정말이지 실력을 가늠할 수가 없는걸."

두 사람은 그런 말을 하며 가볍게 미소를 주고받았다. 그러고서 미라는 그 자리를 벗어나 적당한 벽에 등을 기댄 채 방관할 자세를 취했다. 그에 반해 알페이르는 몇 번인가 크게 숨을 들이쉬더니 검을 두 손으로 움켜쥐었다.

"그럼, 시작하도록 할까나."

미라가 그렇게 말하자 흑기사가 손에 든 대검을 하늘 높이 내던졌다. 하지만 다음 순간에는 작게 떠오른 마법진에서 새로운 대검이 나타났다. 그것을 움켜쥔 흑기사가 칼날을 알페이르에게 겨누었다.

허공에 떠오른 대검이 정점에 달하더니 낙하하기 시작했다. 날카롭게 바람을 가르는 소리를 내며 회전하는 대검의 고도가 갈수록 낮아졌다. 수십 명으로 불어난 관객들은 하늘을 올려본 채 마른침을 삼켰다.

빛이 닿지 않는 하늘에서 대검이 모습을 드러냈다. 관객들이 일제히 웅성거리기 시작했다.

술구 조명의 빛 속에서, 대검이 검은 궤적을 그리며 땅바닥에 깊숙이 꽂혔다.

그것을 신호로 알페이르가 낮은 자세로 질주했다. 검을 옆으로 겨눈 채 눈 깜짝할 새 거리를 좁힌 알페이르는, 힘차게 얼음 칼날을 치켜 올렸다. 강력한 힘으로 내지른 은빛 칼날이 날카로운 궤도를 그리며 흑기사의 몸통으로 빨려들 듯 날아갔다.

개시하자마자 선제공격을 날린 것이다. 그 속도는 그야말로 일품이었다. 그렇기에 흑기사는 완전히 수세를 취할 수밖에 없었으나 알페이르의 칼은, 검은 칼날에 막혀 본체에 도달하지 못했다.

'실력도 제법이로군……. 에멜라보다는 월등히 뛰어나. 무엇보다도 속도. 이것만은 다크나이트보다 한 수 위일지도 모르겠군그래.'

미라는 멀찌감치 떨어져 객관적으로 알페이르의 실력을 가늠하고 있었다. 다크나이트의 힘을 어디까지 발휘시키면 좋을지를 가늠하고 있는 것이다.

흑기사는 알페이르의 검을 막은 자세에서 그대로 대검을 우악스럽게 휘둘렀다. 그 강렬한 힘에 알페이르도 저항하지 못하고 공중으로 날아갔다. 주변에서 구경하던 이들이 웅성거렸다.

"강해, 정말로 강해!"

알페이르는 고양감을 억누르지 못하고 외쳤다. 땅바닥을 디뎌 기세를 죽이며 상대를 노려보는 그 표정은 소름이 돋을 정도로 무시무시했지만, 동시에 환희로 가득하기도 했다.

다시금 검이 맞부딪치는 소리가 울렸다. 알페이르가 태세를 정비한 직후, 흑기사가 대검을 내려친 것이다. 그 충격은 알페이르도 그리 경험한 바가 없는 것이어서 괴로움 섞인 신음소리가 흘러나왔다. 하지만 그 순간, 알페이르의 입가에 미소가 떠올랐다.

찰나의 순간. 대검의 운동 에너지를 완전히 받아내기 직전에 알페이르가 칼날을 미끄러뜨려 무방비하게 드러난 흑기사의 몸통을 날카롭게 후렸다. 그 망설임 없는 움직임으로 내지른 일섬(←

閃)은 흑기사의 몸을 깊숙이 베었고, 두 손에서 뿜어져 나온 빠른 검의 속도는 격렬한 충격이 되어 그 몸을 크게 날려버렸다.

과연 알페이르라며 외야에서 갈채가 쏟아졌다. 아무래도 그는 헌터즈 빌리지의 유명인인 듯했다. 그 사실을 파악한 미라는 음흉한 미소를 지었다. 소환술의 힘을 내보일 더없이 좋은 기회가 아닌가.

"아가씨, 이게 다가 아닐 텐데? 부탁할게, 제 실력을 발휘하게 해줘!"

동작을 수습하며 수라와 같은 풍모로 그 자리에 선 알페이르는 미라에게 등을 돌린 채 말했다. 그의 말대로 다크나이트는 전력을 발휘하지 않았다. 현실이 된 현재, 실제로 생사가 걸린 일인지라 상대의 정확한 실력을 알지 못하는 상황에서는 섣불리 온힘을 다할 수가 없었기 때문이다.

"흠…… . 그대, 최근에 온 힘을 다했다가 패한 적은 있나?"

미라는 최종 판단을 위해 그렇게 물었다. 알페이르는 그 물음에 고개를 가로저으며 답했다.

"최근에는 없지. 5년 정도 전에 진 뒤로는."

미라는 알페이르의 뒷모습을 보고 한 가지 사실을 알아챘다. 이 남자는 강자(强者)에 굶주려 있다는 사실을. 알페이르의 언동으로 보아, 이번처럼 승부를 청한 적은 많았으리라. 그리고 그때마다 승리를 거둬왔으리라. 그럼에도 자신의 힘에 만족하지 못하고 강자를 찾고 있는 것이다. 그 지칠 줄 모르는 향상심은 미라 역시 모르는 바 아니었다.

그는 순수하게 위를 보며 쉼 없이 손을 뻗어왔을 것이다. 그리고 아직, 그 손은 아무것도 거머쥐지 못한 것이리라.

"시험이라도 하는 듯한 짓을 해서 미안하군. 그 대신 5년 만에 패배를 경험하도록."

"그거…… 기대되는걸!"

미라의 말에 알페이르가 입꼬리를 치올리자 그 기백에 호응하기라도 하듯 얼음 안개가 검을 뒤덮기 시작했다.

알페이르가 내뿜은 기세에 구경꾼들은 숨을 죽였다. 하지만 자신만만하게 몸을 젖히는 미라의 몸짓에서 역시 비슷한 분위기가 느껴지는 듯했다.

알페이르의 정면에 선 다크나이트는 통렬한 일격을 받고서도 파괴되지 않고 넘쳐 나는 마력으로 수복을 마친 상태였다.

그런 다크나이트를 향해 미라가 손을 내밀자, 그 발치에 마법진이 출현했다. 그 빛은 다크나이트를 발치부터 감싸기 시작하더니, 구석구석에 이르기까지 들러붙기 시작했다.

'소환술 변이 : 다크로드'

미라는 준비된 술법을 발동시켰다.

갑작스럽게 변화가 일어났다.

무구정령. 그것은 인간의 손으로 만든 무구에 깃든 정령의 총칭이었다. 그 존재방식은 사용되는 용도와 맥을 함께했다.

다크나이트란, 적을 치기 위해 행사되었던 무구에서 생겨난 무구 정령을 말한다.

미라의 다크나이트는 계약 후 줄곧, 그 본질이자 존재의의라고도 할 수 있는 토멸을 추구해왔다. 그리고 그러한 추구의 결과,

그 존재는 보다 적절한 형상을 만들어내기에 이르렀다.

변화를 마친 흑기사는 조금 전까지와는 존재가, 낌새가, 의미가 명백히 달랐다. 검은 갑주는 옅은 빛 속에서도 칠흑같이 검었고, 투구에 갑옷, 장갑과 정강이 받이에 이르기까지, 전체가 무수한 칼날로 뒤덮여 있었다.

오로지 적을 죽이기 위해 특화된 모습이었다. 두 손에 각각 대검을 들고 있었다. 설령 그것을 잃는다 해도 머리로, 팔로, 다리로, 몸 전체로 적을 친다. 그러한 의도가 느껴지는 모습이었다. 공격에 특화되어 장갑은 얇아졌지만, 광기 어린 그 모습은 보는 이에게 공포를 안겨다주기에 충분했다.

실제로 여태 시끄럽게 떠들어 대던 구경꾼들은 심상치 않은 그 낌새에 할 말을 잃고 멍하니 있었다.

그리고 알페이르 역시 변모한 흑기사의 모습을 보고 말을 잇지 못했다. 그는 다크나이트의 움직임을 통해 봐주고 있음을 알아채고는 온힘을 다해 상대해주기를 바랐다.

다크나이트가 본 실력을 발휘하는 것. 그것이 그의 바람이었던 것이다.

하지만 미라가 제시한 힘은 그의 바람을 훌쩍 뛰어넘었다.

알페이르의 본능이 외쳤다. 눈앞에 있는 존재는 이질(異質) 그 자체라고.

그렇기에, 전율했다. 온몸에 소름이 돋는 상황 속에서 알페이르는 오늘 이날까지 살게 해준 신에게 감사했다. 지금으로서는 결코 오르지 못할 정상급의 차원. 이는 그것을 지표이자 새로운 목표로 삼으라는 계시(啓示)였다.

알페이르는 솟구쳐 오르는 환희를 억누르고서 내달렸다. 개시 신호 따위는 필요 없다. 약자가 적대적인 강자에게 도전하는데 규칙 같은 걸 따지게 생겼는가.

알페이르가 새된 기합성과 함께 당당히 일직선으로, 자신이 지닌 최고의 일격을 내질렀다. 비스듬히 내려친 강검이 살며시 몸을 튼 칠흑기사――다크나이트의 칼날에 막혀 날카로운 소리를 냈다. 하지만 막아낸 것은 칠흑의 대검이 아니라 텅 빈 몸을 감싼 갑옷의 칼날이었다.

흉포한 칼날로 된 갑옷이 움직였다. 대검을 쥔 그 두 손은 이미 공세에 들어선 상태였다. 결코 방어에는 쓰지 않는다. 그는 적을 멸한다는 존재의의를 체현한 존재이기에.

알페이르가 세세한 동작으로 예상되는 궤도에 맞춰 그 즉시 검을 들었다. 순간적으로 강렬한 충격이 온몸을 덮쳤다. 두 팔이 날아가 버릴 것만 같은 힘의 폭풍이 몰아쳤다.

그럼에도 알페이르는 저릿한 손을 억지로 제어하여 기합을 쥐어짜 검을 쥔 손에 힘을 실었다.

또다시 칠흑의 갑옷이 움직였다. 알페이르는 괴로움으로 표정을 구기며 죽을힘을 다해 검을 수습했다. 조금이라도 오래, 조금이라도 많이 치고받기 위해.

〈2〉

다크로드가 미라의 명령에 따라 송환되는 가운데, 훈련 광장 중앙에서 알페이르가 대자로 뻗어 있었다. 완벽한 패배였지만 그는 거친 숨을 몰아쉬며 밝고 만족스러운 표정으로 하늘을 올려다보고 있었다.

"아아~…… 상대가 안 되는군. 아아~…… 기분 좋아. 이봐……아~…… 그러고 보니 이름을 못 들었네."

"미라다."

"미라 님……이라. 그래서, 나는 어땠지?"

압도적인 강자와의 싸움으로 새로운 지표를 발견한 알페이르의 마음속에서, 미라는 경애해 마땅한 존재가 되어버린 모양이었다. 미라는 갑작스럽게 경칭을 쓰는 바람에 다소 식겁했지만 너무 마음에 두지 않기로 하고는 알페이르의 얼굴 옆에 웅크려 앉아 애플오레를 내밀었다.

"이 몸의 '비장의 수'와 그토록 오래 치고받았으니, 재능은 있는 것일 테지. 뭐어 그다음 단계로 나아가려면 정진할 필요가 있을 테지만 말이다."

"그래……. 그런데, 나는 더 강해질 수 있을까?"

미라의 말을 곱씹듯 받아들인 알페이르는 곁눈질로 미라를 올려다보며 신경 쓰였던 일을 입에 담았다. 5년 동안은 패한 적이 없다. 그 말인 즉, 실력의 한계를 정확하게 헤아려줄 상대가 없었다는 뜻이기도 했다.

"흐음~. 이 몸은 검사가 아니라서 말이다. 그렇게 말한들 대답할 방도가 없군. 뭐어, 굳이 말하자면 노력하기 나름 아니겠느냐? 이 몸의 지인 중에도 그대 같은 바보가 있지. 그자는 이 몸의 다크로드를 몇 번이나 쓰러뜨렸으니. 비슷한 기질을 지닌 그대라면 가능성은 있을 게야."

일찍이 이 세계가 아직 게임이었던 시절. 플레이어로서 게임을 즐겼던 미라에게는 알카이트 왕국의 동료들 말고도 수많은 친구가 있었다. 그중에 알페이르 같은 전투광 검사가 한 명 있었다는 사실이 떠올라, 곧잘 대전 상대를 해주었던 미라는 새삼 그리움 섞인 미소를 지었다.

"그걸 몇 번이나……. 나도 그 지인처럼, 될 수 있을까?"

알페이르는 몇 분 전을 돌이켜보고 쓴웃음을 지은 채 까마득히 높은 하늘을 바라보았다.

"글쎄, 노력하기 나름이래도."

"그래…… 그렇겠지. 노력이라면 내 주특기니. 반드시, 언젠가는 뛰어넘어 보이겠어."

맹세를 하듯 말하며 미라를 올려다본 알페이르의 눈동자 속에는 결의와 정열이 소용돌이치고 있었다. 미래에 대한 풋풋한 희망이 담긴, 실로 남자다운 눈동자였다.

"그때, 다시 상대해주겠어?"

"음, 그대가 성장하기를 기대하도록 하마."

"하핫. 간이 다 철렁하게 해주지."

알페이르는 만족스러운 미소를 지었다. 하지만 시선을 살짝 아래로 내린 순간, 허둥지둥 자리에서 일어나 손에 쥐고 있던 검을 칼집에 놓고는 무언가를 얼버무리려는 듯 하늘을 올려다보았다.

"왜 그러지——?"

"아니, 아무것도 아니야! 오늘은 정말로 고마워. 나는 좀 더 검을 휘두르다 돌아갈게. 그리고, 이것도 고마워!"

알페이르는 갑자기 말을 쏟아내더니 애플오레를 집어 들어 단숨에 들이켰다. 어째서인지 뺨이 붉게 물들어 있었다.

그 원인은 단순히 웅크려 앉아 있던 미라의 속옷이 보였기 때문이었지만, 미라 본인은 그 사실을 알아채지 못해 그저 어지간히도 검을 휘두르고 싶었구나, 하고 알페이르의 검에 대한 열정에 감탄할 따름이었다.

검술 바보 알페이르는 아무래도 여자에 대한 면역이 전혀 없었던 모양이었다.

구경꾼들이 주변을 둘러싸는 바람에 알페이르와 훈련 광장에서 헤어진 미라는 잽싸게 여관으로 돌아왔다.

이제 식당에 남은 사람은 몇 되지 않지만 미라는 카운터 자리에 앉아 점주에게 허브티와 허니 타르트를 주문했다.

"생각했던 것보다 오래 걸리셨군요. 무슨 일 있었나요?"

점주가 허브티를 컵에 따르며 미라에게 시선을 던졌다.

"처음에는 술법 마니아인가 싶었다만, 그 녀석은 타고난 전투 바보더군. 다크나이트를 소환하자마자 대련을 하고 싶다는 소리를 하질 않나."

가볍게 어깨를 으쓱하는 미라의 얼굴에는 즐거운 듯한 미소가 걸려 있었다. 알페이르처럼 좋아하는 일에 매진하는 지인이 또 생각났기 때문이다. 그리고 그자가 검을 매우 좋아했다는 사실도.

"아아, 그런 거였나요. 뭐어, 그렇죠. 알페이르 군이 술법을 좋아하게 된 것도 따지고 보면 자신만만해 하던 검술이 술사를 상대로 전혀 먹히지 않았던 일이 계기가 되었던 모양이니까요."

점주는 과거에 알페이르가 잔뜩 흥분해서 들려주었던 이야기를 떠올리며 허브티와 허니 타르트를 미라 앞에 내려놓았다.

미라는 알페이르의 검술이 통하지 않았다는 술사에게 흥미가 동했다. 과거에도 검술에 자신이 있었다고 하니 지금의 실력에서 역산해보아도 상당한 실력이었을 터다. 그것을 상대로 압승했다면 보통 수준의 술사일 리가 없었다.

"그건 참으로, 흥미로운 이야기로군."

미라는 그렇게 중얼거리더니 타르트를 쿡쿡 찌르며 점주에게 뒷이야기를 재촉했다. 점주는 잠시 생각하더니, 들었던 내용을 정리하며 이야기를 하기 시작했다.

"그 술사로 말씀드리자면…… 그게 5년 정도 전이었던가요? 당시 이 주변을 매우 떠들썩하게 했던 소문이 있었는데. 듣자하니 약초 채집을 생업으로 하던 채집꾼이 어떤 산에서 작업 중에 한 번도 본 적이 없는 인형 마물과 맞닥뜨렸다더군요. 그게 또 몹시도 무서운 마물이었던 모양인지, 그 채집꾼은 죽음을 각오했다고 합니다. 그런데 느닷없이 슬릿이 깊게 팬 이국풍의 의상을 걸친 여성이 산 위에서 뚝 떨어지더니 그 마물을 눈 깜짝할 새에 쓰러뜨렸다지 뭡니까. 채취꾼의 말에 따르면 독특한 방언을 쓰는 여성 선술사였다고 하는데, 마물 쪽으로 말하자면 아주 새빨갛게 불타올랐다죠."

이야기의 흐름으로 보아 알페이르는 그 선술사와 싸워 패한 모양이었다. 게다가 완패했다고 하니 그야말로 하늘과 땅만큼 실력 차이가 났던 것이리라.

"확실히, 보통 선술사가 아닌 것 같군그래."

"네에, 그래서 그 소문을 들은 알페이르 군은 당일에 짐을 꾸려 뛰쳐나갔지요. 당시 알페이르 군은 강하다고 알려진 자들에게 닥치는 대로 승부를 청하고 다녔거든요. 그로부터 한 달 정도가 지났을 즈음, 아가씨가 보셨듯이 술사를 동경하는 검사가 되어 돌아왔지요. 대체 어떤 싸움을 벌였던 걸까요."

점주는 그렇게 이야기를 매듭짓더니 설거지를 하기 시작했다.

미라는 때때로 허브티로 입을 적시고 적절하게 달콤한 허니 타르트를 혀 위에서 굴리며 이래저래 공통점이 많은, 그 선술사의 모습을 뇌리에 떠올렸다. 아홉 현자의 일원인 '장악의 메이린'의 모습을.

'뭘 하고 다니는 게야……'

미라는 방방곡곡을 떠돌아다니는 수행 바보 친구를 어떻게 붙잡으면 좋을까 하는 생각으로 남몰래 속을 끓였다.

그 후, 미라는 화제를 바꾸어 점주와 세련된 대화를 즐겼다. 그러던 중, 이곳은 신자의 숲에서 생계를 꾸려나가는 헌터가 모여 만들어진 마을이라는 이야기를 들었다. 깊은 곳까지 들어가지만 않으면 강력한 마물은 나오지 않기에 모험자도 어느 정도의 실력만 있으면 얼마든지 생활비를 벌 수 있다는 모양이었다.

그리고 더 큰돈을 벌고 싶은 자는 숲 안쪽에 자리한 요새를 점거 중이노라고 점주는 목소리를 높여 말했다. 있었다가 없어지기를 반복하는 알페이르를 제외하면 그 요새에서 활약 중인 자신의 아들이 마을 제일의 전사라나 뭐라나.

미라는 사람들의 삶을 직접 접하고 과연, 하고 감탄하고는 식사를 마치고 방으로 돌아가 아침 예정을 세우다가 잠이 들었다.

다음 날 아침. 아침식사 시간 종료 직전에 눈을 뜬 미라는 황급히 준비를 했다. 식사를 마치고는 과자를 잔뜩 구입해서 헌터즈 빌리지에서 뛰쳐나갔다.

신자의 숲이 눈 아래 한없이 펼쳐진 상공. 맑고 푸르른 하늘의 까마득한 전방에는 구름과 하나가 된 듯한 안개가 끼어 있었다. 그 정도로 먼 곳에 원근감이 붕괴되어 버릴 것만 같은 커다란 나무가 구름을 꿰뚫고 있는 모습이 보였다.

그 나무가 바로 신목(神木)이었다.

미라는 페가수스에 올라탄 채 그러한 절경을 바라보며 옷 아래에서 부스럭부스럭 분주하게 손을 움직이고 있었다.

아침에 허둥대는 바람에 속옷을 비뚤어지게 입었던 것이다.

뭐라고 표현하기 어려운 불쾌감 속에서 마리아나가 가르쳐줬던 일을 떠올려가며 얼마간 악전고투를 거듭한 끝에 겨우 제대로 입었다. 그러고 난 뒤, 미라는 판타지 세계관의 묘미라 해도 과언이 아닐 광경 앞에서 요란하게 한탄했다.

'이 몸은 어찌하여 그렇게 필사적으로 먹어댔던 겐지 원…….'

미라는 하릴없는 허무감에 시달렸다. 하지만 그러던 것도 잠시뿐이었고, 이내 가슴께가 편안해졌음을 재확인한 미라는 압도적인 자연 앞에서 "뭐어, 완벽하군그래" 하고 중얼거리고는 어중간한 충족감에 젖어들었다.

마치 귀신에게 홀리기라도 한 듯, 전혀 가까워진 듯한 느낌이 들지 않는 신목을 정면에 둔 채 날아가기를 두 시간 남짓. 미라는 가랑이에서 느껴지는 통증을 억누르기 위해 페가수스 위에서 몇 번이나 자세를 바꾸고 있었다. 책상다리부터 무릎을 꿇거나, 무릎을 끌어안은 채 앉거나 엎드리거나 베란다에 널린 이불 상태 등을 거친 끝에, 최종적으로 몸을 옆으로 돌린 채 페가수스의 목에 기대는 모양새로 자리를 잡았다.

정오를 훌쩍 넘겨 태양이 최고로 밝게 빛날 시간. 눈 아래 펼쳐진 숲에 탁 트인 장소가 있는 것이 보였다. 눈을 가늘게 뜨고서 자세히 보니 그곳은 작은 요새였다.

헌터즈 빌리지 여관 점주가 말했던, 아들이 있다는 요새이리라. 그 사실이 떠오른 미라는 흥미가 동해 천천히 다가가 보았다.

"음? 이거 제법……."

멀리서는 알아채기 어려웠지만 가까이 가보니 그 요새가 반파

되어 있음을 알 수 있었다. 돌로 된 작은 요새는 외벽이 모조리 박살 나, 중심부가 간신히 남아 있는 상황이었다. 그런 요새를 방어할 목적으로 둘러쳐진 방벽에는 커다란 구멍이 뚫려 있어, 본래의 역할을 하고 있지 못했다.

헌터들의 요새는 아무리 보아도 처참하게 파괴된 상태였다.

어째 낌새가 이상하다. 척 보고 그렇게 느낀 미라는 더욱 가까이 다가가 상황을 살폈다.

가까이 가 보니 헌터로 보이는 집단의 모습이 보였다. 그들, 그녀들은 외벽에 뚫린 커다란 구멍 부근에 모여 무언가를 하고 있는 듯했다. 곧 출발할 부대인가 싶었으나 아무래도 아닌 듯했다. 그 헌터들은 수렵에 필요한 무기를 소지하지 않고 있었기 때문이다.

'저건, 구멍을 메우고 있는 겐가?'

더욱 가까이 다가가 보니 그자들은 요새의 잔해며 자투리 건축재를 끌어 모아 외벽을 수복하고 있는 듯했다. 하늘은 실로 화창하여 사냥하기에는 제격인 날씨임에도 불구하고, 사냥을 생업으로 하는 자들이 사냥에 나서지 않고 수복 작업에 열중하고 있다. 아무리 보아도 이상했다.

비상사태라도 발생한 것일까. 미라는 그런 다소 과한 친절과 다대한 호기심을 가슴에 품고서 요새 한복판에 내려섰다.

"뭐야, 누구냐? 혹시 증원군이냐?!"

느닷없이 하늘에서 나타난 미라와 페가수스를 본 헌터 남자가 그렇게 말하자 주변에 있던 자들이 일제히 고개를 돌려, 그대로 미라에게 뜨거운 시선을 날렸다. 그 눈에는 기대감과 흥미가 반씩 섞여 있었다.

"수상한 자는 아니다. 이 몸은 미라. 평범한 모험가다."

위협하려 하는 페가수스를 달래어 우선 송환시킨 미라는, 코트 주머니에서 깜찍한 카드케이스를 끄집어내서 모험가증을 보란 듯 내밀어 보였다.

"그래…… 모험가였군."

미라의 모험가증을, 특히 거기 적힌 랭크를 확인한 남자는 눈에 띄게 낙담한 표정을 지었다. 자세히 보니 그곳에 있는 헌터들은 모두 하나같이 지칠 대로 지쳐 보였고, 얼굴에는 비장감이 감돌고 있었다.

"헌데 방금 전, 증원군이 뭐라고 했었지? 뭐라고 말을 해야 할는지, 상당히 상황이 이상해 보이기에 와보았다만, 무슨 일이 있었지?"

반파된 요새, 커다란 구멍이 뚫린 외벽, 비장감 감도는 헌터들의 표정. 미라는 그것들을 순서대로 둘러보며 그렇게 물었다.

"아아, 그게, 뭐어."

남자는 더더욱 심각한 표정으로 고개를 끄덕이고는 현재 직면한 요새의 문제에 관해 이야기하기 시작했다.

그 남자의 말에 의하면 2주 전 밤부터 신자의 숲에서 본 적이 없는 마물이 주변에 나타나기 시작했다고 한다. 멀리 떨어진 땅에서나 서식하는 희소한 마물도 드문드문 보이기 시작해, 처음에는 비싸게 팔리겠구나 하고 좋아했으나 며칠이 채 되지 않아 상황이 바뀌었다는 모양이었다.

"그 녀석은 차원이 달랐어."

원래 이곳에 나타날 리가 없는 마물들 안에 상위종이 있었던 것이다.

사람이 붙인 것이기는 했지만 마물에도 모험가와 마찬가지로 랭크라는 것이 있었다. 요새에 있는 헌터들은 단독으로 D랭크, 집단으로는 C, 혹은 B랭크까지의 마물을 사냥할 수 있었다.

하지만 헌터들이 만난 그 마물은 집단인 그들을 쉽게 흩어버렸다고 한다. 그때, 다섯 명이 희생되기는 했으나 다른 동료들은 간신히 요새까지 도망쳐 올 수 있었다는 모양이었다.

하지만 악몽은 그때부터 시작되었다. 어째서인지 깊은 밤, 더욱 흉포해진 그 마물이 요새를 공격해 오게 된 것이다. 다행히도 강력한 개체는 그 한 마리뿐이었고 외벽을 뛰어넘을 만큼의 도약력도 없는 모양이라 아직 요새 안으로 침입해 온 적은 없다고 한다. 하지만 최근 들어 밤이면 밤마다 압도적인 힘으로 외벽을 파괴하기 시작했다고 한다.

평소 신자의 숲에는 그렇게까지 강력한 마물이 존재하지 않은 탓에, 요새에는 그 마물에 대적할 만한 힘을 가진 헌터가 없었다.

심지어 이 마물은 요새 주변을 감시하고 있는 모양인지 사람의 속도로는 도저히 빠져나갈 수가 없었다. 하지만 이대로 가면 전멸할 것이 불을 보듯 뻔해, 마지막 희망을 맡긴 동료 한 명이 요새에서 가장 빠른 말을 몰고 가장 가까운 마을로 증원군을 요청하러 갔다는 모양이었다.

하지만 그가 과연 시간 안에 올 수 있을지, 그 이전에 마물의 추격에서 무사히 달아나기는 했을지가 걱정이라며 남자 헌터는 표정을 흐렸다.

그럼에도 한 줄기 희망에 기대어 증원군을 기다리기 시작한 지 며칠이 채 되지 않아, 결국 외벽이 박살나고 말았다. 그때는 간신히 요새에 틀어박혀 난(難)을 벗어났지만, 그 요새도 보이는 바와 같이 그리 오래 버티지는 못할 상태였다. 그래서 시간을 벌기 위해 수렵으로 모은 마물 소재 등까지 동원해 방벽 수복과 보강을 하고 있는 모양이었다.

"하늘에서 네가 내려왔을 때는, 그 증원군인 줄 알고 기대했었는데……."

남자는 그 말을 끝으로 설명을 마쳤다. 미라가 제시한 모험가증의 랭크와 상황을 모르는 것으로 미루어 증원군이 아니라 확신한 모양이었다.

증원군을 부르러 간 자는 당연히 C랭크 모험가가 어찌할 수 있는 마물이 아님을 알았다. 요새의 상황은 말할 것도 없었다. 그것을 전달하지 않았을 리 없었다. 아무런 상황도 파악하지 못한 낌새를 보인 시점에서 미라가 증원군의 선발대일지도 모른다는 일말의 가능성은 완전히 사라져버린 셈이라 할 수 있었다.

헌터들이 느꼈을 좌절감은 이루 헤아릴 수가 없을 것이다. 하지만 그들 역시 몰랐다. 미라가 가까운 마을에서 모집 중인 증원군 따위보다 훨씬 파격적인 동시에 오지랖 넓은 존재라는 사실을.

상황을 끝까지 들은 미라는 방벽과 요새를 빙 둘러보며 돌아다녔다. 그리고 방벽의 파손 정도를 확인하고는 한 번의 습격을 견뎌내는 것이 고작이리라고 판단했다. 외벽 바깥쪽은 온통 손상을 입어, 무너져 내리기 일보직전인 부분도 보였다. 지금이라면 미라의 완력만으로도 무너뜨릴 수 있을 듯한 상태였다.

　그런 방벽을 여러 헌터들이 수복하고 있었다. 개중에서도 특히 눈에 띈 것은 목재를 쌓아올리고 있는 남자였다. 그는 못이며 나사 같은 것은 전혀 사용하지 않고 가공한 목재를 맞물려가며 쌓아올리는 장인과도 같은 기술을 구사하여 외부에서의 충격에 견딜 만큼 튼튼한 버팀목을 내부에 둘러치고 있었다.

　게다가 솜씨가 심상치 않았다. 술구로 보이는 공구를 이용하여 눈대중으로만 가공하고 있었기 때문이다. 그럼에도 목재는 한 치의 오차도 없이 맞물려 번듯한 버팀목으로 거듭나고 있었다.

　미라는 남자의 훌륭한 수완에 혀를 내둘렀지만 상대는 돌로 된 벽을 파괴할 정도의 힘을 지닌 존재였다. 목제 버팀목으로는 오늘 밤, 잘해야 내일까지가 한계일 것으로 보였다.

　그렇게 요새를 한 바퀴 돌아본 뒤, 미라는 턱에 손가락을 가져다 댄 채 강대한 마물이 숨어 있다는 숲을 바라보았다.

　'마물의 정체를 모른다는 것이 다소 불안하다만……. 뭐어, 괜찮겠지.'

　소환술사의 정점에 군림했다고는 하나 세상은 넓었다. 미라 역시 혼자서는 당해내지 못할 상대가 존재했다. 하지만 미라는 요새의 상태로 미루어 자신이라면 어떻게든 할 수 있을 것 같다고도 생각했다.

현재 상태로 보아 정체불명의 마물에게 방벽을 일격에 분쇄할 정도의 힘은 없었다. 그렇다면 우선은 홀리나이트의 방어를 뚫지는 못할 것이다.

그리고 사정을 알게 된 이상, 미라가 그들을 못 본 채 할 수 있을 리가 없었다.

원인에 해당하는 마물을 제거하는 편이 빠르겠다는 생각에 밖으로 찾으러 가고자 걸음을 뗀 순간이었다.

"이봐, 너는 하늘을 날 수단이 있지? 그 점을 믿고 부탁하고 싶은 게 있어."

조금 전에 상황을 설명해주었던 청년이 미라의 앞을 가로막았다. 똑바로 미라를 바라보는 그 얼굴에는 초조함과 불안감, 그리고 약간의 기대감이 배어나 있었다.

"음, 들어보지."

미라는 걸음을 멈추고서 심상치 않은 표정을 한 청년의 얼굴을 가만히 쳐다본 채 고개를 끄덕였다. 그러자 청년은 "고마워" 하고 감사인사를 전하고 부탁의 내용을 설명했다.

그 내용은 중상자 한 명을 헌터즈 빌리지의 의료조합으로 보내달라는 것이었다.

"의료조합이라?"

미라가 그렇게 되묻자 청년은 놀란 눈치로 "설마 모르는 거야?"라고 말하고는 덧붙여 설명했다.

의료조합이란 의료에 관한 술법이나 기술을 지닌 우수한 자들이 소속된 조직을 뜻하며, 병세가 위중한 환자의 마지막 보루 같은 존재라고 한다. 그 고도(高度)의 의료를 받으려면 값비싼 대가가 필요했지만 그들에게는 대가에 걸맞은 실적이 있었다. 또한 달마다 일정한 금액을 의료조합에 보험료로 지불하면 싼값에 치료를 받을 수 있다는 모양이었다.

중상자는 보험료를 지불했기에 의료조합에만 가면 살 수 있다. 그러니 서둘러 하늘을 통해 이송해주었으면 한다는 것이었다.

국민건강보험과 비슷한 시스템이었다. 의료조합이라는 조직에서는 플레이어 출신자의 입김이 작용한 듯한 낌새가 느껴졌다. 대충 이야기를 들은 미라는 문득 턱에 손가락을 가져다 댔다.

"흠, 사정은 알겠다. 받아들이지. 하지만 그 전에 그자의 상태를 확인해봐도 될까?"

무슨 생각에서인지 미라는 진지한 표정으로 청년에게 물었다.

"아, 그래, 알겠어. 상태는 결코 좋다고 말할 수 없지만, 아마 아직은 몸을 움직여도 괜찮을 테니."

이송하려 한들 부상자가 어떠한 상태인지를 확인하는 것이 우선일 것이다. 상황에 따라서는 이동 자체를 견뎌내지 못할지도 모른다. 그래도 이곳에 그냥 두는 것보다는 나을 것이라는 생각에 청년은 미라를 안내했다.

미라는 청년의 안내로 요새 내부에 자리한 비밀 계단을 내려갔다.

도착한 지하실은 폐허로 착각할 정도의 상황인 지상 부분에 비해 생활감이 뚜렷이 남아 있었다. 하지만 그곳에 있는 자들의 표정은 역시나 어두웠다.

마냥 울부짖는 자, 각오를 굳힌 자, 자신을 억누르며 격려하는 자, 자포자기한 자 등등. 개개인의 반응은 달랐으나 모두가 공통적으로 다가오는 죽음에 대한 공포 앞에서 체념한 분위기를 띠고 있었다.

그곳에 있는 사람의 수는 부상자와 간병인까지 합쳐 스무 명 전후. 대부분이 미라 일행에게 전혀 반응하지 않고 그저 눈을 내리깐 채 호흡만을 반복했다. 지하실에 밝혀진 어슴푸레한 불빛은 우울한 분위기를 더욱 가속화시켜 그 자리에 있기만 해도 우울해질 것만 같은 공간을 형성하고 있었다.

'분위기가 무겁구먼…….'

지하실에 있던 헌터는 문득 고개를 드는가 싶더니만 산송장 같은 눈으로 미라를 바라본 채 뭐라 중얼거리며 다시 고개를 푹 숙였다. 미라는 으스스함 마저 느껴지는 지하실 광경을 둘러보며 쓴웃음을 지었다.

"돌란 할아버지, 멜리사는 좀 어때."

지하실 한구석. 청년이 그곳에 나란히 누운 부상자들을 돌보던 노인에게 말을 붙였다.

"라트리냐. 멜리사는 뭐어, 좋지는 않지. 그보다 어떻게 됐냐. 벽 수복 작업은 끝난 게냐?"

고개를 돌린 노인, 돌란의 얼굴에는 피로감이 가득했다. 다소 의술에 소양이 있어 부상자들 모두를 돌보고 있었던 모양이었다.

"수복 작업은 아직 끝나지 않았어. 그보다 멜리사의 상태를, 여기…… 으음, 미라 양에게 보여줘."

청년 라트리는 그렇게 말하며 미라에게 앞을 양보하듯 한 걸음 물러났다. 필연적으로 앞에 나서게 되어 돌란과 대면한 미라는 살며시 고개를 숙였다.

"참으로 귀여운 아가씨로군. 하지만…… 어쩌다 이럴 때, 이런 장소에?"

미라의 모습을 본 돌란은 살며시 미소 지은 뒤, 침통한 표정으로 눈을 지그시 감았다. 돌란은 미라가 외부에서 온 인물임을 한눈에 알아보았다. 하지만 요새에 발을 들인 이상, 주변을 감시하고 있는 마물 탓에 달아날 수가 없을 것이다. 요컨대 나이도 채 차지 않은 소녀를 사태에 끌어들이고 말았다는 사실을 애석하게 여기고 있는 것이다.

하지만 그것은 섣부른 생각이었다.

"내 말 좀 들어봐. 미라 양은 페가수스를 타고 하늘에서 왔어. 하늘을 날 수단을 가지고 있다고."

라트리 역시 죽음에 직면해 있기는 마찬가지였다. 하지만 그는 이곳에 있는 그 누구와도 달리, 희망의 빛이 깃든 눈으로 말했다. 그런 라트리가 한 말은 지금까지 땅바닥만 쳐다보던 자들의 주목을 끌었다.

"이미 이야기는 해뒀어. 미라 양에게 멜리사를 이송해달라고 할 거야. 의료조합까지만 가면 분명 살 수 있을 테니."

라트리는 그렇게 말하며 돌란의 뒤로 돌아가, 바닥에 누워 있는 여성의 손을 움켜쥐었다. 아무래도 그 여성이 멜리사라는 이름의, 그가 구해달라고 한 중상자인 모양이었다.

"어쩌면, 그럴지도 모르지. 하지만⋯⋯."

돌란은 심란한 듯 말을 흐렸다. 멜리사는 의술에 소양이 없는 사람이 보아도 심각한 상태였다. 어딘가로 옮기기는커녕 하룻밤도 더 버티기 어려워 보일 정도로.

"허어, 상상했던 것보다 심각하군."

고개를 돌려버리고 싶을 정도로 심각한 상태였으나 미라는 멜리사의 곁에 웅크려 앉아, 아직 숨이 붙어 있음을 확인했다.

"제발 이송해줘. 한발 늦을지도 모르지만⋯⋯ 하다못해 가족들 품으로는."

라트리는 멜리사의 손을 잡은 채 고개를 깊이 숙였다. 그 순간이었다. 덩치 큰 남자가 미라의 곁으로 걸어왔다. 팔을 다쳤는지 두르고 있는 천에는 피가 배어 있었다. 안색은 좋지 않았지만 눈에는 아직 힘이 남아 있었다.

"이봐, 당신. 하늘을 날 수단이 있다고 했지."

남자는 그렇게 말하더니 무릎을 꿇고서 "나도 이렇게 부탁하지" 하고 말을 이었다. 그의 이야기에 따르면 멜리사는 그 마물로부터 동료들을 구하기 위해 미끼가 되었다가 치명상을 입었다는 모양이었다.

상처가 깊을수록 치료에는 희소하고 값비싼 회복약이 필요하지만 운 좋게도 그러한 약을 돌란이 하나 가지고 있었던 모양이었다. 하지만 어찌 된 영문인지 그 회복약도 멜리사에게는 거의 효과가 없었다고 한다. 그런 고급품을 가지고 있을 리가 없는 다른 멤버들은 하다못해 지혈만이라도 해보고자 일동에게서 약을 긁어모아 먹여보았으나 효과는 미비하여 멜리사를 위중한 상태에서 벗어나게 하는 데는 실패했다는 모양이었다.

남자는 그렇게 설명한 뒤, 지하실 구석을 나뒹굴고 있는 빈 약병을 노려보았다. 그러고는 모두 다 죽을 운명이라면 하다못해 멜리사의 용기에 보답하고자 마지막으로 그렇게 말하며 머리를 숙인 것이다.

하지만 남자의 뒤에 있는 자들의 표정은 매우 복잡해 보이기만 했다. 그리고 결국 누군가가 입을 열었다.

"바르드 씨. 당신의 심정도 이해는 하지만 지금은 몸을 던져 동료들을 구해준 그녀를 위해서라도 더 많은 사람들이 살아남을 수 있는 수단을 취하는 게 좋지 않겠어? 하늘을 날 수단이 있다고 했지? 그걸로 우리, 움직일 수 있는 녀석들을 밤이 되기 전에 최대한 많이 저 마물의 감지 범위 밖으로 옮겨달라고 하는 편이 나을 것 같은데."

마른 체구의 남자는 멜리사의 모습을 차마 쳐다볼 수가 없는지

눈을 내리깔면서도 그것이 이곳에 있는 헌터들 대부분의 총의(總
意)라고 말했다.

"너희들……!"

덩치 큰 남자, 바르드는 울컥하여 지하실에 있는 헌터들을 노려
보았으나 이내 그 분노를 가라앉혔다. 한 줄기 희망에 기대어 멜
리사를 가장 가까운 마을까지 이송한다면, 시간상 미라가 돌아오
기 전에 밤이 올 것이다. 목숨을 건질 수 있을지 어떨지…… 아니,
그러지 못할 가능성이 큰 멜리사보다는, 다른 헌터들이 살아남을
가능성이 높은 수단을 선택하는 편이 현명하다고 볼 수도 있었다.
그래서 바르드는 그들을 비난할 수 없었다.

"흐음~ 약효가 없었다라……."

하지만 미라로 말하자면 그런 남자들의 대화는 전혀 개의치 않
고 언제 멎을지 알 수 없는 얕은 호흡을 이어가고 있는 멜리사에
게 시선을 떨어뜨렸다. 값비싼 회복약의 효과가 거의 없었다는
이야기와 상처가 깊을수록 값비싼 약이 필요하다는 바르드의 이
야기가 마음에 걸렸다.

후자 쪽은 게임이었던 시절에는 없었던 제도였다. 과거에는 싸
구려 약이라도 잔뜩 사용하면 빈사 상태에서 완쾌 수준까지 회복
될 수 있었던 것이다. 미라는 이 역시 게임이 현실이 된 것에 따
른 변화라 생각했다.

그리고 아이템 창을 펼쳐 수중에 있는 회복약을 확인해보았다.

'흠……. 그러고 보니 요전에 받았었지.'

아이템박스에는 최상급과 상급을 막론하고 영약이라 불리는

회복약이 천 개에 가깝게 들어 있었다. 미라는 그것을 보고 게임이었던 시절을 떠올렸다. 연금술의 극에 달했노라고 자칭하는 친구에게 약을 대량 발주했던 일을.

그 약은 그룹 추천 퀘스트의 솔로 공략, 요컨대 여럿이서 싸우도록 된 상대에게 혼자서 도전하고자 한 흔적이었다. 실행에 옮기기 전에 게임이 현실이 되어버린 것이다.

'흠, 큰 재산이 될 것 같군.'

미소를 지으며 아이템 창을 닫은 미라는 이어서 멜리사의 얼굴을 **주시**했다. 신경 쓰였던 점 중 전자인, 약의 효과가 없었다는 현상의 원인이 무엇인지 짐작이 갔기 때문이다.

플레이어 출신자에게는 바라보기만 해도 다른 이의 간이 정보를 조사할 수 있는 능력이 갖추어져 있었다. 읽어낼 수 있는 것은 이름과 능력치 정도뿐이었지만 거기에는 '상태'도 포함되어 있었다.

"역시 그러했군. 헌데, 어째서지?"

시야에 나타난 멜리사의 상태를 확인한 미라는 짐작했던 대로라며 납득하면서도 의아해졌다. 멜리사는 '마조독(魔阻毒)'이라는 상태이상에 빠져 있었던 것이다.

"뭐? 그게 무슨 뜻이야?"

영문을 알 수 없는 미라의 말을 들은 라트리가 걱정스럽게 물었다. 그리고 돌란과 바르드, 바르드에게 이의를 제기한 마른 체구의 남자가 그 말을 듣고 입을 다물었다.

지하실에 정적이 찾아왔다.

"보아하니 이자는 '마조독'에 중독된 듯하군."

미라는 헌터들이 주목하는 가운데 자신이 본 바를 그대로 입에 담고는 이어서 간결하게 설명을 하기 시작했다.

우선 '마조독'에 중독되면 자연치유를 비롯한 모든 회복효과가 현저히 저하된다는 것.

그런 탓에 고급 회복약을 써도 거의 효과가 없다는 것. 치료를 하려면 전용 약이나 술법이 필요하다는 것. 그리고 무엇보다도,

"본래 이 대륙에는 '마조독' 보독자(保毒者)는 서식하고 있지 않을 터인데."

끝으로 유일한 의문점이었던 사실을 입에 담아 설명을 매듭지었다.

미라 일행이 있는 어스 대륙에서 한참 서쪽에 위치한 아크 대륙. 해협을 사이에 끼고 서쪽에 위치한 광대한 대륙으로 플레이어들 사이에서는 개척 대륙이라고 불리기도 했다. 그 별칭이 말해주듯 플레이어가 건국한 나라가 매우 많은 것도 특징 중 하나였다.

그곳에 서식하는 일부의 마물이 '마조독'의 보독자로. 신자의 숲에서 이것에 중독되는 것은 보통 있을 수 없는 일이었다.

"그럼, 대체 어떻게 해야 하는 건데."

라트리는 놀란 나머지 파리해진 얼굴로 기도라도 하듯 멜리사의 손을 움켜쥐었다. 어스 대륙에서는 필요 없다고 알려진 '마조독'의 해독약이 과연 의료조합에 비치되어 있을지. 해독이 가능한 술사가 재적하고 있기는 할지. 생각하면 할수록 가망이 없어 보였다.

이 진단 결과에 돌란도 말을 잃었고 바르드 역시 고개를 숙였

다. 이의를 제기했던 마른 체구의 남자 또한 아무 말도 하지 못하고 멀거니 서 있었다.

그럴 리가 없다는 반론은 그 누구도 하지 못했다. 멜리사의 증상은 미라가 진단한 바와 완전히 일치하는 것이었기 때문이다. 문제의 마물이 명백히 신자의 숲 주변에 서식하는 존재가 아니라서 생태를 자세히 모른다는 사실도 침묵의 원인이 되었다. 그런 탓에 다들 부정을 할 수가 없는 것이다.

강력한 개체가 나타나기까지, 먼 곳에 있는 마물들을 닥치는 대로 사냥해 왔으니 아크 대륙의 마물이 있어도 이상할 것이 없다. 헌터들은 그렇게 생각했다.

그렇기에 구할 방도가 없다는 생각에 좌절했다. 하지만 그때, 지하실에 파문이 일어났다.

"뭐어, 그 무엇이냐. 원인만 알면 그다지 대단한 문제는 아니지."

침울한 분위기가 감도는 가운데, 미라는 매우 가벼운 투로 말했다.

의료조합에서는 의술뿐 아니라 의료에 관한 술법도 이용되고 있다는 이야기를 라트리에게 들었다. 그를 통해 미라는 상황에 따라서는 소환술로도 어떻게 해결할 수 있지 않을까 하는 가설을 세웠다. 그렇기에 상태를 살피러 온 것이다. 애초에 중상자를 페가수스에 태워 이송할 생각 자체가 없었던 것이다.

"그게…… 무슨 뜻이지?"

놀라움인지 당혹감인지 구분이 되지 않는, 차라리 분노에 가까운 감정이 담긴 눈으로 라트리가 미라를 바라보았다.

그때였다. 미라는 로사리오 소환진을 정면에 전개했다. 그리고 경계하는 기색을 보이는 라트리에게 "뭐어, 보고 있어라"라고 미소를 지은 채 말하고는 떠오른 마법진을 향해 입을 열었다.

『원환(圓環)에서 나오라. 순백의 치유사여.』

'소환술 : 아스클레피오스'

그 짧은 영창과 함께 소환술이 발동되었다. 미라의 마나를 부여받은 마법진이 옅은 빛을 내뿜더니 하얀 빛의 구슬이 생겨났고, 직후에 그 안에서 하얀 뱀이 스르륵 모습을 나타냈다.

길이는 1미터 남짓에 순백색 몸을 이리저리 비틀어 미라의 몸을 기어올라 팔을 휘감은 그 뱀의 이름은 아스클레피오스. 화신(化神)한 모습이기는 했으나 모든 술법을 통틀어서 굴지의 치유능력을 지닌 믿음직한 동료였다.

아스클레피오스는 미라의 팔이며 몸통에 달라붙은 채 굽어진 머리를 쳐들고서 바닥에 드러누운 멜리사의 온몸을 샅샅이 살피기 시작했다.

"역시 의사로구나."

30년 만의 재회임에도 불구하고 환자를 먼저 살핀다. 미라는 아스클레피오스의 그런 모습이 믿음직스럽기는 했지만 조금은 섭섭하다는 투로 그렇게 중얼거렸다.

"허어, 소환술이라니."

마법진에서 나온 백사를 본 나이든 헌터가 놀란 듯 탄성을 흘렸다. 그는 과거에 쇠락하기 이전의 소환술을 본 적이 있는 모양이었다.

하지만 노인이 들려준 이야기 속의 소환술은, 젊은이들에게는 과거의 영광 같은 것이었다. 대부분의 자들이 눈살을 찌푸리며 술렁대기 시작했다. 그리고 뱀 한 마리로 무얼 할 수 있겠느냐며 체념을 입에 담았다.

'알페이르는 기뻐해줬는데 말이지. 한탄스럽기 그지없군.'

미라는 소환술의 입지를 재확인하며 한숨을 내쉬고는 지위 향상에 대한 열의를 새로이 불태웠다.

"으음. 대단한 문제가 아니라고 했는데, 그게 무슨 뜻인지 물어도 될까?"

라트리는 멜리사를 계속 노려보는 아스클레피오스를 경계하며 당혹스러운 목소리로 미라에게 물었다. 그 목소리에는 어쩐지 지푸라기라도 잡는 듯한 절박한 심정이 담긴 듯했다.

"어이쿠, 실례. 무얼, 간단한 이야기다. 요컨대 독을 제거하고 나서 치료하면 그만이라는 게지."

"치료라니……. 설마 그 뱀으로?"

라트리는 두려움이 가득한 표정으로 아스클레피오스를 바라보았다. 당사자인 아스클레피오스로 말하자면 진단을 마쳤는지 둥 그런 눈으로 미라를 쳐다보며 지시를 기다리듯 대기하고 있었다.

"믿음직한 의사다. 맡겨 봐라."

말이 끝나자마자 미라는 아스클레피오스가 휘감고 있던 팔을 멜리사에게 뻗어 치료 개시를 지시했다. 그러자 아스클레피오스는 하얀 빛을 남기며 뻗어나가더니, 멜리사의 목을 물었다.

"이봐!"

그 즉시 라트리가 소리를 치며 손을 뻗었다. 직후, 돌란이 그 손을 제지했다. 라트리뿐 아니라 바르드며 지켜보고 있던 헌터들도 웅성대기 시작했다. 그 행위가 도저히 의료행위로는 보이지 않았기 때문이다.

"살리고 싶지 않은 게냐?!"

폭동을 일으키기 직전인 젊은이들이 목소리를 높이던 중, 돌란이 라트리의 손을 되밀어내며 일갈했다. 그 목소리가 지하실 전체에 울려 퍼져 젊은이들의 목소리가 다소 수그러든 참에 노인들이 "괜찮다. 문제없어" 하고 타일러 진정시켰다.

노인이라고는 하나 그들은 현역 헌터로, 그 힘은 아직도 건재했다. 젊은이들은 눈 깜짝할 새 입을 다물었고 노인들과 함께 진지한 표정으로 멜리사를 지켜보았다.

소란스러웠던 장중이 고요해지고서 수 초, 수십 초가 경과했다.

모든 이가 마른침을 삼키며 지켜보는 가운데, 3분 정도 지난 후 변화가 일어났다. 지금껏 언제든 끊어질 것만 같았던 멜리사의 호흡이 안정되더니 표정에도 평온함이 돌아오기 시작한 것이다.

"멜리사……."

라트리는 조금이나마 혈색이 돌아온 멜리사의 뺨을 어루만지며 기도하는 마음으로 그 이름을 입에 담았다.

그러고서 몇 분이 더 지나고 난 뒤, 아스크레피오스가 멜리사의 목에서 이빨을 뽑고서 미라의 팔로 돌아왔다.

"수고 많았다."

미라가 그렇게 치하의 말을 던지자 아스클레피오스는 미라의 팔에서 목으로 튀어 올라 목도리처럼 목을 감쌌다. 그러고는 머리를 미라의 뺨에 비볐다.

"그대에게도 걱정을 끼쳤던 것 같구나. 이제 없어지지 않으마."

아스클레피오스의 몸을 살며시 손으로 쓰다듬으며 미라는 그렇게 말했다. 그러자 아스클레피오스는 크륵크륵, 기분 좋은 듯한 소리를 내어 답했다.

미라가 아스클레피오스와 회포를 푸는 동안, 헌터들은 웅성거리며 바닥에 누운 멜리사를 걱정스러운 눈으로 쳐다보고 있었다. 정말로 무사한 걸까, 그것이 정말 치료였을까, 믿어도 될까. 여러 가지 감정이 뒤섞이고 불안감이 싹텄다.

그때였다. 내일을 장담할 수 없을 정도로 상태가 위중했던 멜리사가 눈을 뜨더니 벌떡 일어났다.

"멜리사! 괘, 괜찮은 거야?!"

라트리는 당혹감과 걱정이 가득한 표정을 지은 채, 멜리사의 몸을 부축하듯 어깨에 손을 둘렀다. 주위에 모여 있던 헌터들 역시 기대감과 불안감이 가득한 눈으로 몸을 앞으로 내밀고서 상태를 살폈다. 대부분이 아직은 반신반의하는 눈치였다.

"뭔가…… 이상하게도 아픈 게 사라졌어……. 이거 드디어 마중이 온 걸까……."

죽기 직전에는 모든 괴로움으로부터 해방된다. 어스 대륙에 광범위하게 퍼져 있는 삼신교(三神敎)의 가르침이 떠올랐는지 멜리사는 힘없이 중얼거리며 먼눈으로 천장을 쳐다보았다. 그러고는 다시 천천히 몸을 눕히고서 눈을 감았다.

"이봐, 어떻게 된 거야?"

라트리는 당장에라도 울음을 터뜨릴 듯 떨리는 목소리로 미라에게 물었다. 사경을 헤매던 멜리사의 모습이 머릿속에서 떠나지 않아, 라트리의 가슴에는 아직도 절망감이 남아 있었다. 치료에 사용된 것이 소환술이었다는 탓도 있으리라.

"문제는 없을 게다. 뭣하면 붕대를 풀어 상처를 확인해보도록."

생명력은 회복했어도 소실된 체력은 그대로인지라 멜리사는 여전히 당장에라도 스러질 듯 쇠약해 보이기만 했다. 그래서 불안해진 것이리라 판단한 미라는 직접 확인해보라며 팔뚝에 감긴, 피에 젖은 붕대를 가리켰다.

미라의 말을 들은 라트리는 살짝 고개를 끄덕이고는 일동이 숨을 죽인 가운데 멜리사의 팔에 감긴 붕대를 풀었다.

"이럴 수가, 상처가 사라졌어."

훤히 드러난 멜리사의 피부에는 상처는커녕 흔적조차도 기적처럼 사라져 있었다. 고개를 돌리고 싶을 정도로 처참한 핏자국이 거기에 상처가 있었다는 증거로 남아 있을 뿐이었다.

그리고 라트리는 그저 탄성을 흘리며 다른 부분의 붕대도 풀어, 상처가 없다는 사실을 확인했다.

경악으로 물들었던 라트리에 얼굴에 희색이 돌기 시작했다. 그 모습에 영향을 받았는지 보여달라며 다른 헌터들이 몰려들어, 훤히 드러난 멜리사의 몸을 들여다보았다. 그리고 지금껏 차마 똑바로 쳐다보지 못했던 그 몸에 흉터는커녕 붉은 핏자국만 남아 있음을 직접 확인했다.

그러던 찰나.

"남자들! 뭘 보는 거야!"

새된 목소리와 함께 여성들이 몰려든 남자들을 요란하게 쫓아냈다. 다시 보니 멜리사는 라트리의 손에 의해 거의 반라 상태가 되어 있었다. 어지간히 기뻤던 것인지 라트리는 붕대를 움켜쥔 채 울고 있었다. 여성들도 차마 그런 그를 다른 남자들과 함께 쫓아내지는 못하겠는지 그저 등을 두드려주며 한숨 섞인 목소리로 "다행이야" 하고 말할 뿐이었다.

남자들로 말하자면 역시 헌터라고 해야 할지, 아무 일도 없었다는 듯 일어나 멜리사가 무사하다는 사실을 크게 기뻐했다. 미라는 그러한 모습을 곁눈질하며 긴장으로 굳어졌던 몸에서 힘을 뺐다. 멜리사의 알몸을 똑바로 보던 참에 노기 어린 여성들의 목소리를 듣고 몸이 반응해버린 모양이었다.

'괜찮아. 이 몸은 귀여운 여자아이. 비난 받을 이유는 없을 테니!'

그렇게 객관적으로 자신을 재인식한 미라는 "괜찮은 것 같군그래애~"라는 말을 입에 담으면서 촉진(觸診)을 하듯 멜리사의 몸을 어루만지며 엉큼한 표정을 지었다.

"뭐가 어떻게 된 건진 모르겠지만, 그 뱀이 뭔가를 한 거지……? 그래서 멜리사가 살아난 거지?"

라트리는 눈가를 팔로 거칠게 훔치며 퉁퉁 부은 눈으로 미라에게 다가섰다. 멜리사는 이제 괜찮다는 확답을 듣고 싶었던 것이다.

"음. 이제 걱정할 것 없다. 이 녀석은 치유의 힘을 지녔지. 다만 해독과 상처를 치료하기만 했을 뿐이라 피와 체력까지 회복되지는 않았다. 몸에 무리가 가지 않도록 잘 먹이고 푹 쉬게 하도록."

미라는 손을 무르고 자세를 바로 하고는 어흠, 하고 헛기침을 하고 나서 멜리사의 현재 상태를 설명했다.

"그래, 이제 괜찮단 말이지. 소환술이란 건, 치료도 할 수 있는 거였구나. 정말 고마워. 내…… 둘도 없는 친구였거든."

라트리는 미라와 그 팔을 휘감은 아스클레피오스를 쳐다보며 꾸벅 고개를 숙였다. 그리고 그제야 진심으로 안심이 됐는지 풀썩 주저앉아 멜리사의 손을 잡고서 "다행이야. 정말 다행이야" 하고 잠꼬대를 하듯 그 말을 되풀이했다. 멜리사는 그 옆에서 매우 편안한 표정으로 고른 숨소리를 내고 있었다.

"성스러운 백사, 아스클레피오스. 직접 보기는 처음이지만, 들었던 것보다 훌륭하군. 소환술사는 아직 건재했어."

돌란은 미라 일행에게 고개를 숙이고는 기쁜 듯 웃었다. 과거를 모르는 젊은이들과 아는 노인들이 각각 지닌 소환술에 관한 인식에도 상당한 격차가 있는 듯했다. 하지만 그 인식은 이번 기회로 크게 바뀌었을 것이다.

"당연하지. 이 몸이 온 이상, 소환술의 미래는 끄떡없을 게야!"

젊은이를 구함과 동시에 소환술의 권위까지 높였다. 주변의 반응을 보고 그리 확신한 미라는 벌떡 일어나 만족스럽게 몸을 젖힌 채 자신만만하게 선언했다. 헌터들은 웃는 얼굴로 그런 미라에게 성원을 보냈고 돌란 역시 "참으로 믿음직하군"이라고 흐뭇한 투로 중얼거렸다.

〈4〉

"이제 남은 문제는, 그 마물뿐이로군."

멜리사가 기적적으로 회복한 것을 축하하는 목소리로 들썩이던 지하실이 미라의 그 한마디로 다시금 우울한 침묵에 휩싸였다.

무리도 아니리라. 분명 멜리사는 목숨을 건졌다. 하지만 목숨을 건졌다 한들 밤이 되면 저항할 방도가 없는 죽음이 다시 닥쳐올 것이다.

라트리의 이야기에 따르면 원흉인 마물은 아직도 요새를 감시하며 사냥감인 헌터들을 노리고 있다는 모양이었다.

요새에서 농성을 하려 한들 식량도 이제 얼마 안 되는 양밖에 남아 있지 않았다. 조달하기 위해서는 요새 밖으로 나가는 수밖에 없었지만 그렇게 하면 당연히 마물의 먹잇감이 될 것이다.

하지만 가장 심각한 문제는 요새 자체의 내구도가 이미 한계라 농성이 불가능하다는 것이었다. 요컨대 증원군을 기다릴 시간을 벌기가 어렵다는 뜻이다. 애초에 소식을 알리러 간 자가 마물의 추격을 뿌리치고 마을에 도착했는지조차 알 수 없었다.

"듣자하니 감시하고 있다고 하던데, 어느 즈음에 있는지 아나?"

고요해진 실내에 미라의 태평한 목소리가 울려 퍼졌다. 하지만 반응은 없었다. 꿈에서 깬 헌터들은 마물의 모습을 선명히 떠올리고는 거기서 연상된 죽음의 공포에 몸을 떨었다.

"이 시간대라면, 주변 숲을 배회하고 있을 게다."

그렇게 대답한 것은 돌란이었다. 그는 여성 헌터에게 멜리사의 몸을 닦아달라고 부탁하고는 벽에 걸려 있던 활과 화살로 손을 뻗었다.

"가려는 게지? 그렇다면 이 늙은 몸을 방패막이로 쓰든 미끼로 쓰든, 마음대로 부려다오."

돌란은 그렇게 말하며 벌떡 일어났다. 미라의 눈과 언동을 통해 이제부터 무엇을 하려는 것인지를 알아챈 모양이었다.

심지어 조금 전까지는 앉아 있던 탓에 알아채지 못한 사실이었지만, 돌란은 2미터는 족히 될 대장부였다.

"나도, 돕지."

"나도."

돌란에 이어 나이 든 헌터들이 싸움에 나서기를 자청했다. 그 두 사람은 체구야 돌란만은 못했지만 그 눈에 깃든 각오는 결코 뒤처지지 않았다. 그들은 검과 도끼를 손에 들고 당당히 미라 앞에 나란히 섰다.

"괜찮은 게냐, 못 이길지도 모르는데?"

돌란 일행을 올려다보며 입가를 치올린 미라는 마음에도 없는 소리를 입에 담았다. 그리고 그것은 각오를 시험해보려는 소리가 아니었다.

"승기(勝機)가 보이면 거기에 편승한다. 약아빠진 듯 보여도 오래 살기 위한 처세술이다."

"그만한 소환술을 보여줬는데, 가만히 있을 수야 있나."

"여기서 일어서지 않으면 헌터라 할 자격도 없지."

세 사람은 큰 소리로 그렇게 말하더니 고개를 돌려, 그대로 입을 다문 젊은 헌터들을 바라보았다.

세 사람의 대답은 그저 일동의 선배로서 의지를 표명하기 위한 것이었던 모양이었다.

강력한 패를 쥔 자가 자신들만으로는 당해내지 못했던 상대에게 도전하고자 하고 있다.

거기서 승기를 찾아내라. 그자를 위해 해줄 수 있는 일은 없을지 생각해라. 긍지를 내버린 채, 그저 입을 다문 채 보낼 셈인가. 헌터로서 사냥감의 처지에 안주할 셈인가.

돌란 일행은 그러한 뜻으로 말한 것이다.

'이런 사나이다운 전개도 나쁘지 않지.'

솔직히 말해서 미라는 혼자서도 충분하다고 생각했다. 하지만 돌란이 참전할 의사를 밝힌 시점에서 그러한 생각을 버렸다. 아닌 게 아니라 알아챈 것이다. 여기서 혼자 해결해버리면, 그는 이 자리에 있는 헌터들의 재기의 싹을 꺾어버리는 셈이 되리라는 것을.

요새에 있는 헌터들은 현재, 마물이라는 존재 탓에 공포에 사로잡혀 있었다. 만약 이대로 미라가 원흉을 제거하면 당연히 목숨을 건졌다며 기뻐할 것이다. 하지만 가슴에는 커다란 응어리가 남을 것이다.

미라는 헌터 일행의 훗날을 생각하면 소환술의 위광을 떨칠 궁리를 하기보다는 우선 그들, 그녀들이 공포를 이겨내고 극복하게 하는 일을 우선시해야 한다는 사실을 알아챘다.

자신감을 되찾는다. 그것은 무언가와 싸워나가야 하는 자들에게는 매우 중요한 일이기에.

그것을 만회할 기회는 돌란 일행이 마련해주었다. 남은 일은 조금이라도 좋으니 용기를 쥐어짜내는 일뿐이다.

"잠깐. 이제 겨우 멜리사가 목숨을 건졌잖아. 승산이 있을지 없을지 모르는 전투에 임하기보다는 한 명씩 마물의 감지 범위 밖으로 이송해달라고 하는 편이 낫지 않을까?"

마른 체구의 남자는 헌터들 사이를 헤치고 나서더니 살아남을 가능성이 높은 길을 다시금 진언했다.

그가 제시한 선택지도 잘못된 것은 아닐 것이다. 죽어버리면 그로써 끝이니. 하지만 그의 말은 유감스럽게도 소환술에 대한 이해가 부족한 데서 비롯된 것이었다. 미라를 앞에 두고도 승기를 찾아내지 못한 것이다. 그리고 그것은 젊은 헌터들도 마찬가지였다. 그의 말은 젊은이들 모두의 뜻을 대변한 것이기도 했다.

"승산이 없지는 않다. 너도 보았을 텐데, 그 소환술을. 영창을 했다는 것은 상급 술법이라는 뜻이다."

타이르는 투로 돌란이 말했다. 그 소환술. 요컨대 아스클레피오스와 같은 상급 술법을 다룰 줄 안다는 것은 그에 상응하는 전투 수단도 있다는 뜻이라고.

"그야, 분명 봤지요. 하지만 아무리 회복 수단이 뛰어난들, 그 마물의 공격은 스치기만 해도 중상, 직격하면 즉사 아닙니까. 정면으로 맞붙어 싸울 수 있는 상대가 아니라고요."

하지만 마른 체구의 남자에게는 통하지 않았다. 이는 소환술뿐 아니라 모든 술법에 대한 지식이 그에게 없었기 때문이었다.

상급 술법이라는 것을 습득하려면 그에 상응하는 전력이 필요하다는 것이 모든 술법의 공통된 기초지식이었다. 이에 관해서는 일부 예외도 존재했지만 유감스럽게도 소환술에는 통용되지 않았다. 그만큼 험난한 길을 걸어야만 했다.

"진짜 소환술은, 그런 게 아니다. 안 그런가, 미라 씨."

"당연하다. 임기응변이야말로 소환술의 진면목이고말고."

돌란의 말을 들은 미라는 다소 호들갑스럽게 가슴을 편 채 자신만만하게 웃어 보였다. 미라로서는 최대한 위엄 있는 태도를 내보이려 취한 행동이었다. 하지만 젊은이들의 눈에는 허세를 부리고 싶어 하는 한창 나이대의 소녀로만 보인 모양이었다. 그리고 그 귀엽고도 못 미더운 모습에 돌란 일행도 무심결에 쓴웃음을 지었다. 그럼에도 믿음은 전혀 흔들리지 않았다.

젊은이들의 마음이 더더욱 마른 체구 남자의 말 쪽으로 기울어지기 시작한, 그 순간이었다.

"나는 간다."

멜리사를 등지고 일어난 라트리는 강한 의지가 깃든 눈으로 그렇게 말하며 돌란의 옆으로 걸어 나왔다. 그 가슴속에 자리한 것은 다름 아닌, 남자로서의 오기였다.

"이봐, 기껏 멜리사가 목숨을 건졌잖아. 게다가 탈출 수단도 있어. 그렇다면 굳이 싸우거나 여기에 머무를 필요는 없잖아."

마른 체구의 남자는 라트리에게 바짝 다가서서 도망치는 것이 살아남기 위한 최선책이라 주장했다. 무모하게 마물과 싸우다 만약 미라가 죽어버리기라도 하는 날에는 기적적으로 찾아온 하늘을 통한 대피로가 완전히 끊기고 만다. 그런 사태만은 무슨 수를 써서든 피해야만 한다. 그러한 생각 탓에 마른 체구의 남자도 필사적으로 매달릴 수밖에 없었다.

하지만 라트리는 결코 동의하지 않았다.

"미라 양은 멜리사의 생명의 은인이야. 그렇기에 미라 양이 싸우겠다면, 나도 간다. 그리고 여차하면 내가 시간을 벌 거야. 하늘을 날 수단이 있으니 미라 양 혼자라면 그사이에 돌아올 수 있겠지. 너희들은 그때 합류해서 멀리 도망치면 돼. 그러니 안심하라고."

설령 무슨 일이 생기면 자신을 희생해서라도 미라만은 죽게 하지 않겠다. 라트리는 그러한 각오를 입에 담았다. 그 말, 그리고 라트리의 눈에 깃든 결연한 의지를 본 마른 체구의 남자는 기세에 눌려 입을 다물었다.

"게다가 승산은 있어. 나도 죽고 싶은 건 아니라고. 모처럼 멜리사가 목숨을 건졌는데 죽을 수야 없는 일이지."

라트리는 가라앉은 분위기를 불식시키려는 듯 미소를 지은 채 그렇게 말하더니,

"솔직히 말해서, 나도 소환술에 관해서는 잘 몰라. 하지만 술법이라는 건 굉장하다더군. 나보다…… 지금은 나보다 강한 친구가 그러더라. 상급 술법 사용자들은, 술법의 종류를 막론하고 강하다고. 그러니, 미라 양도 상당한 실력자일 거야."

그렇게 근거를 덧붙였다. 그러자 그 말은 파문이 되어 젊은이들에게 퍼져 나갔다.

우선 젊은이들은 라트리가 입에 담은 친구가 누구를 가리키는 지를 떠올렸다. 라트리는 젊은 나이에도 불구하고 이 요새 제일 의 실력가로 손꼽혔다. 그런 라트리를 능가한 자는, 그들의 기억 속에 한 사람밖에 없었다.

술사는 강하다고 했다는 그 인물의 발언에 유일하게 공통적으 로 가지고 있던, 술사의 실력은 겉모습만으로 가늠할 수 없다는 인식이 보태졌다.

결과, 젊은이들은 그제야 광명이 눈앞에 있음을 알아챘다.

"설마, 이길 수 있는 건가?"

도망치자고 주장하던 마른 체구의 남자가 희미하게 전의가 돌 아온 얼굴로 미라에게 그렇게 물었다. 그와 동시에 웅성거리던 젊은이들이 입을 다문 채 미라에게 이목을 집중시켰다.

"그건, 그대들 하기 나름이다."

젊은이들의 물음에 그렇게 답한 미라는 그 직후, 바로 옆에 홀리나이트를 소환했다. 그러고 나서 놀라고 당황한 젊은이들 에게 말했다.

"이 몸의 소환술로 마물의 공격을 막아내도록 하지. 보다시피 방 어에 특화되어 있으니 말이다. 쓰러뜨릴 수 있을지 어떨지는 그대 들의 공격에 달린 일이다. 어떠냐. 싸울 용기가 있는 녀석이 있느 냐?"

미라는 백기사의 타워실드에 손을 대며 도발하듯 젊은이들을 둘러보았다. 이 역시 사실이 아니었다. 공격에 특화된 다크나이 트에는 미치지 못한다지만 홀리나이트 역시 나름의 공격력을 갖추고 있었다. 홀리나이트의 공격이 통하지 않을 상대는 그리 흔치 않았다.

하지만 목적은 헌터들이 자신들의 손으로 자신감을 되찾게 하는 일이었다. 미라가 제 실력을 발휘했다가는 그것을 달성하지 못하게 될 것이다. 그렇기에 미라는 탱커 역할을 자청한 것이다.

돌란보다도 커다란 체구, 번듯한 갑주, 그리고 거대한 방패. 미라가 의도한 대로 방어에 특화된 백기사의 모습은, 그 자체로 젊은이들에게 용기를 심어주었다.

"나, 해볼란다. 가능성이 보였어."

"나도 헌터야. 이런 걸 보고도 가만히 있을 수는 없지."

공포심은 아직도 마음속 깊은 곳에 뿌리를 틀고 있었다. 하지만 인간이란 자고로 희망을 가슴에 품고 태어나기 마련이었다. 그것이 지금, 작은 용기에 불을 지폈다.

두 사람을 계기로 젊은이들이 차례로 참전할 의사를 밝히기 시작했다. 그리고 무구를 점검하고 정비하기 위해 달려 나가자, 지하실에는 부쩍 활기가 돌았다. 치료가 필요한 자는 아스클레피오스가 한 명씩 회복시켜 나갔다.

'음, 젊은이들은 이러해야지.'

미라는 그 모습을 둘러보며 어영차, 하고 바닥에 앉았다.

"배려해주어 고맙다."

돌란은 싱글벙글 웃고 있는 미라의 옆에 앉으며 작은 목소리로 그렇게 말했다. 자세히 보니 어깨를 나란히 하고 있던 노령의 헌터 두 사람도 마찬가지로 고맙다는 듯 살며시 고개를 숙이고 있었다.

애초에 돌란은 자신이 미끼가 되어 총공격의 계기를 만들어낼 생각이었다. 상급 소환술을 쓸 줄 아는 미라라면, 빈틈만 있으면 치명상까지는 못 되더라도 마물에게 상당한 타격을 줄 수 있으리라 생각한 것이다. 그렇게 하면 젊은이들의 공격이 통할 가능성이 높아지리라 내다본 것이다.

뒤이어 참전할 의사를 밝힌 헌터 두 사람도 비슷한 생각을 했던 모양이었다. 한 번으로 안 된다면 두 번, 세 번 시도할 뿐이다.

하지만 세 사람은 홀리나이트의 모습을 본 순간, 미라가 자신들이 예상했던 것 이상으로 압도적인 실력을 지니고 있음을 알아챘다. 그리고 동시에, 젊은이들의 투지에 불을 붙인다는 목적을 알아채주었음을 이해했다. 돌란 일행의 고맙다는 말에는 그러한 뜻이 담겨 있었다.

"흠, 무슨 뜻인지 모르겠군."

그에 미라는 가볍게 어깨를 으쓱하고는 고개를 갸웃해 보였다.

미라는 젊은이들을 위하는 돌란을 비롯한 노인들의 마음을 머리로 헤아린 것이 아니라, 가슴으로 느낀 것뿐이기 때문이다.

힘이 있기에 약자를 지킨다, 돕는다는 것은 분명 올바른 행동이었다. 하지만 단단히 대지를 딛고 서게 하고, 자신의 힘으로 걷게 한다는 것 역시 중요한 일이었다. 어린 싹을 지켜주기만 해서는 결코 튼튼한 나무로 자라지 못한다. 하지만 균형을 잘못 잡아 꺾어지기라도 하면 그야말로 주객이 전도되는 꼴이 아닐 수 없었다. 어려운 문제였지만 필요한 일이기도 했다.

그리고 그것은 오랜 세월 동안 가치 있는 경험을 쌓아올렸기에 내릴 수 있는 결론이리라고 미라는 생각했다.

　공명심만으로는 도저히 흉내 내지 못할 그러한 삶은, 정말이지 멋지다. 그렇게 느낀 미라는 그들의 마음가짐을 가슴속 깊은 곳에 새기기로 했다.

　전투 준비로 활기를 띤 지하실. 한 집단이 돌란 일행의 앞에서 멈춰 섰다.

　"이봐, 그 마물과 싸운다는 게 정말이야?"

　돌란에게 그렇게 말한 것은 아무래도 외벽 보수 작업을 하던 남자인 듯했다. 누가 소식을 전해준 것인지, 자세히 보니 밖에 있던 이들 모두가 몰려와 있었다.

　"그래, 사실이다."

　돌란은 깊이 고개를 끄덕이고는 남자들을 똑바로 바라보았다. 그 눈동자 속에는 결연한 각오가 깃들어 있어, 남자들은 그 기세에 눌린 듯 숨을 죽였다.

　"하, 하지만 말이야. 그건 무모한 짓이잖아. 승산이 없어 보여서 우리는 벽을 수복하고 있었어. 다 같이 어떻게든 버텨내며 증원군을 기다리기로 했었잖아."

　남자는 잠시 말을 어물거렸으나 자신의 주장을 끝까지 입 밖에 냈다. 궁지에 몰렸으니 신중해질 만도 했다.

　"승산이 생겼다면 어쩔 테냐. 너희는 싸울 거냐?"

돌란은 미라와 그 옆에 선 백기사에게 흘끔 시선을 날리고서 남자들에게 물었다.

"이야기는 들었어. 그 하얀 녀석이 승산이라 이거잖아? 하지만 난 모르겠어. 소환술이란 게 어떤 건지 잘은 모르겠지만, 분명 보기에는 굉장해 보이는군. 하지만 말이야, 그건 실력 좀 있는 정도로 어떻게 할 수 있는 상대가 아니잖아."

홀리나이트는 그야말로 척 보아도 알 수 있을 정도로, 이 자리에 있는 모든 이를 압도할 만한 위압감을 내뿜고 있었다. 그저 서 있기만 해도 몸이 움츠러들 정도였다.

남자들 역시 그러한 기세를 또렷이 느꼈다. 어쩌면, 하는 생각이 머릿속에 떠올라 반짝였다.

하지만 마물과 대치했을 때 느꼈던 공포심이 그것을 뒤덮어버렸다. 앞으로 한 걸음 나아갈 용기를 내지 못하고 있었다. 그들이라고 겁쟁이는 아니었다. 확실한 승산이 있다면 무기를 손에 들 것이다. 없더라도 마지막 오기 정도는 보일 것이다. 하지만 그러지 못하고 있는 것은 그만큼 마물이 내보인 위압감이 막대했기 때문이었다. 게다가 밤마다 이어진 습격으로 인해 정신적으로 궁지에 몰려 있다는 것 역시 원인 중 하나였다.

조금 전에는 돌란 일행이 교묘한 말로 젊은이들의 의식을 고양시키고 유도하여 분기시켰으나, 이번에는 다소 재료가 부족한 모양이었다.

결정적인 한 방이 부족했다. 그때, 한 남자가 걸어 나왔다. 가죽으로 만든 앞치마에 장갑, 그리고 검은 작업복. 척 보아도 장인으로 보이는 차림새였으나 그 얼굴은 단정한 데다 앳된 구석이 남아 있었다. 자세히 보니 그는 훌륭한 기술로 목재를 쌓아올리던 장인이었다.

"음…… . 제 생각에는 이분이라면 희망을 걸어 봐도 괜찮을 것 같은데요. 뭐어, 저는 전투가 젬병이라 여러분께 맡기는 수밖에 없지만요."

그 장인은 홀리나이트를 올려다본 후, 그대로 시선을 내려 미라를 가만히 쳐다보더니 무언가를 확신한 듯 그렇게 말했다.

"그래? 흐음. 토모키가 그렇게 말할 정도면, 정말 상당한 실력자라는 뜻일 텐데…… ."

토모키라 불린 남자 장인은 상당히 신뢰를 받고 있는 모양인지 그의 말을 계기로 남자들의 투지에 거짓말처럼 불이 붙기 시작했다.

대체 장인인 그는 무엇을 근거로 판단을 한 것일까. 그렇게 생각한 순간, 미라는 그의 이름을 떠올리고는 퍼뜩 놀랐다. 토모키라는 이름은 실로 일본인다운 것이 아닌가, 하는 생각이 머리를 스친 것이다.

미라는 활기를 되찾아가는 남자들을 곁눈질하며 토모키를 **주시**했다. 그러다 마침 그와 눈이 마주쳐, 자신의 예상이 맞았음을 확신했다.

"플레이어 출신자시죠? 다른 분들을 부탁드립니다."

토모키는 미라에게 다가와 그렇게 귓속말을 하며 미소를 지었다. 그러고는 의미심장하게 윙크를 한 번 날렸다.

"뭐어, 이 몸만 믿어라."

평범한 여성이었다면 뺨을 물들일 법한 상황이었지만 상대는 미라였다. 그녀는 자신만만하게 입가를 치올리며 평소와 마찬가지로 딱 잘라 말했다.

토모키는 플레이어 출신자였다. 그리고 재빨리 미라가 동료임을 알아채고는 그 실력을 보증한 것이다.

일찍이 게임이었던 시절. 플레이어가 정말로 죽는 일은 없었다. 그렇기에 무모한 전투를 수없이 반복할 수 있었고 그 숫자만큼 숱한 생사의 경계를 넘어섰다. 그 결과, 플레이어들은 일반인들은 쉽게 도달하지 못할 영역에 간단히 발을 들일 수 있었던 것이다.

요컨대 전투계 플레이어는 대부분, 강하다. 당연히 정도의 차이는 있었지만, 토모키는 플레이어 출신자라면 충분히 대처할 수 있으리라 판단한 것이리라.

'직접 쓰러뜨리지 않은 것을 보면, 저자는 생산 특화라는 뜻인가.'

동시에 미라 역시 토모키에 관해 추측해보았다. 플레이어 출신자라면 그가 신기와도 같은 목공기술을 선보였던 것도 납득이 갔다.

게임이었던 시절에는 전투는 제쳐두고 대장일이며 목공, 조금(彫金) 등의 제작에 열을 올린 자들도 있었다.

생산 특화라 불리는 그자들은, 분야는 천차만별이었지만 대체로 최소한의 전투 실력밖에 없었다. 개중에는 전혀 하지 못하는 자들도 있었다.

하지만 그런 만큼 전문 생산 분야에서는 괄목할 만한 실력을 발휘하고는 했다. 사람에 따라서는 전설급과 비견할 만한 작품을 만들어내고는 했다. 사족이지만 미라가 후진을 키우기 위해 크레오스에게 맡긴 장식품 등도 그러한 생산 특화 플레이어가 만든 것이었다.

그러한 사실로 미루어, 토모키는 상당한 수준의 목공 장인이리라 추측할 수 있었다. 그리고 전문 분야가 아닌 전투 역시 젬병이라고 했음에도 남자들이 그의 말을 믿은 것을 보면, 그의 경험과 기술이 완력을 능가한다는 뜻이리라. 일류 장인이란 사람을 보는 눈 역시 일류인 법이니.

그 후, 얼마 지나지 않아 준비를 마친 헌터들이 미라 일행의 앞에 정렬하기 시작했다. 그리고 마지막 한 사람이 늘어서자 작전 회의가 시작되었다.

작전이라 한들 복잡하지는 않았다. 전장을 어디로 설정할 것인지 하는 것과 그곳까지 가기 위한 이동 대열. 긴급시 대응 방법. 그리고 사용 무기별 역할 분담 등등. 기본적인 것이었지만 확인이 필요한 사항이었다.

그리고 회의가 끝나자 미라는 충고 한마디를 입에 담았다. 어떠한 상황에서건 반드시 지켜주겠다. 그러니 백기사의 뒤로 도망치지 말라고. 이 싸움은 헌터의 존엄을 되찾기 위한 것으로, 마물과 대치한다는 사실 자체가 중요하니.

미라의 그러한 말에 헌터들은 힘차게 대답하며 고개를 끄덕였다.

전투요원이 아닌 토모키는 멜리사를 돌보는 역할을 맡고 요새에 남았다. 라트리는 그런 토모키에게 "잘 부탁한다"고 말하며 고개를 숙였다.

끝으로 돌란을 비롯한 노인들이 젊은이들을 고무시키자 지하실이 쩌렁쩌렁하게 기합으로 가득 찬 목소리가 울려 퍼졌다. 그리고 헌터들은 미라가 처음 찾아왔을 때와는 정반대되는 빛이 담긴 눈으로 탑에서 뛰쳐나갔다.

$$\langle 5 \rangle$$

"이대로 똑바로 간다. 언제 들통 날지 모르니 서두르지."

라트리가 뒤를 돌아보며 말했다.

요새에서 뛰쳐나가고서 수십 분 후, 미라 일행은 다소 떨어진 장소에 있다고 하는 전망 좋은 광장을 향해 달리고 있었다. 근처에서 가장 집단 전투에 적합한 지형이 바로 그 광장이었기 때문이다.

적은 인원으로 임하는 평범한 사냥이라면 숲속에서 나무들 사이에 몸을 감춘 채 함정을 치는 것이 기본 전술이었다. 하지만 이번에는 서른 명 남짓 되는 인원이 집단을 이루어 한 마리의 마물과 정면으로 맞붙어 싸워야 했다. 시야가 좋지 않은 숲속에 그만한 인원을 포진하는 것은 무리였다. 그래서 미라 일행은 연계를 취하기 쉬운 광장에서 적을 기다린다는 방법을 택한 것이었다.

헌터들의 말에 의하면 마물은 요새를 감시하고 있어, 밖으로 나오면 반드시 쫓아온다고 한다. 요컨대 따라잡히기 전에 광장에 도착해서, 만반의 준비를 갖춘 채 기다리기만 하면 된다는 것이다.

선두에는 라트리, 그리고 노인 2인조가 섰다. 젊은이들이 그 뒤를 따랐고 돌란과 미라가 그 뒤에 섰으며, 그곳에서 다소 떨어진 곳에서 홀리나이트가 후위를 맡고 있었다. 후방에서 습격해 올 확률이 가장 높기 때문이다.

"흐음, 참새 한 마리 안 보이는군."

요새를 나선 순간부터 미라는 계속 주변을 선술기능인 '생체 감지'로 살피고 있었다. 하지만 주변에서는 마물은커녕 작은 동물의 반응조차 느껴지지 않았다.

"그토록 강력한 마물이 도사리고 있으니 다들 도망칠 수밖에."

미라의 말에 돌란이 대답했다. 상당한 속도로 전진하고 있음에도 불구하고 그는 숨 한 번 헐떡이지 않았다. 예순은 족히 넘었을 듯한 외모와는 딴판으로 경이로운 체력이었다.

"그렇구먼."

요새 주변은 이미 마물의 영토가 된 모양이었다. 하지만 쓸데없는 반응이 느껴지지 않으니, 미라에게는 오히려 잘된 일이었다.

일행은 그렇게 으스스하리만치 고요한 숲속을 전진했다.

과연 헌터들은 숲에 익숙한 모양인지 험난한 지형에도 아랑곳않고 놀라운 속도로 숲을 내달렸다. 그러면서도 주변에 대한 경계도 게을리 하지 않았다. 어지간히 젊고 우수한 인재가 모여 있었던 모양이었다.

미라로 말하자면 그들만큼 숲에 익숙지 않은 탓에 선술기능인 '공활보'을 사용해 잽싸게 허공을 내디디며 이동하고 있었다. 숲속보다 허공을 내달리는 편이 편했던 것이다. 뒷줄에서 달리던 젊은이가 깜짝 놀란 눈으로, 동시에 흥미롭다는 듯 그런 미라의 모습을 올려다보았다. 아무래도 짧은 스커트 차림으로 일반적인 눈높이보다 높은 곳에 올라가면 어떻게 될지에까지는 생각이 미치지 못한 모양이었다.

그보다 한참 후방에 위치한 백기사로 말하자면 한 걸음 한 걸음을 내디딜 때마다 나뭇가지를 흩날리며 억지로 직진하고 있었다. 부러진 마른 나무며 가지들이 요란한 소리를 내며 날아갔다. 아군이기는 해도 뒤로 고개를 돌리면 눈에 들어오는 박력이 무시무시했다. 그리고 그것이 헌터들의 걸음을 더욱 가속시키고 있다는 사실을 미라는 알아채지 못했다.

백기사가 그렇게 매우 눈에 띄게 행동하는 데에는 당연히 의도가 있었다. 요새를 벗어났다는 사실은 언젠가는 들통 날 것이다. 그때, 홀리나이트가 가장 먼저 마물의 눈에 띄면 다소 떨어진 위치에 있는 헌터들은 그만큼 안전하게 이동을 계속할 수 있을 터이기 때문이었다.

그리고 착실하게 전진을 계속해 광장까지의 거리를 절반 정도 답파했을 즈음, 그 순간이 찾아오고 말았다.

마물의 포효성이 울려 퍼졌다. 그 소리는 자신의 존재를 거칠게 과시하려는 소리처럼 들렸다.

그와 동시에 가슴속에 남아 있던 공포가 고개를 든 것인지 몇몇 사람이 걸음을 멈추고 몸을 떨었다. 돌란을 비롯한 노인들은 그런 그들의 등을 두들기고 격려해, 걸음을 떼도록 부추겼다.

포효가 몇 차례나 울려 퍼졌다. 그것은 정확히 미라 일행을 향해 다가오고 있었다. 그리고 미라는 드디어 그 반응을 포착하는 데 성공했다.

"일단 이 자리에서 막도록 하지. 그대들은 먼저 가서 포진하고 있도록."

그렇게 말하며 가볍게 공중에서 땅에 내려선 미라는 헌터들의 대답을 등진 채 마물을 향해 걸음을 옮겼다.

이 자리에 남을지 어쩔지 잠시 망설이던 돌란은 당당하기만 한 미라의 뒷모습을 바라본 뒤, 그 즉시 발걸음을 돌려 젊은이들을 다그쳐 계속 달리게 했다. 오랜 세월 축적해온 경험을 통해 도움은 필요 없으리라 판단한 것이다.

미라는 백기사 옆에 서서 숲의 안쪽을 노려보았다. 그 끝에서 마물의 반응이 다가오고 있었다. 그것은 분명 사람의 다리로는 달아나지 못할 정도의 속도로, 종횡무진으로 날뛰고 있었다.

나뭇가지가 흔들린다, 대지가 요동친다. 노골적인 적의가 다가왔다. 나무들 틈새로 빠져나온 빛이 어른거리는 가운데, 한가로운 바람이 스쳐 지나갔다.

생물이라고는 전혀 없는 조용한 숲이 그 직후, 폭풍과도 같은 폭력과 굉음에 휩싸였다.

귀를 찢을 듯한 포효성과 함께 마물이 모습을 드러내자 백기사의 타워실드가 그 거구를 받아냈다. 둔중한 소리와 격렬한 진동이 일어났다. 그것은 분명 요새의 외벽을 무너뜨릴 만한 위력을 지니고 있었다.

하지만 미라가 소환한 백기사는 그 모든 것을 완전히 막아내 보였다. 그러자 경계심이 생긴 것인지 마물은 잽싸게 뒤로 물러났다.

이렇게 양측은 어느 쪽의 사정권에도 들지 않을 정도로 거리를 벌린 채 대치하게 되었다.

"이 녀석. 제법이구나. 타일런트 스파이크 백인가."

굵직하고 검은 두 팔. 체모가 덮여 있어도 두드러질 정도로 융기된 근육. 통나무 같은 두 다리. 그리고 가장 큰 특징이라 할 수 있는 가시 돋친 등. 미라는 고릴라 비슷하게 생긴, 3미터는 족히 될 그 거구를 본 적이 있었다.

타일런트 스파이크 백. 예상했던 대로 '마조독'을 지닌, 아크 대륙에 서식하는 상급 마물이었다.

상황은 쉴 새 없이 움직였다. 마물이 단숨에 거리를 좁혀 온 것이다. 그 순발력은 그야말로 짐승과도 같아서 눈 깜짝할 새에 백기사 앞까지 육박해 있었다. 타일런트 스파이크 백은 충돌하기 직전에 몸을 돌려 가시 돋친 등을 앞세워 몸통박치기를 했다. 그것은 공성병기와도 같은 파괴력으로 타워실드에 격돌했다. 동시에 폭음과도 같은, 조금 전보다 훨씬 격렬하고도 강렬한 충격음이 공기를 진동시켰다. 다 무너져 가는 요새 따위는 일격으로, 단숨에 잔해더미로 만들어놓을 정도의 위력이었다.

하지만 미라에게 있어 그것은 딱히 경계할 필요가 없는 공격이었다. 방어에 특화된 홀리나이트의 장갑은 상급 마물이라 해도 쉽게 관통할 수 있는 것이 아니었기에.

전투 자체는 딱히 걱정이 되지 않았다. 하지만 미라는 그 이외의 사항…… 신자의 숲에 타일런트 스파이크 백이 있는 이유가 신경 쓰였다.

예상은 했지만 직접 눈으로 보고 나니 그 상황 자체가 몹시도 기묘하게 느껴졌다.

게임이었던 시절에도 이 세계에는 훌륭한 생태계가 성립되어 있었다. 마물의 분포 역시 그 일환으로, 그 밖에도 여러 요소들이 균형적으로 구축되어 있었던 것이 아크 어스 온라인이라는 세계였던 것이다.

그런 게임 세계가 현실이 된 현재, 세계에는 여러 가지 변화가 일어나 있었다. 그것은 보다 현실적인 세계가 되기 위한 변화였다.

요컨대, 그렇기에 자연의 섭리라 할 수 있는 생태계가 무너지는 것은 이상한 일이었고 그러한 이상을 초래한 이 마물의 존재는 가히 이질적이라 할 수 있었다.

이대로 두면 이 마물은 폭군──타일런트라는 이름처럼, 신자의 숲의 생태계에 군림하며 그것을 크게 훼손시킬 것이다. 제거할 필요가 있었다.

'그러고 보니 요전에 블리자드 이글의 모습도 보았더랬지. 헌터들의 이야기에 따르면 그 밖에도 여러 마물이 나타났다는 모양이고. 무슨 일이 일어난 젠지, 원.'

미라는 그렇게 여러 가지 생각을 하면서도 순조롭게 마물을 유인했다.

숲속. 육안으로는 확인되지 않았지만 헌터들은 계속해서 앞으로 이동하고 있었다. 미라는 '생체감지'로 그들을 확인하며, 마물의 공격을 방어해가며 뒤를 쫓았다.

"엄청난 소리가 났는데, 정말 괜찮은 건가?"

타일런트 스파이크 백의 일격을 홀리나이트가 막아낸 순간, 핑음이 울려 퍼지자 헌터 중 한 명이 불안한 눈으로 뒤를 돌아보았다. 그러자 십여 명이 덩달아 왔던 길을 돌아보았다.

그 직후, 더욱 커다란 소리가 숲에 메아리쳤다. 동시에 뒤를 보고 있던 헌터들의 얼굴이 공포로 물들었다. 그런 그들을 더욱 몰아세우기라도 하듯 충격과 파괴음이 연거푸 울려 퍼졌다.

다리를 멈추지는 않았지만 서서히 걸음이 무거워졌다. 그러던 중, 돌란이 큰 소리로 외쳤다.

"이 소리가 들리느냐! 아직 싸우고 있다! 다시 말해 예정대로, 그 백기사는 쓰러지지 않고 공격을 막아내고 있다는 소리다. 믿음직스럽지 않으냐! 달려라! 목적지까지 얼마 안 남았다!"

전투가 끝났다면 당연히 소리가 그쳤을 것이다. 하지만 그 소리는 일정 거리를 유지한 채, 지금도 들려오고 있었다. 미라 일행이 싸우고 있는 것이다.

광장에 도착하기 전에 따라잡히면 일동이 포진을 마칠 때까지 홀리나이트가 시간을 번다. 그런 데면데면한 작전이었으나 소리로 미루어 차질 없이 진행되고 있음을 알 수 있었다.

돌란의 말로 그 사실을 알아챈 젊은이들은 마음을 고무시키며 두 다리에 힘을 주어 단숨에 앞으로, 앞으로 나아갔다.

그들은 얼마 지나지 않아 목적지에 도착했다.

'준비가 된 모양이로군.'

두 줄로 나아가던 헌터들이 원을 그리듯 퍼졌다. 그것을 '생체 감지'로 확인한 미라는 타이밍을 살피다 그곳을 향해 부리나케 후

퇴하기 시작했다. 백기사도 그 뒤를 따라 발길을 돌리더니 호쾌하게 나뭇가지를 흩날리며 숲속으로 달려갔다.

두 사람의 그러한 움직임을 보고 도주하는 것이라 판단했는지 타일런트 스파이크 백은 자신의 존재를 과시하듯 포효하며 맹렬한 기세로 뒤를 쫓았다.

갑자기 숲에 탁 트인 공간이 나타났다. 직경은 30미터 정도. 그곳은 원형으로 된 초원으로 햇살이 눈부시게 쏟아지고 있었다. 허공을 달리던 미라는 그 중심 근처에 착지했고 홀리나이트 역시 걸음을 멈추고 몸을 돌렸다.

찰나, 마물이 휘두른 팔을 백기사가 든 타워실드가 막아내자 딱딱하고도 날카로운 소리가 광장 전체에 파문처럼 퍼져나갔다.

"자아, 지금부터가 진짜 시작이로군."

홀리나이트를 그 자리에 남겨두고 미라가 뒤로 물러났다. 그와 동시에 광장 가장자리에서 대기 중이던 헌터들이 일제히 뛰쳐나와 타일런트 스파이크 백을 에워쌌다.

곧 홀리나이트라는 방패의 보호 속에서 헌터들의 집단전투가 시작될 것이다. 이제 미라 본인은 할 일이 없었다. 굳이 할 일을 꼽자면 만약의 경우에 대비해 '아스클레피오스'를 대기시키는 것뿐이었다.

타일런트 스파이크 백은 백기사를 똑바로 쳐다보며 뒤로 물러나 거리를 벌렸다. 뒤쪽에 진을 쳤던 헌터들도 그에 맞춰 뒤로 물러났다.

백기사는 그 자리에서 꼼작도 않고 타워실드를 들고 있었다.

마물이 헌터들을 흘끔 쳐다보자 긴장감이 퍼져나가 몇몇 사람이 움찔했다. 백기사는 움직이지 않았다.

마물이 헌터들을 노려보자 작은 비명소리가 터져 나오더니 몇 사람이 다리를 떨기 시작했다. 그럼에도 백기사는 움직이지 않았다.

타일런트 스파이크 백은 미동도 하지 않는 백기사의 모습을 쳐다본 뒤, 자신의 힘을 과시라도 하듯 두 손으로 격하게 땅바닥을 두들기며 거친 포효를 내질렀다.

그것은 눈 깜짝할 새에 헌터들의 마음속에 잠든 공포심을 되살려냈다. 십여 명이 일제히 엉덩방아를 찧으며 무기를 놓쳤다. 그 얼굴에는 두려움이 가득했다.

그럴 만도 하리라. 오랜 시간에 걸쳐 축적된 공포심은 다소 용기를 북돋운 정도로 극복할 수 있는 것이 아니기에.

지금 시도하고자 하고 있는 것은 굳이 말하자면 극약처방이었다. 실패하면 두 번 다시 일어서지 못할 것이다.

삽시간에 포진이 와해되는 모습을, 타일런트 스파이크 백은 유열에 젖은 눈으로 내려다보았다. 그리고 단숨에 돌진하여 주저앉아 있는 여자 헌터를 향해 그 굵직한 팔을 내리쳤다.

여자가 말로 형용할 수 없는 비명을 지른── 그 직후였다. 유열로 일그러진 마물의 얼굴을 중후한 금속덩어리, 백기사의 타워 실드가 후려친 것이다.

둔중한 충돌음이 울림과 동시에 타일런트 스파이크 백이 뒤로 고꾸라지지 않고자 발을 굴렀다. 장렬한 광경이 코앞에서 펼쳐지자 여자의 눈이 휘둥그레졌다.

돌란은 무언가를 확신한 듯 미소를 지었다. 그리고 라트리는 경도나 힘이 아니라 단숨에 거리를 좁힌 백기사의 돌진 속도에 경악하여 "빨라" 하고 탄성을 흘렸다.

"겁먹지 마라! 지키겠다고 하지 않았느냐!"

망연자실한 표정의 헌터들을 미라가 질타했다.

분명 실패하면 다시는 일어서지 못할지 모른다. 하지만 미라가 그곳에 있는 한, 실패할 가능성 자체가 존재할 수 없었다.

"보았나! 이것이 진정한 소환술이다. 걱정할 것 없다. 무기를 들어라!"

돌란이 다시금 큰 소리를 쳐 젊은이들을 고무시켰다. 이어서 두 노인과 라트리가 마물에게 무기를 겨누었다. 그러자 한 사람, 또 한 사람이 자리에서 일어나 무기를 들고 용기를 쥐어짜내어 공포의 상징과 대치했다.

자세를 바로잡은 타일런트 스파이크 백은 정면을 경계하듯 시선을 날렸다. 그곳에 있는 것은 태연하게 선 백기사였다. 또다시 움직일 낌새가 없었다.

타일런트 스파이크 백은 날카롭게 주변에 자리한 헌터들을 노려보더니, 두 팔을 몇 번이나 내리찍으며 위협하듯 고함을 쳤다.

그에 질 새라 헌터들 역시 저마다 함성을 내질렀다. 그리고 마물의 사각에서 기합이 담긴 일격을 내질렀다.

검에 도끼, 창, 그리고 화살이 타일런트 스파이크 백의 몸에 착실히 상처를 냈다.

그 순간, 날카로운 포효가 울려 퍼졌다. 그것은 지금까지 그래왔듯, 힘을 과시하기 위한 것이 아니었다. 그저 감정을 폭발시킨 것에 불과한, 격노의 노호(怒號)였다.

타일런트 스파이크 백은 분노에 몸을 맡겨 굵직한 팔을 휘둘렀다. 하지만 이미 거리를 벌린 헌터들에게는 스치지도 않았고, 그대로 관성을 이기지 못하고 자세가 무너졌다. 그리고 그 빈틈을 놓칠 헌터는 이곳에 없었다. 단숨에 돌진해 마물의 거구에 불굴의 의지를 새겨 나갔다.

그것은 치명상과는 너무도 거리가 먼 흠집이었다. 타일런트 스파이크 백의 피부는 두껍고 단단하다. 미라의 도움이 없었다면 상대도 되지 않았을 것이다. 하지만 그들, 그녀들은 용감한 표정으로 앞을 바라보고 있었다.

지금껏 일방적으로 몰아붙였던 상대에게 반격을 당한 것이 어지간히도 마음에 안 들었는지, 마물은 헌터들에게 몸을 돌려 달려들었다.

하지만 그 시도는 다시금 백기사의 일격으로 저지되었다.

곧바로 태세를 정비한 타일런트 스파이크 백은 지긋지긋하다는 듯 으르렁거리며 백기사에게 덤벼들었다. 하지만 그 시도 역시 튼튼한 타워실드에 가로막혔다.

분노의 화살표를 헌터들에게 돌리면 저지당한다. 그렇게 이해한 것인지 마물은 자꾸만 방해하는 백기사를 표적으로 정했다.

"흠, 잘되어가고 있군."

미라는 떨어진 곳에서 전황을 지켜보았다. 홀리나이트에게 내린 유일한 명령은 적이 다른 자를 목표로 삼으면 가볍게 때려 주의를 끌라는 것이었다.

이렇게 작전대로, 마물이 백기사의 존재를 무시할 수 없게 되자 자연스럽게 사각이 늘어났다. 그 결과, 헌터들이 그 빈틈을 놓치지 않고 공격을 가한다는 일련의 흐름이 생겨났다.

월등히 강한 자의 도움으로 승리를 얻는다. 그렇게 말하면 십중팔구는 비겁하다고 생각할 것이다. 그리고 그러한 감정은 모두의 마음속에 자리하고 있었다. 그럼에도 헌터들은 이기고 싶다고 생각했다. 비겁하건 어쨌건, 이는 공포를 극복하고 다시 앞으로 나아가기 위한 계기임을 이해하였기에.

그렇기에 그 누구의 눈에도 망설임이나 주저함은 없었고, 본래의 움직임을 되찾아가기 시작했다.

하지만 그럼에도 상대는 상급 마물이라 불리는 마물이었다. 호락호락 당하고만 있지는 않아, 여기저기서 전선을 벗어나 후퇴하는 자가 나타나기도 했다.

"어어, 고마워. 덕분에 살았어."

공격을 피하지 못해 한쪽 팔이 부러져 뒤로 물러났던 남자는 그 직후에 자신의 팔을 휘감은 백사에게 감사인사를 했다. 그리고 팔의 감각이 돌아오자 무기를 손에 들고 전선으로 돌아갔다.

아스클레피오스가 전장을 기어 다니며 위생병처럼 부상자들을 치료했다. 효과가 뛰어난 만큼 시간도 걸렸지만, 그 능력은 헌터들의 정신적 버팀목이 되어주고 있었다.

헌터와 타일런트 스파이크 백의 전투가 시작된 지로부터 두 시간이 흘렀다.

헌터들의 얼굴에는 멀리서 봐도 알 수 있을 정도로 피로감이 역력했고, 전선에서 이탈하여 치료를 기다리는 인원수가 절반에 달했다. 그럼에도 그들의 눈에서는 체념한 빛을 전혀 찾아볼 수가 없었다.

"좋아, 잘한다. 공격이 착실히 먹혀들고 있다!"

치명적인 공격을 모두 막아내는 홀리나이트, 계속해서 젊은이들을 고무시키며 엄호하는 노인들, 그리고 날카로운 일격으로 얕지 않은 상처를 입히는 라트리. 이들의 활약이 끊임없이 젊은이들의 마음에 용기를 북돋아주고 있었다.

그에 반해 타일런트 스파이크 백의 움직임은 서서히 무뎌지고 있었다. 헌터들의 공격은 피부 표면을 찢어놓는 것이 고작인, 경미한 것이었다. 하지만 그것이 수백, 수천 번 계속되자 그곳에서 흘러나오는 피의 양은 결코 무시할 수 없을 정도가 되었다.

정신이 들어보니 발치에 자리한 풀숲에는 엄청난 양의 피가 흐르고 있었다. 그리고 마물의 숨소리는 헌터들의 그것보다 훨씬 거칠고 격해진 상태였다.

그럼에도 타일런트 스파이크 백의 힘은 건재하여 아무렇게나 휘두르는 굵직한 팔은 손쉽게 대지를 후벼 파고 흙먼지를 일으켰다.

직후, 전황이 크게 요동쳤다.

흙먼지가 시야 전체를 뒤덮듯 백기사에게 쏟아지자, 마물이 하늘 높이 도약한 것이다. 마물은 두 손을 맞잡은 채 철퇴처럼 내리쳤다.

그것은 혼신의 힘을 다한 일격으로, 타워실드의 방패를 뚫고 백기사의 머리에 정확히 명중했다.

아무리 강인한 전사라 한들 이만한 충격을 머리에 맞고도 무사할 리 없다. 전투를 통해 그 사실을 알아챈 타일런트 스파이크 백은 승리를 확신하며 울부짖었다.

하지만 그 목소리가 갑자기 사그라졌다. 그 눈이, 아직도 건재한 백기사의 두 눈과 마주쳤기 때문이다.

홀리나이트는 무구정령이었다. 당연히 인간적인 약점 따위는 없었다. 어중간한 지혜가 오히려 동요를 불러 일으켰다.

그리고 라트리가 그 한순간의 빈틈을 노리고 눈 깜짝할 새 거리를 좁혀, 백기사와 마물 사이에 끼어들었다. 전투 내내 빈틈이 보이지 않아 노리지 못했던 목이 코앞에 있었다.

"하아아아앗~!"

라트리는 두 손으로 검을 움켜쥔 채 날카로운 기합을 내지르며 마물의 목에 칼날을 박았다.

피가 칼자루를 타고 흐르는 가운데 마물의 거구가 휘청, 기울어졌다. 그곳에 있던 모든 이들이 움직임을 멈추자, 숲 한가운데 자리한 초원은 순식간에 정적을 되찾았다.

라트리의 일격은 정확히 급소를 꿰뚫었다. 그것은 누가 보아도 치명상이었다.

하지만 그 순간, 마물의 오른팔이 움직여 순식간에 라트리의 몸이 허공으로 날아갔다. 그 팔이 최단거리를 후린 것이다.

"라트리!"

헌터 중 한 사람이 외침과 동시에 일동이 라트리에게로 달려갔다. 하지만 그들, 그녀들의 걸음을 제지한 것은 다름이 아닌 라트리 본인이었다.

땅바닥을 나뒹굴던 라트리는 날렵하게 자세를 바로잡고 일어서 하늘을 향해 팔을 치켜들었다. 타일런트 스파이크 백의 마지막 발버둥은 홀리나이트가 반응할 필요도 없을 정도로 약했던 것이다.

라트리가 승리의 포즈를 취한 순간, 쿠웅 하는 묵직한 소리가 울리더니 땅바닥이 다소 흔들렸다. 시선을 돌려보니 마물의 거대한 몸이 쓰러져 있었다. 마물이 목에 검을 꽂은 채 쓰러지는 그 광경은 모든 이의 가슴속에 승리라는 두 글자를 새겨 넣기에 충분했다.

마치 꿈에서 깨어난 듯 긴장감이 안개처럼 사라졌다. 그리고 그 대신 취기와도 비슷한 환희의 감정이 용솟음쳐, 헌터들은 일제히 승리의 함성을 내질렀다.

⟨6⟩

원적(怨敵), 타일런트 스파이크 백을 타도한 헌터들은 의기양양하게 귀로에 올랐다. 장시간에 걸친 전투로 피로도 상당히 축적되어 있을 텐데도 일동의 표정에서는 생기가 넘쳤다.

하지만 대열 후방에 위치한 일부 사람들은 전율함과 동시에 쓴웃음을 짓고 있었다. 대열의 최후미. 그곳에는 미라와 타일런트 스파이크 백의 시체를 짊어진 네 명의 백기사가 있었다.

이만한 사냥감을 내버려두고 갈 수는 없다는 생각에 헌터 정신에 불이 붙어 젊은이들이 가지고 돌아갈 준비를 하기 시작한 순간, 피곤할 텐데 무리하지 말라며 미라가 운반을 도맡아주기로 한 것이다.

탱커로서 강력한 마물의 공격을 모조리 막아낸 백기사. 오히려 적을 압도할 정도였던 그 존재가, 전투가 끝나자 운반 담당으로 세 명이나 추가되었다. 헛웃음이 절로 나오는 상황이 아닌가.

"그나저나 듣던 이야기랑 다르잖아. 소환술이 약하다는 소리는 대체 누가 한 거야?"

"글쎄. 분명 진짜배기를 본 적이 없는 놈들이겠지."

곳곳에서 소환술을 다시 봤다는 취지의 말소리가 들려왔다. 미라는 그러한 말을 들으며 소환술 부흥을 위한 씨앗이 적절히 뿌려졌다는 생각에 득의양양한 미소를 짓고 있었다.

"고맙다. 다들 다시 일어날 수 있게 해줘서."

닥쳐오는 죽음과 공포에서 해방된 탓인지 꽤나 신이 나 보이는 젊은이들의 모습을 바라보며 돌란은 미라에게 감사인사를 했다.

"고마워할 것 없다. 애초에 저자들에게 전의가 없었다면 이렇게는 되지 않았을 테니. 좌절을 겪고도 적과 맞설 용기를 가질 수 있다는 것은, 그것만으로 칭찬해 마땅한 일이고말고."

미라 역시 앞에서 걷는 젊은이들을 바라보며 그렇게 말했다. 이는 힘 있는 자에게 모든 것을 맡기려 하지 않고, 자신의 다리로 일어선 젊은이들이 이끌어낸 결과라고.

"암. 그렇고말고."

"그래, 저 녀석들은 잘 싸웠어."

돌란에 이어 곁에 있던 노인 두 사람도 감회무량하다는 듯 젊은이들의 뒷모습을 바라보며 크게 고개를 끄덕였다.

요새에 개선한 헌터들은 그대로 두 조로 나뉘었다. 돌아오는 길에 돌란이 제안한 마물 토벌 축승회(祝勝會)를 준비하는 조와 신선할 때 마물을 처리할 해체조로.

백기사에게 시체를 운반시킨 미라는 그대로 해체실로 향했다. 짙은 비린내가 감도는 그곳에서 열 명 정도 되는 헌터들이 해체를 시작하자 타일런트 스파이크 백은 순식간에 부위별로 해체되어 나갔다.

미라는 그 광경을 바라보며 실감했다. 현실이 된 이 세계에서는 실제로 마물을 해체해야만 그 소재를 입수할 수 있다는 사실을.

게임이었던 시절, 토벌한 마물 등은 아이템 박스의 특별 칸에 들어가게끔 되어 있었다. 그 후, 해체기능으로 소재로 만들거나 전문 NPC에게 맡겨 해체하여 소재를 입수하는 식이었다.

하지만 현실이 되어 이런저런 요소가 복잡하게 뒤엉킨 이 세계에서는 게임이었던 시절의 기능 중 일부를 이용할 수가 없었다.

우선 쓰러뜨린 마물을 아이템 박스에 넣을 수가 없었다. 쓰러뜨린 마물을 상대로 '무형술 : 아이템화'를 사용해도 효과가 없었던 것이다.

또한, 해체 기능도 마찬가지였다. 이는 아이템박스 메뉴에서 실행하도록 되어 있는 것으로 특별 칸에 담긴 마물의 시체를 소재로 변환하는 기능이었다. 그렇기에 이용할 수가 없는 것이다.

하지만 해체 작업을 거치면 가죽재, 골재, 식재료 등의 소재 아이템으로 분류되었다.

시체 자체는 생물로 인식되기 때문이 아닐까, 라는 것이 솔로몬이 내놓은 추측이었다.

때문에 미라는 홀리나이트를 시켜 시체를 운반시켰고, 해체 기능을 지녔음에도 해체 작업에는 참가하지 않았다.

"과연 헌터로군. 숙련된 솜씨야."

미라는 감탄하며 해체하는 모습을 견학했다. 처음 보는 마물일 텐데도 헌터들의 손놀림에는 거침이 없었다. 돌란의 말에 의하면 신체적 특징을 통해 대략적인 구조를 파악할 수 있다는 듯했다. 마물 해부학에 대한 조예 없이는 헌터 일을 할 수 없다는 모양이었다.

"그나저나 정말로 마핵(魔核)만 챙겨도 괜찮겠어? 상당히 귀한 소재가 나올 텐데."

해체 작업 중에 문득 고개를 돌려 그렇게 말한 라트리의 표정은 기쁨과 당혹스러움 사이에서 방황하고 있었다. 가장 큰 공로를 한 미라가 희망한 것이 단 하나뿐이었기 때문이다.

"됐다, 됐어. 애초에 잡은 것은 그대들이다. 이 몸은 살짝 도움을 준 것에 불과해. 게다가 형태를 고스란히 남겨두는 편이 실감이 더할 터이니 말이지."

미라는 겉모습과는 달리 관록을 내보이며 미소 지었다. 그 표정에서는 까마득히 높은 차원에 있는 자 특유의 여유와 자애와도 같은 다정함이 엿보였다.

"뭐어, 그렇지. 고마워, 선의를 받아들이도록 할게."

실제로 미라의 홀리나이트는 주의를 끌기 위해 타워실드로 후려치기는 했어도 딱히 공격다운 공격은 한 적이 없었다. 미라의 말대로 숨통을 끊은 것은 분명 헌터들이었다 할 수 있었다.

하지만 당연히 그렇게 생각하는 자는 단 한 명도 없었다. 그러나 이번 일로 인해 지출이 늘어나리라는 것은 불을 보듯 뻔했다. 그렇기에 라트리는 일동을 대표해서 감사인사를 한 것이었다.

적출한 마핵을 건네받은 미라는 피비린내 나는 해체실을 뒤로하고 밖으로 나왔다. 이어서 밖으로 나온 라트리는 미라와 동료들의 재촉에 못 이겨 그대로 멜리사가 있는 곳으로 달려갔다.

하늘은 붉게 물들어, 머지않아 밤의 장막이 드리울 즈음. 군데군데 화톳불이 밝혀진 그곳은 축승회 준비로 떠들썩했고, 밝은 분위기로 가득했다.

미라는 그런 젊은이들을 마음씨 좋은 할아버지 같은 표정으로 지켜보았다. 그때였다.

"저기, 미라 씨. 부탁 좀 드려도 될까요."

쭈뼛거리며 다가온 여성이 매우 거북한 말투로 말을 걸어왔다.

"음, 무어냐. 들어보자꾸나."

고개를 돌려보니 그 여성은 10대 후반 정도에 상당히 단정한 얼굴을 하고 있었다. 그래서였을까. 미라는 반사적으로 거들먹거리는 투로 대답하고 말았다. 거기에 의미가 있었는지 어떤지는 둘째 치고, 여성은 기쁜 듯 미소를 짓더니 갑자기 옷자락을 들쳐 올렸다. 그리고 훤히 드러난 몸의 일부를 가리켰다.

"여기 말인데요. 그게, 멜리사를 치료해주셨을 때, 흉터도 안 남았었죠? 이것도 없앨 수 있을까요."

여성은 기도라도 하듯 간절한 눈으로 그렇게 말했다.

손가락으로 가리킨 곳은 가슴 옆쪽으로, 도려내기라도 한 듯한 흉터가 남아 있었다. 하지만 하루이틀된 것이 아니라 이미 완치된 듯 보였다. 그 흉터는 커서 매우 눈에 띄었다.

남자라면 훈장이랍시고 자랑을 했을 법했지만, 헌터라도 여성은 여성인지라 흉터가 신경 쓰이는 모양이었다.

"흠, 시험해본 적이 없어서 말이지. 고칠 수 있을지 어떨지는 모르겠다만 뭐어, 일단 시도는 한번 해보마."

옆에서 보이는 경치 역시 절경이라는 생각에 몸을 불쑥 내밀고 감상하면서도 미라는 애써 냉정하게 대답했다.

여성으로 말하자면 미라가 천스러운 시선으로 쳐다보고 있다는 것도 모른 채, 꽃망울처럼 미소를 터뜨리며 "네, 부탁드릴게요!" 하고 고개를 숙였다.

그 말을 들은 미라는 쇠뿔도 단김에 빼라는 격언에 따라 '아스클레피오스'를 소환했다. 다소 한눈을 팔기는 했지만, 처음 시도해보는 일인지라 미라 역시 어떤 결과가 나올지 실로 궁금했다.

소환된 아스클레피오스는 마법진에서 스르륵 기어 나왔다. 미라의 몸을 타고 오른팔을 휘감더니, 둥그런 눈으로 쳐다보며 지시를 기다렸다.

"옳지, 아스클레피오스여. 그대의 힘으로 이 자의 흉터를 없앨 수 있겠느냐?"

미라는 그렇게 말하며 오른팔을 여성에게 뻗었다. 그러자 거기 달라붙은 백사는 1초도 기다리지 않고 미라를 보고 고개를 끄덕여 보였다. 그 눈은 '이 정도쯤 아무것도 아니다'라고 말하고 있었다.

"오오, 할 수 있겠다 이거지. 그러면, 부탁하마."

미라가 지시하자 아스클레피오스는 입을 벌려 여성의 가슴 옆쪽을 물었다.

"음."

따끔한 자극 탓인지 여성은 작은 목소리로 신음하며 몸을 파르르 떨었다. 하지만 다음 순간에는 기분 좋다는 듯한 표정을 짓더니 흉터를 보고 기쁜 듯이 웃었다.

"효과가 있었군."

아스클레피오스의 이빨이 꽂혔던 부위를 중심으로 파문이 퍼지듯이 흉터가 사라지더니 옥구슬처럼 매끄러운 새살이 돋아났다. 미라는 그 광경을 지긋이 관찰하며 감탄 섞인 투로 중얼거렸다. 이런 효과도 있었나.

그렇게 아스클레피오스에 의한 치료는 이빨이 꽂혔던 흔적도 남기지 않고 끝났다.

"감사합니다! 정말로 감사합니다!"

여성은 만면의 미소를 지은 채 미라와 아스클레피오스에게 감사인사를 했다.

"이것이 소환술의 힘이다."

소환술 부흥을 꾀하고 있는 미라는 기뻐하는 여성에게 그렇게 말해 유용성을 어필했다. 그리고 "소환술이라는 거, 정말 굉장하네요"라는 말을 듣고 만족감에 젖어든, 바로 그 순간이었다.

"나도 부탁해.", "여기, 고쳐줘~.", "나도 부탁해도 될까?"

조금 전 광경을 지켜보던 여성 무리가 미라에게로 쇄도했다. 시선을 돌려보니 젊은 여성만 일곱 명 정도였다. 아무래도 다들 멜리사를 치료할 때 보았던 일이 신경 쓰여, 방금 전에 치료하는 것을 지켜보고 있었던 모양이었다.

"음, 좋지."

순순히 요청을 받아들이기로 한 미라는 "그래, 어디냐?" 하고 말하며 오른팔을 여성 중 한 사람에게 뻗었다. 그러자 그 여성은 축승회 준비가 진행 중인 주변을 둘러보더니,

"저기, 지하에 있는 치료실에서 하면 안 될까요?"

하고 은근히 뺨을 붉힌 채 죄송하다는 듯 말했다. 고개를 돌려

보니 준비로 분주하게 돌아다니던 남자들 중 몇 사람이 호기심 어린 시선을 보내고 있었다.

동시에 조금 전에 치료를 마친 여성이 자신의 실수를 알아챘다. 여러 사람 앞에서 맨살을 드러내고 말았다는 사실을. 그러고는 "왜 말 안 해줬어" 하고 울먹이며 동료에게 매달리자 여성의 무리는 시선을 피하며 "효과가 있을지 궁금해서 그만"이라고 대답했다.

그리하여 지하실로 향한 미라는 그 즉시 여성들을 치료하기 시작했다.

"이거 말인데요."

우선 첫 번째. 이동을 제안한 여성은 확실히 밖에서 드러내기는 남사스러울 부위를 미라에게 보였다.

그것은 둔부였다. 여성은 가죽제 퀼로트와 레깅스, 그리고 팬티를 절반 정도 내린 채 "부탁드릴게요"라고 말했다.

그곳에는 뿔 같은 것에 받치기라도 했는지 둥그런 흉터가 큼지막하게 남아 있었다.

"흠흠, 과연."

미라는 그렇게 말하며 손을 뻗어 촉진을 하는 척 여성의 엉덩이를 어루만졌다. 둥그렇고 탱탱하고 탄탄하면서도 탄력이 있어 실로 여성다운, 부드러운 감촉이 느껴졌다.

미라는 그 감촉을 맛보며 유열에 젖은 미소를 지었다. 여성들은 전혀 자신을 경계하지 않는 데다 지금은 동성이니 문제없다는 미라의 대의명분이 그 손을 쉼 없이 움직이게끔 했다.

"이 정도면 분명 문제없을 게다!"

한참을 만끽…… 확인한 미라는 살며시 고개를 끄덕이고는 아스클레피오스에게 치료를 시켰다. 그렇게 흉터가 사라지면 여성들은 미라의 촉진 놀이 같은 것은 전혀 개의치 않고 매우 기뻐했다.

그런 식으로 계속해서 젊은 여성들을 치료하며 허벅지 안쪽이며 가슴골 등을 충분히 만끽한 미라는 어쩐지 횡재한 기분이 들어 내심 쾌재를 불렀다.

치료도 끝나고 별이 하늘을 수놓기 시작했을 즈음, 드디어 축승회가 시작되었다. 농성할 필요가 없어지자, 요새의 비축 식량이 대방출되어 진수성찬이 차려졌다.

걱정거리가 모두 다 해결된 데다 자신감까지 되찾은 헌터들의 표정은 매우 풍부했고 축승회는 성황을 이루었다.

미라는 새삼 헌터들의 칭찬을 받으며 숲에서 난 것으로 빚었다는 술을 신이 나서 들이켜며 낭랑한 목소리로 소환술의 힘을 설파했다. 그것을 끝까지 들은 자는 절반도 되지 않았지만 그럼에도 미라는 기분 좋게 취해 축승회를 즐겼다.

그렇게 밤이 깊어 한 사람, 또 한 사람 취기를 못 이기고 잠들어갔다.

그러던 중, 토모키가 문득 미라의 곁으로 다가왔다.

"사람들을 구해주셔서 감사합니다."

옆자리에 앉은 토모키는 곧장 그렇게 감사인사를 했다.

"무얼, 이 몸의 소환술에 걸리면, 이 정도쯤 아무것도 아니다."

"역시 대단하시네요. 저는 생산특화라 이럴 때 활약하시는 분들이 그저 부러울 따름이랍니다."

취한 상태로도 미라는 소환술 부흥을 위한 씨앗을 뿌리는 일을 잊지 않았다. 토모키는 그 말을 듣는 둥 마는 둥 하며 그대로 신세한탄을 하기 시작했다.

목공이 전문인 토모키는 지팡이며 활을 만드는 것이 특기라고 한다. 하지만 어느 날, 취미로 나무 조각을 해봤더니 그것이 큰 인기를 끌어, 장인정신을 가지고 만든 지팡이며 활과 같은 값에 팔렸다는 모양이었다.

그 나뭇조각이 어떠한 것이냐고 묻자 삼신을 본뜬 신상이라고 했다. 지금은 지팡이나 활보다 주문이 많아, 굳이 비유를 하자면 지금은 불상 깎는 장인 같은 상태라는 모양이었다.

그리고 이번에 우연인지 필연인지 삼신국에 납품할 신상을 만드는 영광을 얻게 되었노라고, 토모키는 쓴웃음을 지은 채 말했다. 취미로 시작한 일이 지나치게 커져 다소 불안하다는 모양이었다.

그럼에도 각오를 굳히고 신상을 만들기에 적합한 목재를 찾기 위해 신자의 숲을 찾았다고 한다. 신목이 자리한 이 숲이라면 분명 그에 걸맞은 목재를 찾을 수 있으리라.

"그 후 어찌어찌 헌터 분들의 협력으로 목재 쪽도 점을 찍어뒀는데 뭐어, 일이 이렇게 되어서 말이죠."

토모키는 한숨 섞인 말투로 그렇게 말했다. 전투 능력을 모험가 랭크로 치환하면 그의 실력은 C와 D의 중간 정도라고 한다.

그러니 타일런트 스파이크 백에게 상대가 될 리가 없었다.

하지만 달아나고자 했다면 그럴 수도 있었을 터. 미라가 그렇게 말하자 토모키는 아무 것도 못하겠지만 하다못해 마지막 순간은 지켜보자는 생각에, 라고 대답했다.

"헌데, 묻고 싶은 게 있다만. 서식 영역이 다른 마물이 나타나는 경우가 **과거**에는 없었다만, **지금**은 곧잘 있는 일이냐?"

토모키의 이야기를 끝까지 들은 미라는 지금 가장 신경 쓰이는 일을 입에 담았다. 게임이 현실이 됨으로 인해 이번과 같은 변화가 일어난 것이 아닌가 싶던 것이다.

그러자 토모키는 얼마간 생각하더니 어지간해서는 일어나지 않는다고 대답했다. 그리고 어지간한 일이라 함은 곧 인적 요인을 뜻한다고 덧붙여 말했다.

"하지만 이번 일은, 전혀 원인을 종잡을 수가 없네요. 인적 요인이 가해진 경우와는 달리, 마물의 종류와 본래의 서식지가 지나치게 다종다양하게 뒤바뀌었으니까요."

"듣고 보니 그렇군. 그렇다면, 원인은 무엇일는지."

"뭘까요."

두 사람은 그렇게 중얼거리고는 화톳불이 죽 이어진 밤의 숲을 바라보았다.

토모키가 주정뱅이에게 끌려간 뒤, 홀짝홀짝 술을 마시던 미라는 문득 라트리의 옆에 멜리사가 있다는 사실을 알아챘다. 보아하니 완전히 회복된 것은 아닌 듯했지만 안색은 좋았고 식욕도 있는 듯 보였다.

그러다 미라의 시선을 느낀 것인지 라트리와 멜리사가 나란히 일어나 다가왔다.

"미라 양 덕분에 보다시피 걸을 수 있을 정도로 회복되었어. 정말로 고마워."

"저기, 라트리에게 들었어요. 목숨을 구해주셔서, 정말 고마워요."

두 사람은 그렇게 말하며 깊숙이 고개를 숙였다. 멜리사의 얼굴에는 순수한 감사의 마음이, 라트리의 얼굴에는 감사와 기쁨, 그리고 되찾은 자신감이 떠올라 있었다.

"무얼, 무사해서 다행이다."

미라는 다정한 미소를 지은 채 그렇게 짧게 대답하고는 벌게진 얼굴로 소환술의 유용성이며 능력, 활용법을 읊어댔다. 별 생각 없이 들으면 주정뱅이의 술주정처럼 들렸다. 하지만 소양이 있는 자는 그 내용에 귀를 기울일 수밖에 없을 것이다. 다름 아닌 소환술의 정점, 아홉 현자의 일원인 덤블프의 강의가 아닌가.

하지만 유감스럽게도 이 자리에 소양이 있는 자는 없었다. 따라서 미라의 말은 아직도 이어지고 있는 떠들썩한 소리와 시원하게 부는 밤바람, 그리고 반짝이는 밤하늘에 허무하게 녹아들었다.

　신자의 숲에서 아침을 맞이한 미라는 페가수스에 걸터앉아 헌터들에게 작별을 고하고는 상쾌하리만치 활짝 갠 하늘로 날아올랐다.

　헌터들은 큰 소리로 감사인사를 하며 배웅을 했으나 대부분이 숙취가 남은 탓에 지상은 얼핏 보면 지옥도로 착각할 정도로 난장판이 되어 있었다.

　정상적으로 인사를 한 것은, 주당이라고 큰소리를 치던 돌란과 병상에서 일어난 지 얼마 되지 않아 자제한 멜리사, 그리고 그녀를 돌보던 라트리뿐이었다.

　신자의 숲 상공. 미라는 페가수스의 등에 축 늘어져 있었다. 마찬가지로 숙취인 듯 보였다.

　미라는 일찍이 솔로몬에게서 들었던 조언, '숙취에는 수분 보급이 최고'라는 말을 떠올리고는 조금 전부터 애플오레를 마시고 있었다.

　하지만 들어간 것이 많으면 당연히 나올 것도 많아지기 마련이기에 미라는 몇 번이고 지상에 내려갈 수밖에 없었지만 신진대사가 좋은 것인지 몇 시간 만에 그럭저럭 회복된 듯했다.

　'몇 번을 봐도 장관이로군그래.'

경치를 즐길 정도로 여유를 되찾은 미라는 시야를 가득 메운 그 광경에 탄성을 흘렸다.

정면에는 대륙 최대라 일컬어지는 그림다트 제국 왕성의 대성벽도 무색하게 할, 거대한 벽이 솟아나 있었다. 아니, 그것은 벽처럼 보이는 거목의 줄기였다.

미라는 현재, 신목 영역을 날고 있었다.

올려다본 하늘은 온통 거대한 나뭇가지로 뒤덮여 있어, 햇살 한 줄기 비추지 않았다. 하지만 주변은 이상하게도 밝았다. 태양 대신 옅은 빛을 내뿜는 입자가 쏟아지고 있기 때문이다. 이 입자는 신목에서 흘러나오는 마나의 조각으로, 빛이 닿지 않는 기슭에 자리한 나무들은 이 마나를 양분 삼아 성장하고 있었다. 그 결과, 신목에서 흘러나온 마나의 영향으로 기슭은 강력한 영역(靈域)이 되었다.

그 중심, 장엄한 분위기가 감도는 신목의 뿌리에 페가수스가 착륙했다. 미라는 그 등에서 내려 정면에 자리한 **벽**을 올려다보았다.

빛의 입자는 밤에 흩날리는 눈송이처럼 까마득한 상공에서 쏟아지고 있었다. 그리고 지면에 흡수되어 사라지며 울창하게 자라난 이름 없는 들꽃을 비추었다.

들꽃들은 마치 관찰이라도 하듯 하늘에서 내려온 방문객에게 **고개**를 돌렸다.

주변에서 정체 모를 낌새를 느낀 탓인지 페가수스는 걱정스러운 눈으로 미라에게 얼굴을 비벼댔다. 그에 미라는 괜찮다고 말해주고 페가수스를 송환하고는 벽처럼 보이는 신목과 마주했다.

"장로여, 묻고 싶은 것이 있다. 모습을 보여주지 않겠나."

그렇게 말을 붙이자 바람이 속삭이듯 불어왔다. 그것은 미라의 뺨을 쓰다듬고 그대로 등 뒤에 자리한 숲을 수런거리게 하였다.

바람이 서서히 전파되어 영역 전체에 퍼진 직후, 나뭇잎 스치는 소리조차 나지 않는 정적이 그 일대를 지배했다.

팽팽한 분위기가 주변을 가득 메웠다. 하지만 이 상황을 겪은 적이 있는 미라는 태연히 그것을 기다렸다. 신자의 숲의 주인이자 장로라 불리는 료쿠인시오노미코토(綠陰柴翁之命)가 강림하기를.

정신이 들어보니 끊임없이 쏟아지던 빛이 사라지더니 짙은 어둠이 일대를 뒤덮고 있었다.

소리가 들려왔다. 땅을 기는 듯한 소리가.

낌새가 가까워지더니 무언가가 등 뒤로 다가왔다.

그리고 다음 순간, 정면에 자리한 벽에 소녀의, 미라의 그림자가 비추었다.

뒤를 돌아보니 그곳에는 한 아름은 될 크기의 빛구슬이 떠 있었다. 그 빛은 미라를 품평이라도 하듯 주변을 맴돌더니 눈앞에 자리한 지면에 푹 떨어졌다.

첫 번째 변화는 완만하게 이루어졌다. 빛이 떨어진 지면이 솟구치더니 그곳에서 천천히 떡잎이 튀어나왔다. 하지만 그 후, 극적으로 성장하여 순식간에 미라의 키를 넘기더니 서서히 사람의 모습으로 변하기 시작했다.

변화가 시작된 지 10초 남짓. 미라의 눈앞에 나뭇잎으로 된 로브를 걸친, 사람과 비슷했지만 어쩐지 무기질적인 분위기를 풍기는 노인이 모습을 나타냈다.

"무슨 일인가."

낮고 걸걸한, 발음이 불분명한 목소리가 노인의 입에서 흘러나왔다. 미라를 바라보는 눈은 요사스럽게 빛나고 있어, 그 모습과 더불어 으스스한 인상을 풍겼다. 한 번 본 적이 있는 미라도 엉겁결에 뒷걸음을 칠 정도였다.

"무례하게 불러내 미안하군. 얼마나 오래된 일인지는 모르겠으나, 장로의 뿌리를 찾아 이곳에 온 자가 없는지를 확인하러 왔다. 짚이는 바가 있다면 알려주지 않겠나."

그렇게 묻자 장로는 미라를 가만히 쳐다본 채 입을 다물었다. 공허한 눈이 자신을 들여다보는 통에 미라는 거북스럽기 그지없었으나 답변을 기다렸다. 그때, 느닷없이 주변이 밝아졌다.

"무엇이지?"

주위를 둘러보니 세 개의 빛구슬이 땅바닥에 가라앉고 있는 모습이 보였다. 그리고 다음 순간에는 흙이 부풀어 오르고 떡잎이 튀어나오더니 각각 다른 모습으로 변해갔다.

그것들은 벚꽃으로 된 로브를 걸친 여성, 나무껍질로 된 갑옷을 두른 남성, 덩굴을 휘감은 소녀가 되어 미라 앞에 강림했다.

"그분은 기억합니다. 처음 받은 부탁이었던지라 무척 인상 깊었지요. 언제인지는 잊었습니다만, 제 뿌리를 원하신다기에 드렸습니다."

그렇게 대답한 것은 벚꽃 로브를 걸친 여성이었다. 여성스럽고 다정한 목소리에 무기질적이면서도 안정감이 느껴지는 얼굴을 지니고 있었다.

"나도 기억해. 대가로 맛있는 음식을 잔뜩 **데려와**준 사람 맞지? 또 왔으면 좋겠는데~."

덩굴을 휘감은 소녀가 그 덩굴을 절묘하게 조종해 허공을 날며 아직 앳된 구석이 남은 목소리로 말했다. 다른 셋과는 달리 덩굴이 옷의 역할을 제대로 하지 못한 탓에 알몸이나 다름없었지만, 전혀 신경이 쓰이지 않는 눈치였다.

"그래, 분명 그러한 일도 있었지."

굵직한 목소리로 그 말을 긍정한 나무껍질 갑옷을 두른 남자는 척 보아도 무인(武人) 같았다. 게다가 성격 자체가 진지한 것인지 활발하기 그지없는 덩굴을 휘감은 소녀를 붙잡아 "손님 앞에서 실례가 아니냐"라고 꾸짖었다.

아무래도 듣자하니 뿌리를 찾아 이곳에 온 자는 분명 있었던 모양이었다. 그리고 대가를 지불하고 뿌리를 얻어갔다. 하지만 그 시기는 잊어버려 알 수 없다는 것이다.

또한, 장로의 뿌리를 찾아온 인물은 처음이었다고 한다. 상황으로 미루어 그것이 소울하울이었을 가능성이 컸다.

"흠, 좌우간 누군가가 오기는 왔다 이 말이로군?"

"틀림없다."

미라의 물음에 노인이 무표정하게 대답하자 그 목소리에 호응하듯 조용히 땅울림이 다가오더니 미라의 몸의 몇 배는 될 법한 굵기의 뿌리가 땅을 뚫고 나타났다.

"오호…… 이게 그건가."

그 뿌리의 끄트머리는 부자연스럽게 끊겨 있었다. 어둑해서 또렷하게 보이지는 않았지만 확인해보니 분명 잘라낸 듯한 흔적이 보였다. 그것은 상당히 오래된 것으로 보였다. 요컨대 소울하울은 그만큼 오래 전부터 움직이기 시작했다는 뜻이었다.

"이 몸이 찾는 이일지도 모르겠다만, 그자의 모습 같은 것은 기억하는가?"

우선 이곳을 찾은 목적을 달성한 미라는 달리 얻어낼 정보가 있을까 싶어 물음을 던졌다. 노인은 또다시 미라를 바라본 채 숙고하기 시작했다.

"글쎄……. 검은 머리카락을 지닌 남자로, 눈가를 가리는 하얀 가면을 쓰고 있었다."

남자 쪽이 대신 그자의 특징을 입에 담았다. 그리고 그 이상은 기억에 없다고 말했다. 나머지 셋도 마찬가지인지 기억나는 것은 그 정도뿐이라 대답했다.

"흠, 그 녀석이 틀림없을지도 모르겠군."

검은 머리에 눈가를 가리는 가면. 소울하울도 머리가 검었기에 외모를 변경하지 않았다면 그 점도 일치한다고 볼 수 있었다. 게다가 가면. 이 역시도 짚이는 바가 있었다. 그는 수상쩍은 자신을 연출하는 데 여념이 없었다. 가면도 그 일환일 가능성이 컸다.

"또 무슨 말을 하지는 않았는가?"

"글쎄요……. 제 뿌리를 무엇에 쓸지 궁금해서, 물었습니다. 그게……."

"잔을 깎는다고 했지. 그걸로 검은…… 검은…… 뭐였더라? 뭐가 필요하다고 말했어."

조금이라도 더 정보를 얻어내고자 미라가 묵자 정지된 듯 움직이지 않는 노인 대신 여성이 기억을 더듬으며 대답했고, 애매한 부분은 소녀가 보충해주었다.

"검은 무언가라……. 흠, 전혀 모르겠군."

아무리 미라라도 그것만 가지고는 도무지 영문을 알 수가 없어서 뒷일은 슬레이만에게 떠넘기기로 했다. 소울하울의 자료를 해독하고 있는 그라면 무언가를 알아채 주리라 기대하며.

"그래. 한 가지만 더 묻지. 조금 전 이야기와는 상관이 없는 일이다만, 최근 이 숲에서 낯선 마물이 나왔다 들었다. 그 건에 관해 아는 바가 있나?"

미라는 요새에서 들었던 헌터들의 이야기를 떠올리며 그렇게 물었다.

"정확히는 모른다. 하지만 동쪽에서 일그러짐 같은 것이 느껴진다. 원인이 있다면 그것일 것이다."

남자는 그렇게 말하며 동쪽으로 고개를 돌린 채 눈을 부릅떴다. 아무래도 무언가가 보이는 모양이었지만 미라의 눈에는 새까만 숲과 옅은 빛을 내뿜으며 쏟아지는 빛의 입자만 보였다.

장로들은 신목의 영향하에 있는 영역과 그 주변에서 벌어지는 일이라면 무엇이든 파악할 수 있다는 모양이었다. 하지만 일그러짐이 있는 지역은 그 범위 밖인지 관찰하는 것이 고작인 탓에 정확히는 알지 못한다고 말한 것이다.

"일그러짐이라……."

막연한 그 단어가 의미하는 바는 대체 무엇일까. 그러한 의문
이 떠올라 턱에 손가락을 가져다댄 채 중얼거린 미라는 이내 호
기심이 동해 용무를 마치고 나서 조사해볼까, 하고 생각했다.

"료쿠인시오노미코토여, 정보를 제공해주어 감사하다는 의미
로, 이것을 바친다."

묻고 싶은 것을 전부 물은 미라는 아이템박스에서 구운 과자를
끄집어냈다. 신을 불러낸 것이니 상응하는 대가가 필요했다. 그
리고 자연에서 난 신은 인간의 공이 들어간 공물을 좋아하는 경
향이 있었다. 미라는 그래서 마을에서 과자를 잔뜩 구입했던 것
이다.

"인간이 만든 과자다~!"

소녀가 기뻐서 펄쩍펄쩍 뛰며 과자를 낚아챘다. 입에 던져 넣
더니 만면에 미소를 띤 채 우적우적 씹어댔다. 생각했던 것보다
좋아하는 모습에 미라도 제대로 골랐음을 확신하고는 나머지 과
자도 끄집어내기 시작했다.

소녀는 차례로 쌓여가는 과자를 향해 손을 뻗으려 했지만 남자
가 덩굴을 붙잡아 제지했다. 그는 '공물을 바치는 도중에 앗아 가
는 신이 어디 있느냐'라고 말했다.

소녀처럼 대놓고 들뜬 모습을 보이지는 않았지만 여성과 남자,
노인도 과자는 좋아하는지 기뻐하며 건네받았다.

"과자 공물은 오랜만이군. 나는 저기 즈음에서 배설만 조금 해

줘도 상관없었거늘. 거기에 담긴 마력이라면 좋은 열매를 맺을 수 있을 터이니 말이다."

지금까지 한두 마디만 내뱉었던 노인이 수다스럽게, 변태적인 말을 입에 담았다. 요약하자면 미라 정도의 마력을 지닌 자의 몸에서 나오는 것은 좋은 비료가 된다는 뜻이었다.

원래는 식물로, 터무니없이 오랜 세월을 살아온 신은 **그러한** 감성을 지니고 있지 않은 모양이었다. 그 증거로 여성도 남성도 노인의 말에 그것도 나쁘지 않았겠다며 동의하고 있었다. 예외는 과자에 정신이 팔린 소녀뿐이었다.

미라는 과자를 공물로 준비하길 잘했다고 생각하며 진심으로 안심했다. 가져오지 않았다면 최악의 경우에는, 눈앞에서 **그런** 짓을 억지로 하게 됐을지도 모를 일이었으니.

신은 때때로 무서운 존재로 돌변하기 마련. 그러한 곡해에 도달한 미라는 과다하게 마신 애플오레가 꿈틀대는 낌새에 온몸을 부르르 떨었다.

8

원래 신자의 숲에는 없을 터인 마물이 있는 원인에 관해서는 알아내지 못했지만 소울하울이 이곳에 왔었다는 흔적은 확인할 수 있었다. 예상했던 대로 그는 신명광휘의 성배를 찾고 있다는 사실이 증명된 것이다.

요컨대 이 가능성을 더듬어 나가다 보면 언젠가는 반드시 따라잡을 수 있다는 뜻이었다.

미라는 구운 과자를 보고 입맛을 다시는 장로들에게 감사인사를 한 뒤, 그 자리를 뒤로했다. 그때, 과자 공물을 가장 기뻐했던 소녀가 나무열매 하나를 선물로 주었다. 뿌리를 찾아왔던 자의 공물로 맺은 열매 중 하나라고 했다.

생각지 못한 신의 선물이 반갑기는 했지만 그 경위를 생각하자니 약간 불안해져, 미라는 그것을 아이템박스에 보관했다.

미라는 다음으로 솔로몬에게 부탁받았던 아이템을 채취하기 위해 나섰다.

목적지는 신목이 있는 장소에서 가까웠지만 걸어가면 한 시간은 걸리는 길이었다. 그래서 미라는 당연히 페가수스를 불러냈다. 페가수스는 계속 걱정을 하고 있었는지 얼마간 몇 번이나 사랑스럽다는 듯 미라의 뺨을 핥아댔다.

겨우 진정한 페가수스의 등에 타고 십 분 남짓을 날아, 영역에서 가장 가까운 호숫가에 내려섰다. 숲속에 구멍이 난 듯, 탁 트인 그 장소에는 형형색색의 꽃이 흐드러지게 피어 있었다.

바람이 지나갈 때마다 꽃들이 춤을 추고 달콤한 향기가 퍼져나 갔다. 잔물결이 일어난 수면은 햇볕을 받아 수정처럼 빛났다. 그리고 호수 옆에 자리한 아담한 바위산에서는 폭포가 떨어져, 기분 좋은 물소리를 내고 있었다.

주위를 둘러보니 다종다양한 작은 동물들이 저마다 뛰어다니고 있었다. 깊고 조용한 숲의 녹음 속에 자리한 이 호수는 작은 존재들이 모이는 휴식터가 된 모양이었다.

'이렇게 화사한 곳이었던가……'

감동보다는 놀라움이 더 큰 듯한 표정으로 미라는 넋을 잃고 그 광경을 보았다.

게임이었던 시절, 이 장소는 평범한 호수와 초원이었다. 하지만 지금은 색체감이 넘치는 낙원이라 해도 지장이 없을 꽃밭이 되어 있었다.

30년이라는 시간의 흐름을 새삼 실감하며 미라는 호숫가에 서 있었다.

그러던 중, 미라에게. 아니, 옆에 있던 페가수스에게 금빛 털을 지닌 다람쥐 같은 동물이 다가왔다. 그리고 직후, 발치까지 와서는 그대로 페가수스의 몸을 타고 올라가서는 완전히 마음을 놓고 그 등에 엎드려 눕는 것이 아닌가.

또한 그것이 계기가 되었는지 근처에 있던 작은 동물들이 모여들기 시작해, 페가수스에게 다가왔다. 미라는 그 광경을 보고 놀라면서도 크리스마스트리처럼 장식되어 가는 페가수스의 모습을 보고 살며시 웃었다. 페가수스로 말하자면 귀찮다는 내색은 전혀 하지 않고 당당히 작은 동물들을 품 안에 들이고 있었다.

이 현상은 페가수스가 성수(聖獸)이기에 일어난 것이었다. 동물들에게 있어 성수는 부처 같은 존재로, 그 옆은 가장 안심할 수 있고 안전한 성역이라 할 수 있었기 때문이다.

그 모습을 흐뭇하게 바라보던 미라는 문득 페가수스의 등에서 푸른 새끼 토끼를 발견했다. 그것은 퓨어 래빗이라고 하는 매우 희소한 동물로, 그 털은 행운의 부적으로도 유명했다.

하지만 그런 이유는 둘째 치고, 둥그런 눈에 둥그스름한 몸이 너무나도 귀여웠다. 아크 어스 온라인 랭킹의 귀여움 부문에서 늘 1위를 다툴 정도로 귀여웠다.

그리고 미라는 퓨어 래빗을 직접 본 것이 처음이었다. 척후(斥候) 기능을 최대한 활용해, 멀리서 간신히 관찰하는 것이 한계일 정도로 경계심이 강하기 때문이었다.

마주칠 기회조차 매우 희소해서 정지 그림으로만 본 자가 대부분인 퓨어 래빗이 눈앞에 있었다. 결과적으로 미라는 그 귀여운 모습에서 눈을 뗄 수가 없게 되었다.

'실물이 이 정도일 줄이야……. 둥글둥글, 복슬복슬 하구나…….'

참지 못하고 뻗은 미라의 손이 닿기 직전. 근처로 다가온 소녀의 모습을 본 퓨어 래빗은 겁을 먹은 듯 훌쩍 뛰어내려 페가수스의 발치로 몸을 숨겼다.

"우……."

미라는 명백한 거절 반응에 상처를 입었다. 하지만 그 직후, 페가수스가 울었다. 말을 붙이기라도 하듯 작은 목소리로. 그러자 신기하게도, 한 번은 도망쳤던 퓨어 래빗이 주저주저 다시금 미라의 앞으로 돌아왔다.

"이건…… 혹시 그대가 뭐라 말을 해준 게냐?"

미라는 눈앞에서 몸을 둥그렇게 움츠린 토끼에서 페가수스에게로 시선을 옮겼다. 페가수스는 그와 동시에 고개를 끄덕이더니 칭찬해달라는 듯 머리를 들이밀었다.

"착하구나."

그런 페가수스의 머리를 한 차례 쓰다듬어준 미라는 시선을 다시 퓨어 래빗에게로 돌렸다. 깡총 튀어나온 푸르고 긴 귀가 주변을 살피듯 꼬물꼬물 움직이고 있었다. 그 모습을 보고 더는 참을 수 없게 된 미라는 푸르고 둥그런 몸으로 손을 뻗어 폭신한 털을 실컷 만끽했다.

털 뭉치처럼 작아도 손에 전해지는 체온은 생명이 분명히 그곳에 있음을 증명해주었다.

미라는 최대한 놀라게 하지 않고자 살며시 쓰다듬었다. 그것이 효과를 거둔 것인지 미라에게 악의가 없다는 사실을 알아챈 듯, 퓨어 래빗은 스스로 자신의 몸을 미라에게 맡기듯 부비기 시작했다.

"오~ 오~ 어리광쟁이로구나. 옳지~ 착하다, 착해."

그 귀여움은 멈출 줄을 몰라서, 미라는 퓨어 래빗을 살며시 안고서 정신없이 귀여워했다.

그러던 중, 갑자기 페가수스가 큰 소리로 울었다. 그와 동시에 미라의 품에서 뀨이뀨 울던 퓨어 래빗이 갑자기 뛰어내렸다. 그리고 페가수스 앞에서 어쩐지 용서를 구하듯 땅바닥에 엎드려 복종의 자세를 취했다.

"……이번엔 뭐라고 말한 게야…….."

미라는 상황이 이해가 되지 않아 고개를 갸웃할 따름이었다.

"왜 그러는 게냐, 페가수스여."

그렇게 말하며 갈기를 쓰다듬자, 페가수스는 머리를 미라의 가슴께로 들이밀기 시작했다.

'으~음. 모를 일이군.'

자신에게 머리를 들이민 페가수스를 쓰다듬으며 미라는 주변을 둘러보았다. 시야 속에 자리한 새끼 토끼는 아직도 엎드린 상태로 뀨우, 하고 작은 소리로 울고 있었다.

미라는 다시 한 번 파랗고 복슬복슬한 털을 만끽하고 싶었지만, 그랬다가는 한도 끝도 없이 그러고 있고 싶을 것 같았다. 미라는 퓨어 래빗과 한없이 노닥거릴 자신이 있었지만 애초에 이곳에 온 것은 목적이 있었기 때문이었다. 작은 동물들과 언제까지고 놀고 있을 수는 없는 노릇이었다.

미라는 약간 아쉽기는 했지만 등에 올라탄 작은 동물들을 내려놓고 페가수스를 송환했다. 그러자 어째서인지 동물들이 이번에는 미라의 주변으로 모여들기 시작하는 것이 아닌가.

아무래도 미라를 페가수스의 보스라고 인식한 모양이었다.

미궁 입구인 높다란 바위산을 향해 걸어가자 작은 동물들은 미라의 뒤를 졸졸 쫓아왔다.

"따라오지 말거라. 지금부터 위험한 장소로 갈 것이니."

그렇게 말한들 알아들을 리가 없었다. 가장 행동적인 황금 다람쥐는 이미 미라의 어깨에 올라타 느긋하게 쉬고 있기까지 했다. 자세히 보니 퓨어 래빗도 둥그런 눈으로 안아달라고 조르고 있었다.

이대로 가면 미궁에 들어서지도 못하겠다. 유혹을 필사적으로 견뎌내며 그렇게 생각한 미라는 교섭가로 쓸 만한 자를 불러내기로 했다.

'소환술 : 캐트 시'

술법의 발동과 동시에 공중에 자그마한 마법진이 나타나더니 퐁, 하는 소리와 함께 마술사 같은 차림새를 한 새끼 고양이가 튀어나왔다.

공중에서 빙글빙글 3회전을 하고서 두 발을 모아 착지했다. 어디서 꺼낸 것인지 모를 팻말에는 [10.0]이라는 숫자가 적혀 있었다. 이어서 마법진이 색종이 가루를 토해내, 한층 더 그럴싸한 그림을 연출해냈다.

"부름 받고 왔습니다, 냐냐냐냥~(《엣취 대마왕》에 등장하는 대사. '부름 받고 나왔답니다. 짜자자잔~'의 패러디). 오랜만이라 힘 좀 써봤습니다냥. 단장(團長)님, 몇 점 주실 겁니까냥."

"6점쯤 되려나."

"뭣이라굽쇼냥~~!"

오버 액션을 취하며 캐트 시가 뒤집은 팻말에는 경악을 표현하는 효과선이 그어져 있었다. 그 세심한 재주를 본 미라는 엉겁결에 감탄하여 쿡, 하고 웃음소리를 흘렸다.

고양이 정령 캐트 시. 상급이 아닌 정령술 중 대화를 나눌 수 있는 몇 안 되는 존재였다. 그 능력은 대개 직접적인 전투에는 맞지 않는 것이었지만 동물들에게서도 정보를 수집할 수 있는 등, 보기 드문 특기를 지니고 있어 척후로서는 매우 우수했다. 요컨대, 동물과 대화를 할 수 있다는 뜻이었다.

"이럴수가냥! 단장님이 여자애가 됐습니다냥! 이거 훌륭하다냥, 10점 만점입니다냥~."

캐트 시는 미라를 올려다보더니 [10.0]이라 적힌 팻말을 두 손으로 휘두르는 동시에 냥냥거리며 펄쩍펄쩍 뛰어댔다. 그런 캐트 시의 등장에 주변의 작은 동물들은 다소 경계하듯 거리를 벌렸다.

"이 녀석이고 저 녀석이고 가볍게도 흘려 넘기는구나……. 뭐어, 아무래도 좋다. 단원 1호여, 부탁 좀 들어주겠느냐."

"뭐든 말씀하시라냥~!"

캐트 시가 두 발을 모은 채 차렷 자세로 경례를 붙였다. 뒤로 돌린 손에 들린 팻말에는 [처억!]이라는 효과음이 적혀 있었다.

"여기 있는 동물들에게 지금부터 갈 곳은 위험하니 따라오지 말라고 전해줬으면 한다만, 할 수 있겠느냐?"

"이 목숨을 걸고 해내 보이겠습니다냥."

파이팅 포즈를 취한 캐트 시의 팻말에는 [천지신명께 맹세코]라고 적혀 있었다.

"냐냐냐냐~"라는 소리와 함께 작은 동물들이 모여 있는 곳 한가운데로 뛰어들더니 미라는 알아들을 수 없는 언어로 말하기 시작했다.

얼마 후, 의사소통이 되었는지 작은 동물들이 마지못해 해산하기 시작했다. 캐트 시는 끝으로 미라의 몸을 타고 기어올라 황금 다람쥐에게도 말을 붙였다. 황금 다람쥐는 납득한 듯이 뛰어내리더니 곧장 가까이에 있는 나무를 타고 올라갔다.

"임무 완료입니다냥."

"음, 수고했다."

미라의 어깨에서 도약해 몸 비틀어 세 바퀴 반 회전을 시도하던 캐트 시는 머리로 착지를 하는 바람에 비틀거리며 일어나 다시금 경례 포즈를 취했다. 미라는 수고했다는 말을 하고는 그 새끼 고양이를 안아 올렸다. 별수 없는 일이었다지만 작은 동물들이 떠나가자 섭섭해져서 그 대용품으로 삼으려 한 것이다.

"간지럽습니다냥~."

캐트 시는 그렇게 말하면서도 기분 좋은 듯 손발을 버둥거렸다. 팻말에는 [좀 더!]라는 글씨가 반짝이고 있었다.

미라는 그런 단원 1호의 목을 쓰다듬으며 높직한 바위산이 있는 방향으로 걸음을 옮겼다.

천마미궁 프라이멀 포레스트는 호수에 인접한 바위산에 난 균열 안쪽에 있었다. 미라는 머리에 캐트 시를 태운 채 그 균열로 진입했다.

들어가자마자 급경사의 내리막길이 펼쳐져 있는 데다 폭은 어른이 아슬아슬하게 지나갈 정도밖에 되지 않았다. 차가운 발소리가 바위 사이에서 메아리쳤다.

입구는 한참 떨어진 곳에 있었다. 폭포소리가 희미하게 들릴 정도로 깊숙이 들어가자 빛조차 들지 않았다. 하지만 미라의 앞길은 밝게 비춰져 있었다.

캐트 시 덕분이었다. '캣 서치라이트'라는 특수기능으로 눈에서 조명 대신 빛을 내뿜고 있는 것이다. 머리 위에 있어서 미라가 고개를 돌리면 자동적으로 그쪽을 비추어주어 편리하기 이를 데 없었다.

"수상합니다냥~ 매우 수상한 술법이 걸려 있습니다냥~."

10분 이상을 걸어가자 갑자기 내리막길의 경사가 완만해지더니 이내 수평 통로로 변했다. 캐트 시는 그 길 끝을 노려보았다. 전방에 자리한 바위, 그곳에는 반딧불이 같은 빛을 내뿜는 무수한 문장이 빽빽하게 새겨져 있었다.

"흠…… 이게, 이곳의 결계로군."

발치에는 당당히 '천마미궁 프라이멀 포레스트, 관리 : 모험가 종합 조합'이라고 적혀 있었다. 미라는 머리에 올라탄 캐트 시의 등을 쓰다듬으며 중얼거리고는 카라낙의 술사 조합장인 레오닐에게 받은 금역(禁域) 통행증을 끄집어냈다.

"호오…… 이건……."

"냐냐냐, 술법의 기운이 옅어졌습니다냥."

미라가 통행증을 집어든 순간, 그 통행증이 빛나기 시작함과 동시에 바위에 새겨진 문장 중 가까이에 있는 부분에서 서서히 불빛이 사라진 것이다. 어떤 원리에 따른 것인지는 짐작도 되지 않았다. 하지만 함정 등의 장치에 민감한 캐트 시가 하는 말들로 보아 이로써 통행이 가능해졌으리라는 것을 짐작할 수 있었다.

미라가 한 걸음씩 앞으로 나아가자 그 걸음과 같은 속도로 전방에 자리한 문장이 열어지기 시작했다. 또한, 지나친 문장은 다시 색을 되찾았다.

캐트 시가 비춘 결계의 통로를 따라 더 전진하기를 10분 남짓. 진행 방향에 작은 빛이 보이기 시작했다.

그곳에서 얼마간 더 전진하자 통로가 끝나, 미라는 커다란 공간에 들어섰다.

그곳에는 작지만 울창한 밀림이 펼쳐져 있었다. 햇살 같은 빛이 띠를 이루어 쏟아졌지만, 위를 올려다보아도 태양은 없는 데다 천장은 어두웠다. 그저 무수히 많은 덩굴들이 울퉁불퉁한 바위에 엉켜 붙은 채 늘어져 있을 뿐이었다. 그리고 빛은 그 덩굴 끄트머리에서 광선처럼 쏟아지고 있었다.

빛을 받은 푸른 잎은 싱싱했고, 이름 모를 꽃들은 꽃망울을 활짝 펼치고 피어나 있었다. 한참을 올려다봐야 할 정도로 키가 크고 굵은 수목이 시야를 가득 메우고 있어, 보는 이가 절로 숨을 죽일 정도로 웅장한 분위기를 과시하고 있었다.

"단장님, 우리가 드디어 비경을 발견했습니다냥~."

캐트 시는 미라의 머리에서 뛰어내려 밀림을 향해 "냐호~" 하고 외쳤다. 산도 아니건만, 당연히 비경도 아니고.

"여기까지 오느라 고생 많았다."

통행증을 아이템박스에 도로 넣은 미라는 그렇게 고생을 치하하며 송환하고자 손을 내밀었다.

"아직 보지 못한 모험이, 기다리고 있습니다냥~."

캐트 시는 서글픈 목소리로 말하며 넙죽 엎드려 애원하는 자세를 취했다. 팻말에는 [아쉽다냥, 자닌하시다냥] 이라는, 비경을 눈앞에 두고 돌아가기 싫다는 캐트 시의 비통한 외침이 적혀 있었다. 더불어 그 틀린 글씨에서는 급하고 애통한 마음이 고스란히 느껴지는 듯했다.

"못 말릴 녀석이로구나……."

송환을 거부하는 모습을 보고 같은 반응을 보였던 무지개 정령 팜을 떠올리고는, 소환체에게도 각각 개인의 의지가 있다는 사실을 실감하며 미라는 내밀었던 손을 내렸다.

"단장님은 말이 통하는 분이십니다냥. 평생 찰싹 붙어다니겠습니다냥."

"보통은 따르겠다고 하지 않나……?"

"그렇게도 말합니다냥."

캐트 시는 [성심성의]라고 적힌 팻말을 높이 던지고는 뛰어올라 공중에서 한 바퀴를 돌았다. 착지했을 때는 탐험대 비슷한 복장으로 변해 있었다. 그리고 끝으로 떨어진 팻말을 머리로 캐치했다. [준비완료, 하지만 분하다]라고 적힌 그것은 다잉 메시지처럼 캐트 시의 곁에 나동그라졌다.

"어디…… 가보도록 할까나."

미라는 가볍게 주변을 둘러보고는 적당한 덩굴에서 어린애 정도 크기의 잎사귀를 끊어냈다. 그러고는 그 잎을 손에 든 채 광장 끄트머리를 향해 걸음을 떼었다.

"방치하지 말아주십시오냥~."

그렇게 외치며 벌떡 일어난 캐트 시는 허둥지둥 미라의 뒤를 쫓아갔다.

밀림을 등지고 암벽 쪽을 보고 선 미라와 캐트 시. 그 눈앞에는 커다란 균열과 그 안쪽으로 이어진 언덕길이 있었다. 밀림은 평범한 밀림이었고, 이 앞부터가 천마미궁 프라이멀 포레스트였다.

그 언덕은 경사가 급한 데다 표면은 유리처럼 매끄러웠다. 그런 탓에 한번 내려가면 다시 올라 올 수 없었다. 그리고 이는 천마미궁이라 불리는 던전 전체의 공통점이었다. 입구와 출구가 별개로 존재하는 것이다.

캐트 시를 어깨에 태운 미라는 그 머리를 두드려 언덕길을 비추게 했다.

"앞이 깜깜합니다냥."

캐트 시는 황황히 빛을 내뿜는 눈으로 전방을 바라본 채 신이 나서 발을 파닥거렸다. 팻말은 들고 있지 않았다. 앞으로 어떻게 될지를 잽싸게 알아채고는 두 손으로 미라에게 매달려 있기 때문이었다.

미라는 웅크려 앉아 뜯어낸 잎사귀를 엉덩이에 깔고 앉았다.

'언제 와도 가슴이 설레는군그래.'

말하자면, 이 앞은 길고 긴 슬라이더 같은 것이었다. 미라는 다소 즐거운 듯 미소를 짓고는 엉덩이를 질질 끌어 앞으로, 또 앞으로 이동하여 언덕 끄트머리 바로 앞에서 정지했다.

"간다!"

"모험의 시작입니다냥!"

미라는 두 발로 땅을 박차 단숨에 급경사로 뛰쳐나갔다.

잘 미끄러지는 언덕길이라 눈 깜짝할 새 가속하는 가운데, 미라는 예상을 뛰어넘은 체감속도에 약간 겁이 나기 시작했다.

'게임이었을 적에는 즐거웠는데…… 현실이 되니 이거…….'

온몸으로 느껴지는 풍압, 곡선으로 된 모퉁이를 지날 때마다 튕겨나갈 것만 같은 원심력. 단조롭지만 인정사정 봐주지 않고 다가왔다가 지나가는 그 모든 것들이 내면적인 공포를 부추겼다. 특히 어두운 탓에 먼 곳을 내다볼 수 없는 상황이 공포에 박차를 가했다.

"단장님, 지릴 것 같습니다냥~!"

"참아라!"

롤러코스터 뺨치는 슬라이더는 우로 좌로 몇 번이나 구부러져 있어, 캐트 시가 번번이 비명을 질러댔다. 그 덕분이라고 해야 할지 미라는 간신히 평정심을 유지할 수 있었다.

내려가기 시작한 지 5분 정도가 경과했을 즈음, 전방에 골인 지점의 빛이 보이기 시작했다.

길고도 길게 느껴졌던 내리막길이 끝나자마자 미라 일행은 빛 속으로 내팽개쳐졌다. 가벼운 부유감 속에서 눈부심을 견디지 못하고 눈을 가늘게 떴다. 포물선을 그리는 궤도에서, 이윽고 중력의 인도로 완만한 속도로 강하하는 것이 느껴지더니 곧 가벼운 충격과 함께 땅바닥에 불시착했다.

"후냥!"

미라는 엉덩방아를 찧는 듯한 자세로 착지했지만 거기에는 먼저 온 손님이 있었다. 미라의 어깨에서 미끄러진 캐트 시였다.

"어이쿠, 미안하구나. 괜찮으냐?"

"괜찮습니다냥. 여자아이가 된 단장님은 가벼웠습니다냥."

미라가 펄쩍 뛰어 물러나자 캐트 시가 비틀비틀 일어나, 펄쩍 펄쩍 뛰어 괜찮다고 어필을 했다. 그리고 어디서 꺼낸 것인지 알 수 없는 팻말에는 [여자를 보호하는 것도 남자의 능력]이라고 적혀 있었다.

한 사람과 한 마리는 주변을 둘러보았다. 그곳은 조금 전에 보았던 밀림과 비교도 되지 않는 곳이었다.

꽤나 많이 내려왔을 텐데도 짙은 녹음으로 뒤덮인 공간에는 빛이 가득했다. 고개를 들어보니 머리 위 전체가 나무줄기와 잎사귀로 뒤덮여 있었고, 군데군데 굵직한 덩굴이 늘어져 있었다. 빛은 거기서 쏟아지고 있는 모양이었다.

그러한 빛으로 밝혀진 풍경은, 삼엄(森嚴)하고도 이상한 분위기를 풍겼다.

끝이 보이지 않을 정도로 키가 큰 나무줄기 위에는, 어디서 시작되어 어디에서 끝나는지 알 수가 없는 가지들이 구불구불 까마득히 먼 곳까지 둘러쳐져 있었다.

미라와 캐트 시가 착지한 것은 그런 나무줄기의 일부였다. 후방에는 하늘 높은 곳까지 암벽이 우뚝 솟아 있었고, 엎치락뒤치락 종횡무진으로 뻗은 줄기에 휘감긴, 무수히 많은 덩굴에는 이파리가 무성히 돋아나 있었다. 멀리서는 정체를 알 수 없는 생물의 울음소리가 들려오는 데다, 마찬가지로 정체를 알 수 없는 낌새가 풍겨왔다.

인간의 이해 범주를 넘어선 자연의 섭리가 지배하고 있는 그곳은 굳이 의식하지 않아도 확 느껴질 정도로 공기가 맑았다.

"신천지다냥. 비경 안에서 신천지를 발견했습니다냥~."

캐트 시는 주변을 둘러보며 감개무량하다는 투로 감동을 말로 옮겼다. 그리고 [캐트 시 탐험대]라고 적힌 팻말을 땅에 꽂……으려고 했지만 지면이 단단해서 쿠당, 하는 소리를 내며 쓰러졌다. 단원 1호는 서글픈 눈으로 그렇게 쓰러진 팻말을 쳐다보았다.

'어디, 언제쯤 찾을 수 있을는지…….'

미라는 침울해하는 캐트 시를 내버려두고 적당히 주변을 훑어보며 걸음을 옮겼다. 미라가 움직이기 시작하자 캐트 시는 곧장 달려와서 경계심 어린 눈으로 주위를 살피며 따라왔다. 회복력하나는 일품인 모양이었다.

시야 전체를 가득 메운, 끝이 보이지 않는 나무로 된 길을 뛰어넘으며 얼마간 목적한 물건을 찾던 중, 미라는 나뭇잎 아래 떨어져 있던 그것을 겨우 발견했다.

짙은 녹색으로 된 빛을 맥동하듯 뿜어내고 있는, 손바닥으로 감쌀 수 있는 크기의 씨앗. 솔로몬이 채취를 부탁했던 '시조의 종자'이었다.

"이제 하나인가……."

시조의 종자를 주워든 미라는 한숨을 내쉬며 중얼거리고는 시선을 들어 다시금 주변을 둘러보았다.

천마미궁 프라이멀 포레스트. 원초의 숲이라는 의미를 지닌 장소였지만 엄밀히 말하자면 이곳은 숲이 아니었다. 모든 나무의 시조, 고페르가 친 무수한 가지 중 일부에 불과했던 것이다.

요컨대 눈에 보이는 모든 것이 고페르로, 이곳 전체에 시조의 종자가 떨어져 있을 가능성이 있었다. 하지만 그것은 채집 장소를 특정할 수 없다는 것을 의미하기도 했다.

예전에는 많은 플레이어들이 바닥을 응시하며 활보한 적도 있었다. 그런 당시의 일을 떠올리며 미라는 시조의 씨앗을 손에 든채 작은 소리로 한숨을 내쉬었다.

"단장님, 그게 몇 개나 필요합니꺄?"

캐트 시가 미라의 어깨로 기어 올라가, 손 안에 있는 씨앗을 가리키며 물었다.

"아홉 개 더 필요하지. 어디 있는지 알 수가 없으니, 이거 고생깨나 하겠구나."

미라는 어깨에서 머리를 빼죽 내민 캐트 시의 털을 쓰다듬어 마음을 가라앉히며 그렇게 불평을 했다.

그 말이 상황을 움직이는 계기가 되었다. 캐트 시가 미라의 팔을 타고 내려가 손 안에 있는 시조의 씨앗의 냄새를 맡거나 핥아보더니, 훌쩍 뛰어내려 주변을 살살이 둘러보기 시작한 것이다.

"저쪽에서 같은 낌새가 느껴집니다냥!"

캐트 시는 그렇게 말하더니 자신만만하게 몇 개 앞에 있는 나무줄기를 바라보며 손으로 가리켰다. 하지만 어쩐지 믿음직해 보이는 동작과는 대조적으로, 입에서 혀를 내민 채 울상을 짓고 있었다.

단원 1호가 든 팻말에는 [맛은 ×]라고만 적혀 있었다.

"호오…… 설마 찾아낸 게냐?"

"너무도 특징적인 냄새입니다냥. 소생의 뛰어난, 남다른, 달인처럼 날카로운 감각이 있으면, 이 정도쯤 아무것도 아닙니다냥!"

캐트 시가 손의 둥그렇고 말랑한 부분을 엄지손가락처럼 치켜세우며 대답했다. 눈빛은 날카로운 것이 자신만만해 보였지만 여전히 혀를 내밀고 있었다.

"흠, 멋지구나, 단원 1호여."

미라는 쇠뿔도 단김에 빼라는 격언에 따르려는 듯 캐트 시를 안아 올리고는 '공활보'를 사용해 캐트 시가 가리킨 방향을 향해 허공을 내달렸다.

"이 근처입니다냥~."

캐트 시는 미라의 가슴께에서 그렇게 말하며 바닥에 뻗어 있는 나무줄기 끝으로 시선을 던졌다. 그리고 그 말대로, 미라는 덩굴이 엉켜 있는 가지 끄트머리에서 시조의 종자를 발견했다.

지금까지 캐트 시의 용도는 척후병으로 탐색을 시키는 정도뿐이었던지라, 설마 이러한 특기가 있으리라고는 생각지도 못했다.

미라는 새로운 사실을 또 하나 알게 되었다는 기쁨에 캐트 시를 두 손으로 치켜들며 다음 위치를 물었다.

"다음은, 또 어디 있느냐?!"

"우~…… 냥~……! 저쪽입니다냥!"

미라의 손안에서 두리번거리던 캐트 시의 뛰어난, 남다른 달인처럼 날카로운 감각이 새로운 반응을 포착하자 캣 서치라이트가 그 방향을 가리켰다.

"좋아, 잘했다!"

미라는 예상했던 것보다 훨씬 쉽게 모을 수 있을 것 같다는 생각과 새로운 발견의 상승효과로 신이 날 대로 난데다 캐트 시의 귀여움도 한몫 거들어, 몇 번이고 수없이 새끼 고양이의 온 몸을 쓰다듬으며 칭찬을 쏟아부었다.

9

캐트 시의 안내에 따라 날아다닌 결과는 순조로워, 미라는 솔로몬이 부탁한 수량의 절반인 다섯 개의 종자를 확보한 상태였다. 예정보다 빨리 끝날 것 같았다.

미라가 기분 좋게 가벼운 스텝으로 나무들 사이를 지나던 순간.

"위험합니다냥. 위험한 낌새가 느껴집니다냥……."

여섯 개째 되는 시조의 종자가 있는 위치를 알아낸 캐트 시의 안내를 받으며 나아가던 도중. 녹색으로 뒤덮인 나뭇가지와 잎사귀를 뒤흔들며 그것들이 눈앞에 떨어진 것이다.

캐트 시는 경계심이 가득한 날카로운 눈으로 견제를 하듯 그것을 노려보았다. 미라의 어깨에서 목 뒤쪽으로 돌아들기는 했지만 그 표정만은 실로 용감했다.

"나타났나."

미라는 그렇게 중얼거리며 앞을 가로막은 그자들을 흘끔 쳐다보았다.

프라이멀 포레스트뿐 아니라 커다란 숲에는 수목인(樹木人)이라 불리는 종류의 마물이 서식했다. 모습은 사람에 가까웠지만 몸은 모두 마른 나무로 되어 있었다.

하지만 이곳은 천마미궁이라 불리는 특수한 장소로, 출현하는 마물은 전부 아종이라는 특징이 있었다.

미라의 앞에 나타난 마물은 수목인의 아종이었다. 표면은 나무껍질로 뒤덮였고, 골격에 해당되는 부분은 전부 나무로 되어 있었다. 꿈틀대는 덩굴이 그것들을 사람과 비슷한 형태로 고정시키고 있어, 평범한 수목인과는 비교도 되지 않을 정도로 기묘한 형상을 이루고 있었다.

닐드렌트. 그것이 그 마물의 이름이었다.

닐드렌트가 온몸을 감싼 덩굴을 꿈틀대며 걷기 시작하자 그 몸이 기분 나쁘게 일그러졌다. 삐걱삐걱 소리를 내며 다가오는 그 마물은 창처럼 날카로운 손을 지니고 있었다.

"잠시 얌전히 있거라."

미라는 그렇게 말하더니 캐트 시의 목덜미를 잡아 그대로 빈손으로 원피스의 가슴께를 벌려 그리로 던져 넣었다.

"알겠습니다냥!"

캐트 시는 미라의 원피스 안에서 꾸물꾸물 자세를 고쳐 머리만 빼꼼 내밀어 경례를 했다.

"대답은 됐으니 꼬리 세우지 마라. 간지러우니."

미라는 그렇게 말하며 캐트 시의 머리를 붙잡아 몸을 틀게 했다.

"알겠습니다냥."

캐트 시는 꼬리를 둥그렇게 말며 대답했다.

미라 일행이 그러는 동안 상황이 크게 움직였다. 적대 중이던 세 마리 중 하나가 높이 도약하여 미라에게 덤벼든 것이다.

그 즉시 상대의 위치를 확인한 미라는 뒤로 도약했다. 직후, 적을 사냥하는 데 특화된 닐드렌트는 적절한 동작으로 최단거리를 꿰뚫었다. 그 창과 같은 손이 땅바닥에 꽂혔다.

그리고 그 손이 움직이는 일은 두 번 다시 없었다. 느닷없이 닐드렌트의 등 뒤에 나타난 검은 팔이 칠흑의 검을 내리쳤기 때문이다.

칼날이 묵직하게 후려치자 그 충격으로 닐드렌트를 구성한 나무껍질과 파편과 덩굴이 녹색 액체와 함께 흩날렸다.

'위력은 손색이 없는 듯하군.'

그것은 바로 다크나이트의 일격이었다. 실전에서 처음으로 실행한 부분 소환이 보란 듯이 그 유용성을 증명했다. 미라는 그 결과에 만족하며 곧장 응용 방법에 관해 생각하기 시작했다.

미라가 고찰을 할 수 있었던 것은 아주 잠시뿐이었다. 동료였던 물체의 잔해를 흩뜨려 요란하게 딱딱한 소리를 내며, 사람과는 동떨어진 움직임으로 두 마리의 닐드렌트가 뛰쳐나왔다.

한 마리가 기분 나쁘게 일그러진 사지를 굽혀 높이 도약했다.

위아래에서의 동시 공격. 하지만 그것은 모두 다 불발로 끝났다. 뛰어오른 한 마리는 공격 자세를 취하기도 전에 하얗고 커다란 방패에 격돌해 땅에 떨어졌다. 부분 소환된 홀리나이트의 타워실드에 막힌 것이다.

'흠, 타이밍을 맞추면 충분히 실용적이로군.'

미라는 새로운 사용법을 분석하며 정면에서 돌진해 오는 닐드렌트를 쳐다보았다.

창처럼 생긴 팔이 목표를 향해 일격을 내질렀다. 미라는 익숙한 몸놀림으로 손쉽게 그것을 피하고는 살며시 마물의 동체에 손을 댔다.

'선술 지 : 홍련일악'

순간, 폭염이 발생해 닐드렌트는 잿더미로 변하며 박살났다.

나머지 한 마리. 추락한 닐드렌트는 뻣뻣한 움직임으로 일어났다. 하지만 그 직후, 다시금 출현한 검은 대검이 마물을 세로로 두 동강냈다. 형을 집행한 검은 팔이 그대로 허공에서 사라지자 땅바닥에 녹색 얼룩이 커다랗게 퍼져 나갔다.

'이건, 제법 편리하군…….'

부분 소환. 실전에서도 충분히 쓸 만하다는 생각에 미라의 연구심이 꿈틀댔다. 금방 사라지기에 통로 등을 가로막을 걱정도 없다. 출현 시 느껴지는 기척도 희미해 기습 등에도 유용한 것은 물론이고, 방금 전처럼 공간이 한정적인 장소에서 운용하기에도 아주 편리할 듯했다.

"역시 단장님입니다냥~."

마물의 기척이 사라진 것을 확인한 캐트 시는 미라의 가슴께에서 튀어나와 자랑스럽게 가슴을 폈다. 손에 든 팻말에는 [다 살자고 하는 짓]이라고 적혀 있었다.

"그래, 다음은 어느 쪽이었더라?"

시조의 종자를 찾던 도중에 받은 습격. 주변은 규칙성 없이 뒤엉킨 나무줄기와 덩굴로 된 숲인지라 방향감각이 미묘하게 뒤엉켜, 미라는 안내를 맡은 캐트 시에게 여섯 번째 종자의 행방을 물었다.

당사자인 단원 1호는 닐드렌트의 잔해를 뒤지고 있었다.

뭘 하는 거냐고 미라가 물으려던 순간, 캐트 시는 잔해에서 요령껏 어떠한 것을 끄집어냈다.

"겟이다냥(포켓몬스터에서 주인공이 포켓몬을 잡았을 때 외치는 대사의 패러디)."

그렇게 말하며 캐트 시가 치켜든 두 손에는 덩굴이 복잡하게 뒤엉킨 검은 덩어리가 있었다.

"호오, 전리품 회수도 할 수 있는 겐가."

그것은 닐드렌트에게서 채취할 수 있는 고유 아이템, 닐드의 심핵(心核)이었다. 캐트 시는 닐드의 심핵을 공물처럼 미라에게 헌상하더니 다음 잔해를 향해 달려갔다.

결과, 심핵을 두 개 회수했다. 폭발한 개체에서는 회수할 수가 없었던 모양이다.

미라는 의외로 부지런한 캐트 시를 어깨에 태우고 안내에 따라 다음 종자가 있는 곳을 향해 달려갔다.

천마미궁 프라이멀 포레스트에 들어선 지 한 시간 남짓. 미라는 솔로몬이 부탁했던 시조의 종자 열 개를 모두 확보했다. 캐트 시 덕분이었다.

몇 십 마리째인지 모를 닐드렌트를 물리친 미라는 부분 소환의 감각을 머릿속으로 반추하며 더욱 깊이 이해하고자 노력했다.

주변에는 검은 얼룩이 무수히 눌어붙어 있었다. 닐드렌트가 던진 독 열매가 뭉그러진 흔적이었다.

수목인의 아종인 닐드렌트에는 크게 세 종류가 존재했다. 손이 창처럼 날카로운 개체. 독 열매 등을 던지는 개채, 독을 지닌 침엽(針葉)을 발사하는 개체.

캐트 시가 닐드렌트의 잔해에서 심핵을 빼내 미라에게 바쳤다. 회수 작업이 이제 완전히 손에 익은 듯 보였다.

현재 미라가 있는 장소는 천마미궁 프라이멀 포레스트의 가장 자리였다. 중심부로 가면 갈수록 귀중한 아이템이 잠들어 있고, 그만큼 마물도 강력해졌다. 최심부에 접어들면 아홉 현자의 실력으로도 애를 먹을 정도의 난이도를 자랑했다. 혼자일 경우에 한정된 이야기였지만.

하지만 이번에는 거기까지 들어갈 필요가 없었다. 목표인 시조의 종자는 미궁 전역에 떨어져 있었기 때문이다.

"볼일도 끝났으니 슬슬 돌아가도록 할까."

"알겠습니다냥."

캐트 시는 그렇게 대답하더니 미라의 몸을 타고 올라 어깨에 자리를 잡았다.

천마미궁의 입구와 출구는 따로 존재했다. 그 때문에 출구를 찾을 필요가 있었지만 주변은 온통 나무줄기가 질서 없이 뻗어 있는 숲. 눈 깜짝할 새에 방향을 잃기 마련인 미궁이었다.

하지만 몇 번이나 온 적이 있는 미라는 그 출구를 찾는 방법을 알고 있었다.

"으음…… 안 보이는군. 단원 1호여, 푸른 꽃이 어디 있는지 보이느냐?"

눈을 지그시 뜨고 주변을 살피던 미라는 그렇게 말하며 캐트 시를 머리에 태웠다.

"푸른 꽃 말씀이십니까냥? 찾아보겠습니다냥!"

미라의 요청을 받은 단원 1호는 황황히 빛나는 눈을 크게 뜨고 [탐색 중]이라고 적힌 팻말을 든 채 나무줄기 끝, 나뭇잎 뒤, 덩굴 뒤에 숨은 공간까지 주의 깊게 둘러보았다.

"찾았습니다냥. 저쪽입니다냥~."

십여 초 후, 캐트 시는 눈으로 서치라이트를 내뿜어 방향을 가리켰다. 미라는 "잘했다" 하고 칭찬하며 지정한 방향을 향해 달려 나갔다.

푸른 꽃은 바닥을 구성한 나무줄기 몇 개 너머에 있었다. 유달리 굵직한 덩굴에 손바닥 크기 정도의 푸른 꽃잎 네 장이 펼쳐져 있었다. 이 꽃만 찾아내면 출구에 들어서는 것은 시간 문제였다.

주변을 둘러보니 푸른 꽃은 마치 방문자를 인도하기라도 하듯 같은 간격으로 피어나 있었다. 이 꽃이 피어난 길 끝에 바로 출구가 있었다.

도중에 조우한 닐드렌트를 부분 소환의 시험대로 삼아가며 푸른 꽃을 향해서 얼마간 길을 나아갔다. 몇 십 개째인지 모를 나무줄기에 착지한 미라는 그 줄기 끝에서 예스러운 상자를 발견했다.

"단장님, 보물입니다냥!"

"음, 보물이로구나."

캐트 시의 눈이 반짝였다. 그 손에는 [비경에 숨겨진 낡은 상자. 그 안에 담긴 것은 희망일까 절망일까]라는 문구가 적힌 팻말이 쥐어져 있었다.

보물 상자 앞에 선 미라의 머릿속에 문득 술사 조합장 레오닐에게 들었던 말이 떠올랐다. 천마미궁 프라이멀 포레스트. 이곳이 어째서 금역으로 지정되어 봉인되었는지에 관한 말이.

그 원인이 눈앞에 있는 상자였다. 내용물을 입수해도 다시금 출현하는 이상한 보물 상자. 게임이었던 시절에는 재배치되는 것이 당연한 일이었지만 현실이 된 지금은 그렇지 않으리라.

미라는 그런 이상한 상자로 손을 뻗은 채 선술 '충파'를 내쏘았다.

포효와도 같은 소리를 내며 보물 상자에 직격한 바람은 상자의 표면에 무수히 많은 흠집을 새겨놓고서 안개처럼 흩어졌다.

"흠, 괜찮은 것 같군."

"단장님은 난폭도 하십니다냥~."

캐트 시는 그제야 약간 긴장을 푼 미라의 머리에서 훌쩍 뛰어내렸다. 그리고는 착지한 충격으로 두 다리가 저릿저릿한지 결국 털썩 쓰러졌다.

"보물 상자의 판별이라면, 소생에게 맡겨주시라냥……."

캐트 시는 간신히 상체를 들어올려, 눈에서 붉은 빛을 내쏘며 보물 상자를 노려보았다. 지팡이처럼 짚고 선 팻말에는 [진면목을 보일 기회]라는 문자가 빛나고 있었다.

"문제없습니다냥!"

어찌어찌 회복한 캐트 시는 자신만만하게 고개를 돌려 미라를 올려다보며 그렇게 선언했다.

"그럴 테지. 조금 전에도 시험해봤듯이 말이다."

"그랬습니다냥~!"

미라가 그렇게 대꾸하자 캐트 시는 호들갑스럽게 땅바닥에 엎어졌다. 팻말에는 [이 무슨 불찰이란 말인가]라는 문자와 심경을 나타내는 효과선이 그려져 있었다.

"뭐어, 상자인지 아닌지 구분할 수 있다는 게로구나. 전에는 그런 기능이 없었던 것 같다만, 굉장하구나."

"30년에 걸친 수행의 성과입니다냥!"

고개를 푹 숙이고 있던 캐트 시는 미라의 말을 듣고 기운을 되찾더니 [진화가 멈추지 않아]라고 적힌 팻말을 휘두르며 보물 상자를 향해 달려갔다.

천마미궁의 보물 상자에는 두 종류가 있다. 보물, 혹은 마물. 구분하는 방법은 매우 단순했다. 미라가 했던 것과 같이 공격을 가해보면 그만이었다. 보물 상자일 경우에는 아무 일도 일어나지 않고, 마물일 경우에는 정체를 드러내며 공격해 온다. 이번에는 반응이 없었으니 평범한 보물 상자라는 뜻이었다.

"흠, 이건 무슨 나뭇조각인고."

캐트 시가 보물 상자를 열고 내용물을 끄집어낸 순간, 상자 쪽은 모래가 되어 흔적도 없이 사라졌다. 하지만 미라는 그 사실은 딱히 개의치 않고 캐트 시가 건네 준 주먹 정도 되는 크기의 나뭇조각을 관찰했다.

"냐냐냐냥…… 이건……. 세계수의 조각 같습니다냥."

미라의 어깨까지 기어올라 그 나뭇조각을 들여다본 캐트 시가 그렇게 말했다.

"호오, 알겠느냐."

"도감에서 본 적이 있습니다냥."

얼핏 보면 평범한 나뭇조각이었다. 하지만 캐트 시는 세세한 차이도 구분할 수 있는 모양이었다. 자랑스럽게 가슴을 두드리는 캐트 시의 손에는 [1인 감정단]이라 적힌 팻말이 쥐어져 있었다.

세계수의 조각. 강력한 회복약의 원료로 쓰이기도 하지만 치유력을 높이고 독이며 마비, 저주와 같은 해악을 물리치는 힘을 지닌 무구도 만들 수 있었다. 그런 탓에 상급 모험가들 사이에서는 비싼 값으로 거래되고 있는 물건이었다.

'세계수라……. 그러고 보니 루미나리아가 촉매로 세계수의 재를 구해달라고 했지. 이걸 태우면 재가 되는 걸까…….'

미라는 기능대전을 양도하는 조건으로 루미나리아가 제시한 마술습득용 촉매를 찾아오라는 의뢰를 받은 상태였다. 그중 하나가 세계수의 재라는 아이템이었다. 이름 그대로의 물건이기는 했지만, 과연 나뭇조각을 태운 재도 효과가 있을지까지는 알 수가 없었다.

'뭐어, 일단 보여줘 보기나 할까.'

본인에게 보여주고 판단하자. 그렇게 결론을 내린 미라는 나뭇조각을 아이템박스에 넣었다.

그 후, 다른 보물 상자는 딱히 눈에 띄지 않았고 닐드렌트와 몇 차례 더 전투를 치른 끝에 미라는 드디어 출구에 도착했다.

푸른 꽃을 따라온 끝에 도착한 장소는, 다름이 아니라 바위벽에 난 커다란 구멍이었다. 그 안으로 들어가자 이번에는 토벽으로 둘러싸인 공간이 나왔다. 빛을 내뿜는 덩굴이 천장을 뒤덮고 있어 대낮처럼 밝았다. 통로 끝에 자리한 작은 호수의 일렁이는 수면에는 연꽃잎과 비슷한 잎사귀가 떠 있었다.

돌아다니는 동안 눈에 익은 나뭇가지와 잎은 전혀 보이지 않았다. 그곳에는 여러 가지 색채를 띤 들풀이며 들꽃이 무성하게 자라나 있어, 마치 다른 미궁에 들어선 듯한 착각마저 들었다.

"이런 곳에 사람이 오다니, 별일이군. 뭔가를 찾으러 온 건가?"

"말했습니다냥!"

그런 공간의 중심. 그곳에는 천마미궁 프라이멀 포레스트에서 나가는 것을 도와주는 안내인이 앉아 있었다.

"이곳에서 나가고 싶다만."

미라는 그렇게 대답하며 눈앞에 우뚝 선 안내인을 올려다보았다. 캐트 시로 말하자면 흥분된 표정으로 그것을 바라보고 있었다.

그곳에 있는 것은 거대한 푸른 꽃이었다. 집채만 한 꽃송이는 하늘보다도 선명한 색을 띠고 있었고 허브처럼 청아한 향기에 감싸여 있었다. 덩굴에서 떨어진 빛줄기에 비춰진 그 꽃은, 아름답고도 씩씩하게 그 존재를 주장하고 있었다.

"오호, 그렇군. 그거라면 내가 도와줄 수 있겠어. 힘의 근원을 가져오면 내가 지상으로 돌려보내 주도록 하지."

미라의 몇 배는 될 법한 굵직한 줄기가 떠받치고 있는 푸른 꽃은 하늘하늘 꽃잎을 흔들며 그렇게 말했다. 목소리는 땅속에서 들려온 듯, 주변 일대에 울려 퍼졌다.

푸른 꽃이 말한 힘의 근원이라는 것도 천마미궁이 지닌 공통점이었다. 입구와 출구가 다르다는 것 외에도 나가기 위해서는 전용 아이템이 필요했다. 하지만 그것은 결코 입수하기 어려운 것이 아니다. 천마미궁에서 싸워 나갈 수 있을 만한 힘을 지니고 있으면 어렵지 않게 구할 수 있는 물건이었다.

"이거면 되겠지?"

미라는 닐드의 심핵을 끄집어내서 그것을 들어보였다. 천마미궁의 마물이 드롭한 아이템이 탈출용 아이템을 겸하고 있는 것이다.

"좋아. 그걸 거기 있는 호수에 가라앉혀라. 그러면 출구로 보내주지."

미라는 다시금 캐트 시를 원피스 안에 집어넣고는 시키는 대로 심핵을 호수에 던져 넣었다.

수면에 파문이 퍼졌다. 그리고 심핵이 천천히 가라앉으며 옅은 빛을 내뿜기 시작했다.

"분명히 받았다. 그러면 간다."

그 말과 함께 푸른 큰 꽃이 불쑥 줄기를 구부려 꽃잎으로 미라를 집어삼키듯 감쌌다.

"뭡니까냥~~!"

"걱정할 것 없다. 출구까지 데려다주려는 것뿐이니."

갑자기 시야가 깜깜해져 당황한 캐트 시는 필사적으로 근처에 있던 것, 미라의 브래지어를 붙들었다. 그에 반해 미라는 태연하게 몸을 맡긴 채 가슴이 이리저리 쓸리는 감촉에 얼굴을 찌푸렸다.

방 전체가 소리를 내며 흔들렸다. 수면이 요동치고 쏟아지던 빛이 진동에 맞춰 흐트러지더니 미라를 품은 푸른 큰 꽃이 주르륵 땅속으로 빨려 들어갔다.

아니, 정확히는 자신의 의지로 들어간 것이다. 푸른 큰 꽃은 미라를 품은 채 땅속을 질주했다. 그리고 한참이나 요란하게 진동하며 급격한 원심력으로 인해 크게 흔들린 후에야 겨우 정지했다.

배출되듯 튀어나온 미라는 딱딱한 바위 바닥에 엉덩방아를 찧었다.

"살살 좀 다룰 것이지."

미라는 엉덩이를 문지르며 일어나자마자 불평을 늘어놓았다. 하지만 푸른 큰 꽃은 새침하게, "그 강으로 빠져나가면 밖이다. 잘 가거라, 별난 손님이여"라고 말하더니 땅울림을 일으키며 돌아갔다.

암벽에 둘러싸여 밀폐된 작은 동굴. 중앙에 자리한 강 끝에서 흘러든 빛이 유일하게 그곳이 바깥과 이어진 곳이라 말해주고 있었다.

"이로써 모험도 끝입니까냥~. 아쉽습니다냥~."

미라의 가슴께에서 뛰어내린 캐트 시가 강 끄트머리를 들여다보며 말했다. 그 손에 들려 있는 팻말에는 [집에 돌아갈 때까지가 모험]이라 적혀 있었다.

"다음에 또 기회가 있을 게다. 그때도 부탁하마."

"알겠습니다냥!"

미라의 말에 캐트 시는 펄쩍펄쩍 뛰며 기뻐했다. [모험, 그것은

이상향과 통하는 길]이라 적힌 팻말을 휘두르는 그 모습은 정말
이지 몹시도 기뻐 보였다.

그렇듯 신이 난 캐트 시의 모습에 마음이 포근해지는 것을 느
끼며 미라는 옷을 벗기 시작했다. 코트를 벗고, 이어서 원피스,
속옷까지 몽땅 벗어서 한꺼번에 아이템박스에 넣었다.

"그럼, 가자꾸나. 단원 1호."

"어디든 함께 하겠습니다냥~."

하얀 피부를 훤히 드러낸 미라는 그렇게 말하며 캐트 시와 함
께 강으로 뛰어들었다.

미궁의 입구 근처에 있던 호수. 그곳 바위산에서 떨어지던 폭
포가 미궁의 출구였다. 물의 흐름에 밀려 튀어나온 미라 일행은
중력의 영향으로 호수에 떨어졌다.

"큰일…… 났습니다냥……! 헤엄 못 쳤……더랬습니다냥~!"

동시에 캐트 시는 팻말에 매달려 아우성을 치기 시작했다. 팻
말에는 [요(要)구조자 1명]이라고 적혀 있었다.

호수 자체는 그렇게까지 깊지 않아 미라가 간신히 얼굴을 내밀
수 있을 정도였다.

"어허, 버둥대지 마라."

미라는 캐트 시의 목덜미를 붙잡아 머리에 태우고는 기어오르
는 자세로 호수에서 나왔다.

하늘에서는 태양이 가라앉기 시작하여, 숲에 어둠이 서서히 퍼
지고 있었다. 호숫가에 알몸으로 선 미라는 젖은 머리카락을 거

칠게 쥐어짜서 물기를 뺐다. 그 모습은 어쩐지 흐드러지게 핀 꽃들 사이에서도 유달리 환상적이고도 고혹적으로 보였다.

대충 물기를 짜낸 미라는 아이템박스에서 커다란 가방을 끄집어냈다. 의류 등이 담긴 가방이었다.

그리고 그곳에서 타월을 끄집어내려던 그 순간, 희미한 소리를 들은 미라는 생체감지를 통해 바위산 위에서 반응 하나를 포착해 냈다. 숲에서는 동물로 추정되는 무수한 생체 반응이 느껴졌다. 하지만 바위산 위에서 느껴지는 것은 그것 하나뿐이었다.

"게 누구냐?"

미라가 바위산 위를 노려보며 말하자 그것은 단념한 듯 모습을 드러내더니 바위산 위에서 단숨에 뛰어내렸다.

그자는 밤의 어둠에 가까운 칠흑색 망토를 두른 남자였다. 잘 단련된 팔에는 탄탄하게 근육이 붙어 있었고, 손에는 검은 천을 몇 겹으로 두르고 있었다. 가로로 긴 안경을 쓰고 얼굴 아래쪽 절반을 복면으로 가린 그 모습은 마치 닌자 같았다.

남자는 경계심을 훤히 드러내며 뒤에 감춘 손에 무언가를 쥔 채 품평이라도 하듯 날카로운 눈빛으로 미라를 노려보았다.

"……너는…… 정령이…… 아닌 거냐?"

남자는 미라의 발치에 널브러진 가방으로 시선을 던지더니 그렇게 말했다.

"정령이라? 어딜 어떻게 봤기에 그렇게 생각한 거지?"

"그렇다냥. 단장님은 단장님이다냥!"

미라는 남자를 마주 노려보며 어이가 없다는 투로 말을 내뱉었다. 그러자 남자는 다소 경계를 푼 듯 어깨에 실었던 힘을 살짝 풀며 미라의 다리 뒤에 숨어 얼굴만 내민 캐트 시를 바라보았다.

"그 녀석은, 고양이 정령인가……?"

"음. 이 몸은 소환술사란 말이지."

"그렇다냥. 단장님은, 무지무지 강한 소환술사다냥!"

미라의 그 대답을 듣고 완전히 자세를 푼 남자는 겸연쩍다는 듯 눈살을 찌푸리며 시선을 돌렸다.

"그렇군, 실례를 범했군. 정령처럼 아름답기에 착각했다."

"호오, 그러했나. 그나저나 정령과 착각했다면 어찌하여 경계를 한 것이지?"

"그렇다냥. 단장님과 달리 정령님들은 다정하다냥!"

정령처럼 아름답다는 칭찬에 미라는 이 몸의 매력을 알아보다니 보는 눈이 있는 녀석이구나, 싶어 내심 기분이 좋아졌다. 하지만 남자에게서는 이유 모를 수상함이 느껴져, 다소 따지듯이 질문을 던졌다.

남자는 티가 나지 않게끔 눈썹을 치올렸다. 하지만 그것도 잠시뿐이었다. 곧장 얼굴에서 감정을 지우더니,

"이야 뭐, 일전에 다소 신경이 곤두선 정령의 세력권에 들어가는 바람에 쫓겨 다닌 일이 있어서 말이지."

그렇게 말하며 그때는 난리도 아니었다며 웃어 보였다.

"흠, 그러했나. 그렇다면 별수 없지."

미라도 남자의 대답에 고개를 끄덕여 답하며 가방을 열어 타월을 끄집어냈다.

"멍청한 녀석입니다냥!"

"그대는, 잠시 조용히 하고 있거라."

"알겠습니다냥……."

미라는 타월로 몸을 가볍게 닦은 후, 그 타월을 캐트 시에게 뒤집어 씌웠다.

'요정은 자유롭지. 세력권 따위 없어. 어린애인 줄 알고 아무렇게나 변명한 게로군. 무얼 숨기고 있는 겐지.'

소환술사인 미라는 정령과의 인연이 깊어, 그에 관한 지식 역시 풍부했다. 그런 탓에 남자가 거짓말을 했음을 그 자리에서 간파했고 불신감은 한층 더 짙어졌다.

"해서, 그대는 이러한 곳에서 뭘 하고 있었던 게냐?"

"약초와 나무 열매를 좀 채취하러 왔지. 슬슬 돌아가려던 참이었어."

그렇게 대답한 남자는 무언가가 들어 있는, 허리에 찬 주머니를 가볍게 두드려 보였다. 내용물이 무엇인지는 알 수 없었으나 채취를 했다는 것치고는 그렇게까지 두둑해지지 않은 듯 보였다.

"흠, 그러했나. 이런 숲속까지 들어왔으니 필시 좋은 것을 잔뜩 채취했을 테지."

"그래, 꽤 많이 건졌지. 아차, 참고삼아 묻겠는데, 이 근처에서 정령 본 적 있어?"

"아니, 없지. 그건 왜 묻지?"

미라는 캐묻는 듯이 말하며 남자의 얼굴을 바라보았다.

"근처에 있다면 그곳을 피해 가야만 하니까."

남자는 당연하다는 투로 그렇게 말했다. 언동으로 미루어 어지간히 정령에 관심이 있는 눈치였다.

"그럼, 나는 근처 마을로 돌아가도록 할게. 안녕."

말 떨어지기 무섭게 남자는 발걸음을 돌려 숲속으로 떠나갔다. 그 남자의 뒷모습. 허리께에 이상한 문양이 새겨진 검은 단도가 꽂혀 있는 것이 보였다.

모든 것이 죄다 수상하다. 미라는 그렇게 느꼈다. 모습도 그랬지만 인류의 좋은 이웃인 정령에 대한 경계심과 거짓 변명이 더더욱 의심을 부추겼다.

"흠, 이거 조사를 해보는 편이 좋겠군."

생체감지로 위치를 쫓아보니 남자는 갑자기 진로를 전혀 다른 방향으로 틀어, 속도를 높이고 있었다. 그것을 확인한 미라는 타월과 가방을 야무지게 정리하고는 캐트 시의 노고를 잽싸게 치하하고 송환했다.

갑작스럽게 송환당한 캐트 시의, 어쩐지 처량하게 들리는 목소리가 호숫가에 메아리쳤다.

10

미라는 서둘러 속옷을 입은 뒤, 망설임 없이 숲속으로 뛰어들었다.

겉모습으로 미루어 수상한 남자는 척후 기술을 익혔으리라 추측되었다. 그 때문에 미라는 기척을 들키지 않기 위해 숲속 나무들 사이에 숨어가며 눈이 아닌 '생체감지'에 의지해 추적했다.

그 도중에 마도 로브 세트를 끄집어내 걸쳤다. 현자의 로브도 선택지에 있었으나 마도 로브 세트를 선택한 것을 보면 본인도 상당히 마음에 든 모양이었다.

생체감지는 숲에 사는 수많은 동물들의 반응도 감지해냈다. 지면이며 나무 위에 있는 것은 작은 동물들일 테고, 상공을 가로지르고 있는 것은 사람의 기척을 피해 달아나는 새들일 것이다.

그리고 후방에서는 다소 큼지막한 반응이 둘 느껴졌다. 하지만 그것은 미라가 뒤를 돌아보면 멀어졌다.

수많은 고동이 주변에 넘쳐나는 가운데, 미라는 전방에서 느껴지는 반응 하나에만 집중하여 아슬아슬하게 그것을 감지할 수 있는 거리를 유지하며 남자의 뒤를 쫓았다.

몸을 숨기며 새삼 숲을 둘러보니 깊은 숲에는 두루두루 동식물들로 넘쳐나고 있었다.

숲이라는 것은 소재의 보고로, 회복약의 원료로 중히 쓰이는 풀이며 겉보기에는 예쁘지만 화살독의 원료로 쓰이는 나무열매,

매우 튼튼해서 방어구의 재료 등으로 이용되는 나무 등, 보이는 범위 안에도 유용한 소재들이 가득했다.

그런 숲속에서 미라는 작은 동물들의 소리에 자신의 발소리를 숨기며 나무들 사이를 누비듯 앞으로 나아갔다.

어딘가를 향해 일직선으로 나아가는 남자를 얼마간 추적한 끝에, 부자연스러울 정도의 정적에 감싸인 호수가 눈앞에 나타났다. 천마미궁 옆에 있던 호수보다는 다소 작았지만, 수면에는 보라색 꽃이 수없이 떠올라 있는 그곳은, 삼엄한 분위기로 가득했다.

남자가 호수에 다가가는 모습을, 미라는 몸을 숨긴 채 고개만 내밀어 주시했다.

'저건 어린애…… 아니, 정령인가.'

어슴푸레한 호수 중심 근처, 그곳에는 분명 정령의 모습이 있었다. 겉모습이 상당히 앳된 것으로 미루어보아, 아직 어린 정령임을 짐작할 수 있었다. 맑은 푸른빛을 띤 머리카락은 온몸을 뒤덮을 정도로 길었다. 그리고 은은히 빛나는 얇은 옷을 몸에 걸치고 있었지만, 얼핏 보면 아무것도 입지 않은 듯하여 조금 전 미라의 모습과 매우 비슷해 보였다.

정령 소녀는 보라색 꽃을 발판 삼아 뛰어다니며 놀고 있는 듯했다. 어린 정령은 무수하게 날아다니는 나비들에게 손을 뻗더니 즐거운 듯 웃었다. 미라는 멀리서 그것을 바라보며 사람 좋은 할아버지 같은 미소를 지었다.

그 순간, 갑자기 남자가 호수에 자리한 작은 풀숲과 숲의 경계에 몸을 숨겼다.

'저 행동, 역시 평범한 채취꾼은 아닌 듯하군.'

그 불온한 움직임에서 뭐라 말할 수 없는 불안감을 느낀 미라는 남자를 제지하고자 뛰쳐나갔다. 하지만 다소 늦었다…… 아니, 멀었다. 들키지 않게끔 아슬아슬하게 '생체감지'로 감지할 수 있는 거리에서 추적한 데다 지형도 좋지 않아 접근하는 데 시간이 걸린 것이다.

하지만 남자는 준비 자세에서 행동으로 옮기기까지의 동작이 빨랐다. 미라가 뛰쳐나감과 동시에 그는 자세를 낮춘 채 거꾸로 든 단검을 겨누며 정령을 향해 달려 나간 것이다.

"큭…… 늦었나!"

미라는 '축지'로 거리를 좁혔으나 나무들이 복잡하게 뒤엉켜 있는 숲에서는 진가를 발휘하지 못해 도달하지 못했다. 그러는 동안에도 남자는 정령에게 육박했다.

직후, 날카로운 소리가 호수의 정적을 찢어놓았다.

미라는 무심결에 표정을 구겼다. 그리고 다음 순간, 미라가 본 것은 몸을 관통당하고 단말마를 지르는 어린 정령……이 아니었다.

문양이 요사스럽게 빛나는 단도가 도망쳐 다니는 나비들을 넘어 날아갔다. 은빛으로 빛나는 나기나타(폭이 넓고 크게 휜 칼날에 긴 자루를 단 무기. 언월도와 유사함)가 남자와 정령 사이를 갈라놓고 있었다.

남자의 단검을 튕겨낸 나기나타는 지체 없이 칼날의 방향을 틀어 번갯불처럼 번뜩였다.

남자는 그 일격을 순간적으로 뽑은, 검은 단검으로 간신히 받아내고는 반동에 몸을 맡겨 호숫가를 뒹굴다 일어났다. 칼날이 살짝 스쳤는지 복면이 풀숲에 떨어졌다.

그야말로 순식간에 일어난 일이었다. 정령 소녀로 말하자면 갑작스러운 충격음에 놀라 허둥지둥 호수 속으로 도망쳤다. 그로써 정령을 건드리지는 못하게 되었다.

'저건 또 누구지······?'

정령이 무사함을 확인한 미라는 그 즉시 나무 뒤에 몸을 붙여 상황을 관찰하기로 했다.

그자는 칸누시(神主. 신사에서 신을 모시는 신관) 같은 차림새를 하고 있었다. 머리카락은 검었고 흰색과 보라색으로 된 관복을 착용하였으며, 오망성이 각인된 나기나타를 쥐고 있었다. 앞머리에는 노란 끈 장식이 묶여 있어, 남자가 호수 위에 내려서자 눈앞에서 살랑 흔들렸다.

"키메라 클로젠이지? 묻고 싶은 게 많다."

"그러는 너는 이스즈 연맹인가······. 이런 곳까지 쫓아오다니 수고가 많군."

대화 소리가 미라의 귀에 들려왔다. 호수 위에 선 관복 차림의 남자와 검은 단검을 겨눈 검은 남자. 일정한 거리를 유지한 채 눈싸움을 벌이는 두 사람 사이에 감도는 팽팽한 분위기를 통해 양쪽 모두 상당한 실력자라는 것을 짐작할 수 있었다.

'키메라 클로젠. 역시 그러했나. 그나저나, 저 남자는 또 뭐지? 이스즈 연맹이라고 했던 것 같은데. 뭐어, 보아하니 적대 관계인 것 같군.'

미라가 두 사람에 관해 생각하던 중, 두 남자가 동시에 몸을 날려 전투를 시작했다.

수면을 달리던 관복 차림의 남자가 느닷없이 몸을 숙여 수면에 손을 댔다.

'식부술 : 교(蛟)'

남자의 손에 있는 식부는 급격히 물을 빨아들이더니 물보라를 일으키며 소용돌이가 일어나 뱀의 형상을 이루었다. 관복 차림의 남자는 우측으로 곡선을 그리듯 질주했고 물로 된 뱀은 좌측으로 곡선을 그렸다. 좌우에서 공격하기 위한 포진이었다.

검은 남자는 시선을 움직여 양쪽을 흘끔 쳐다보더니 품안에서 작은 병을 끄집어냈다.

관복 차림의 남자가 휘두른 나기나타가 단검과 맞부딪혀 불꽃이 튀었다. 동시에 검은 남자는 뒤로 손을 돌려 작은 병을 후방으로 던졌다. 그것은 사각에서 덮쳐드는 '교'에 닿은 순간 폭발하여 모래 폭포를 만들며 굉음을 쏟아냈다.

"지정령의 작은 병인가!"

그 일격으로 '교'가 사라져 촉매 상태로 돌아간 식부가 팔랑팔랑 땅바닥에 떨어졌다. 관복 차림의 남자는 다소 분한 듯한 표정을 지은 채 그 현상을 일으킨 도구의 이름을 추측해서 내뱉었다.

검은 남자의 등 뒤에서는 물기를 빼앗기고 토사로 전락한 식신이 비처럼 쏟아져 땅으로 돌아가고 있었다.

"너희 중에는 음양술사가 많다고 들어서 말이지!"

검은 남자는 그 모습을 확인하지도 않고 단숨에 관복을 입은 남자의 품 안으로 파고들어 그대로 치명적인 일격을 날리려 했다.

관복 차림의 남자가 급소를 감싸듯 왼팔을 내민 순간, 그 얼굴에 고통스러운 표정이 떠올랐다. 하지만 관복 차림의 남자는 입가를 일그러뜨린 채 새로 꺼내든 식부를 기동시켰다.

'성부술 : 목지삼식 팔괘혼(八卦魂)'

술법이 발동하자 식부에서 마력이 분출되어 검은 남자의 왼팔에 들러붙었다. 직후, 검은 남자는 얼굴을 찌푸린 채, 지긋지긋하다는 눈으로 관복 차림의 남자를 노려보며 뒤로 펄쩍 뛰어 물러났다. 그러자 팔에 엉켜 붙었던 마력이 무산되었다.

"성가신 술법을……."

음양술의 일종인 '팔괘혼'. 이는 자신이 받은 대미지를 상대에게도 입히는 효과를 지녔다. 대상과의 거리가 가까우면 가까울수록 그 효과가 커지는 성질 탓에 검은 남자처럼 거리를 벌리면 달아날 수는 있었다. 그리고 그 사실을 아는 검은 남자 역시 음양술에 관한 지식이 상당한 듯했다.

재빨리 뒤로 도약했으나 술법에 의한 영향은 상당하여, 검은 남자는 식은땀을 흘리며 팔을 감싸듯 억눌렀다. 하지만 그것은 아주 잠시뿐이었다. 갑자기 찾아든 고통에 몸이 무의식적으로 반응했을 뿐이었던 것이다.

하지만 관복 차림의 남자는 그 한순간의 빈틈을 놓치지 않았다.

'성부술 : 수지삼식 쌍사수(雙寫水)'

관복 차림의 남자가 잽싸게 인(印)을 맺었다. 검은 남자는 경계하며 즉시 눈을 가늘게 떴다. 하지만 술법의 기점이자 촉매인 식부는 그곳에 없었다.

찰나. 검은 남자는 등을 타고 퍼지는 오한에 몸을 떨었다. 정체 모를 무언가가 다가와 꾸물대고 있는 낌새를 느끼고는 신경을 집중시켰다.

술법은 분명히 발동했다. 검은 남자는 무언가에 쫓기다시피 그 자리를 벗어났다.

"이건…… '교'의 식부인가!"

검은 남자가 달려 나가자마자 그 등 뒤에 나타난 관복 차림의 남자가 그를 찍어 눌렀다.

땅바닥에 엎어진 검은 남자는 **정면**에 선 관복 차림의 남자를 노려보았다. 그 모습을 관복 차림의 남자가 무표정한 얼굴로 말없이 바라보았다.

'드디어, 잡았군…….'

키메라 클로젠의 실무원은 정령을 잡을 만한 실력을 지녔다. 검은 남자는 들었던 바대로 상당한 실력자였다.

관복 차림의 남자는 애초부터 포박할 것을 전제로 움직이고 있었던 모양이었다. '교'는 미끼. 목적은 상대가 알아채지 못하도록 식부를 등 뒤에 설치하는 것. '쌍사수'는 물로 된 분신을 만들어내는 술법으로, 상응하는 질량을 지니기에 빠져나가기가 쉽지 않았다. 대상을 사로잡는 데는 효과적이었다.

이렇게 관복 차림의 남자는 팔에 중상을 입기는 했으나 적의 움직임을 봉하는 데 성공했다. ……그렇다고 생각했다.

호수 쪽으로 의식을 돌린 관복 차림의 남자는 그곳에서 정령의 기척이 느껴지지 않는 것을 통해 무사히 도망쳤으리라 판단했다. 그 순간, 둔탁한 소리를 내며 나기나타가 풀숲에 쓰러졌다.

"이건…… 마비독인가……."

"그렇다."

온몸에 저릿한 감각이 퍼져나가는 가운데, 관복 차림의 남자는 무릎을 꿇으며 목소리를 쥐어짜냈다. 그 표정은 마비된 탓인지 약간 경직되어 있었고 시선은 이리저리 허공을 맴돌고 있었다. 그리고 결국 집중력이 끊겨, 발동 중인 술법이 해제되었다.

구속에서 해방된 검은 남자는 일그러진 유열이 담긴 눈으로 상대를 내려다보며 단검을 똑바로 고쳐 쥐었다.

"금방 끝내주마."

그렇게 말하고는 몹시도 익숙하게, 매끄러운 동작으로 단검을 내질렀다.

빛조차도 집어삼킬 만큼 거무튀튀한 그 칼날은, 표적에 닿기 직전에 순백의 방패에 막혀 날카로운 금속음을 냈다.

"뭐야?!"

눈동자에 놀란 기색이 역력해진 찰나, 검은 남자는 등 뒤에서 희미한 기척을 느끼고는 고개를 돌렸다. 하지만 그 행동에는 아무런 의미도 없었다. 고개를 채 돌리기도 전에 격렬한 충격이 몸을 관통하여 하늘 높이 날아갔기 때문이다.

"아무래도 마비인 것 같군. 잠시 기다려라."

관복 차림의 남자의 시야를 가로막은 하얀 방패가 사라지고 나자, 그곳에는 검은색을 바탕으로 한 코트를 걸친 은발머리의 소녀가 서 있었다. 충격파의 여운으로 옷이 붕 떠오른 것도 개의치 않고, 검은 남자를 눈으로 좇으며 소녀는 그렇게 말했다.

우세를 점했던 관복 차림의 남자가 열세에 몰리자 미라는 더 참지 못하고 끼어들었다.

미라는 칸누시 같은 옷차림을 한 남자의 정체도, 이스즈 연맹이라는 것이 무엇인지도 알지 못했다. 하지만 정령을 노리는 키메라 클로젠은 미라에게 있어 증오스러운 적이었다. 그렇다면 어느 쪽 편을 들어야 할지는 명백했다.

"너……는……."

관복 차림의 남자가 말을 자아내기 전에 미라의 모습이 사라졌다. 행선지는 적으로 규정한 검은 남자의 정면이었다.

잠시 후, 탁한 신음소리와 폭음이 울리더니 검은 단검이 풀숲에 꽂혔다.

"젠장…… 소환술사가 아니었던 건가. 왜 여기 있는 거지."

검은 남자는 미라가 노려보자 고통을 참듯 이를 악문 채 병에 든 액체를 불에 그을린 듯 짓무른 팔에 뿌렸다. 그것은 아무래도 회복약이었는지 상처가 조금은 아물었다.

"그대야말로 여기서 뭘 하려던 거였지? 마을로 돌아간다고 들었던 것 같다만."

"잠시, 길을 잃었을 뿐이다!"

검은 남자는 목소리를 높이더니 아직도 채 가시지 않은 고통을 참으며 빈 병을 내던지고 멀지도, 가깝지도 않은 거리에서 미라와 마주했다. 그때, 남자는 도구 주머니가 미라의 눈에 보이지 않도록 몸을 기울여, 안에서 작은 병을 끄집어내서 손바닥 안에 감추었다.

"어찌 되었건, 예삿일은 아닌 것 같군. 잠시 설명을 해줬으면 한다만."

"설명할 만한 게 없다. 게다가…… 설명할 필요도 없다."

검은 남자의 눈동자가 사납게, 그리고 날카롭게 미라를 바라보았다. 거기에는 명백한 살의가 담겨 있었다.

미라는 그 눈빛을 똑바로 쳐다보며 '축지'로 피아간의 거리를 단숨에 좁혔다.

미라가 눈앞에서 사라짐과 동시에 남자는 즉시 전방위로 투기를 내뿜었다. 아무래도 특수한 보법을 구사하는 선술사와의 전투법도 익힌 모양이었다.

검은 남자는 자신이 본 몇 가지 술법을 통해 미라를 선술사라 단정했다. 그것도 상당한 실력자의 선술가라고.

술사 중에서도 가장 경계 랭크가 낮은 소환술사라 얕잡아보았던 검은 남자는 만난 순간부터 술수를 쓰고 있었던 것이구나 싶어서 쓴웃음을 지었다. 하지만 그는 이스즈 연맹의 일원으로 추정되는 미라를 확실하게 처리하기 위한 준비가 되어 있었다.

남자의 손 안에 쥐어져 있는 것은 '뇌정비통(雷精痹痛)의 작은 병'. 깨뜨리면 그 주변에 있는 모든 생물의 운동계 신경에 이상을 초래하는 물건이었다. 이곳에서 깨뜨리면 검은 남자 본인도 영향을 받겠지만 그는 이것을 사용하기 위해 마비와 뇌속성에 내성이 있는 장비로 무장하고 있었다. 그를 통해 영향을 최소한으로 억제해서, 아이템 효과에 휘말려든 상대보다 먼저 움직일 수 있도록.

남자는 작은 병을 쥔 손에 병이 깨지기 직전까지 힘을 주었다.

직후, 미라는 남자의 정면에 나타났다. 돌풍을 두른 주먹을 날카롭게 내지르자 미쳐 날뛰는 바람의 칼날이 무자비하게 검은 남자를 난도질했다.

하지만 남자는 참았다. 남자는 차례로 찢겨져 나갈 것만 같은 사지를 필사적으로 억누른 채, 충격으로 인해 하마터면 놓칠 뻔한 작은 병을 짓뭉개 깨뜨리는 데 성공했다.

"나의, 승리다……!"

전광(電光)이 주변으로 퍼져나가는 가운데 승리를 확신한 검은 남자는, 피가 흐르는 뺨을 씰룩여 대담한 미소를 지었다. 그리고 작은 병의 효과로 온몸에 퍼진 저릿함과 경련을 일으킨 듯 수축된 근육에 배겨내지 못하고 뒤로 쓰러졌다.

하지만 검은 남자의 몸은 1초가 지날 때마다 끄트머리부터 해방되어갔다. 회복속도에 특화된 장비이기에 그 누구보다도 빨리 자유를 되찾을 수 있다. 그것이 남자의 필승 패턴이었다.

하지만 남자의 마비가 완전히 풀리기 전에 저릿함은 격통으로 변화했다.

"크……아아……아아악!"

견딜 수 없을 정도의 고통이 퍼져, 검은 남자는 고통으로 가득한 비명을 질렀다. 그 옆에서는 황금빛으로 빛나는 눈을 부릅뜬 채 떡 버티고 선 미라의 모습이 있었다. 마안이었다. 검은 남자는 '선동술 : 비명지마시'로 인해 강도 높은 마비와 고통으로 완전히 속박되었다.

"역시, 뭔가를 숨기고 있었군."

미라는 발끝으로 남자의 손을 폈다. 피로 물든 그 손에는 유리 파편이 무수하게 박혀 있었다. 무언가를 손 안에서 깨뜨린 흔적이리라.

"어째서…… 어째서 너는 움직일 수 있는 거지……."

검은 남자는 거의 바로 아래서 미라를 올려다보며 가장 먼저 그 질문을 입에 담았다.

미라는 '뇌정비통의 작은 병'의 마비효과 범위에 있었다. 그리고 그 효과는 마비 내성에 특화된 무구로 몸을 감싼다 해도 막아낼 수 있는 것이 아니었다. 하지만 미라에게는 먹혀들지 않은 듯했다.

미라는 원망스러운 눈으로 자신을 노려보는 검은 남자에게 오른쪽 손등을 내밀어 보여주었다. 아래쪽으로 돌린 그 손등에는 그늘이 져 있었지만, 그것을 본 남자는 분하다는 듯이, 하지만 납득했다는 듯이 체념 섞인 웃음소리를 흘렸다.

"하하……! 가호……였나. 재수 더럽게 없군……."

남자의 눈에 비친 것은, 은은히 빛나는 날개 문양이었다. 마리

153

아나에게 받은 유대의 증표, 요정의 가호의 문장이었다.

요정의 가호에는 요정에 따라 무수한 은혜가 부여되고는 했다. 그리고 그것은 유대의 깊이에 따라 효과가 커진다는 특징이 있었다.

마리아나의 가호는 상태이상에 대한 내성이었다. 게다가 미라에게 건 가호는, 그 유대가 강한 나머지 상태이상에 대한 완전내성에까지 도달해 있었다. 뇌정비통의 작은 병은 상당히 상위에 속하는 마비 유발 술구였지만 그조차도 효과가 없었으니, 이를 비장의 수로 삼았던 남자에게는 정말이지 불운이 아닐 수 없었다.

"누구인지는 모르겠지만, 덕분에 살았어. 고마워."

그때, 관복 차림의 남자가 약간 불안한 걸음걸이로 다가왔다. 마비가 풀린 모양이었다.

"신경 쓰지 마라. 키메라 클로젠이라는 존재는 이 몸의 적이기도 하니."

미라는 그렇게 말하며 발치에 있는 남자에게서 관복 차림의 남자에게로 시선을 옮겼다. 그 눈은 이미 마안이 아닌, 한없이 맑은 푸른빛으로 돌아와 있었다.

"음…… 그 녀석은 누구냐? 이 남자는 그대를 이스즈 연맹이라 불렀다만, 그자도 그대의 동료냐?"

미라의 눈에 관복 차림의 남자를 부축한, 하얀 야마부시(山伏. 수험도를 수행하는 수행자) 장속의 여성이 들어왔다. 긴 금발머리에 파란 눈동자를 지닌 여성은 야마부시 의상이 어울리지 않는 귀족스러운 분위기를 풍기고 있었다.

"그래, 동료야. 네가 말한 대로, 나는 이스즈 연맹 소속이고, 이름은 블루다."

"같은 소속의 화이트야."

"은인에게 본명이 아닌 가명을 대는 건 실례인 것 같지만, 사정이 있으니 헤아려줬으면 좋겠군."

남자는 블루, 여자는 화이트라고 각각 자신을 소개했다. 대외용으로 사용하는 코드네임 같은 것이리라. 미라도 정확히 말하자면 가명이기는 마찬가지였다.

"이 몸은, 미라다."

그러므로 딱히 개의치 않고 이름을 댄 미라는, 문득 시선을 아래로 내렸다. 그곳에는 마비된 채 허무한 눈으로 미라의 스커트 안을 올려다보는 검은 남자의 얼굴이 있었다.

"해서, 이 녀석은 어쩔까?"

미라는 가볍게 머리를 걷어차고는 다시 블루와 화이트 쪽으로 고개를 돌리며 물었다.

"괜찮다면, 우리가 끌고 가도 될까. 가까운 곳에 있는 거점으로 끌고 가서, 이런저런 정보를 얻어내고 싶으니."

블루가 그렇게 말하자 미라는 다소 생각하는 시늉을 하고서 입을 열었다.

"거점이라. 그렇다면 이 몸도 데려가줄 수 있겠느냐?"

키메라 클로젠에 대항하는 조직, 이스즈 연맹. 진혼도시 카라낙에서 돌아오는 길에 만났던, 정령을 지키는 식신 냥마루. 어쩌면 이 둘은 관계가 있을지도 모른다. 미라는 그렇게 생각한 것이다.

"거점으로……? 나로서는 생명의 은인이기도 하니 그렇게 하고 싶지만, 유감스럽게도 말단이라 말이지. 약속은 못 해. 하지만 거점에 돌아가기 전에 중계 캠프에 들를 테니, 거기서 대장과 이야기할 때 최대한 네 편에 서서 거들어주지. 그렇게 하면 어떨까."

은혜를 입기는 했지만 이제 막 만난 자를 중요한 거점에 느닷없이 데려갈 수는 없다. 미간에 주름을 잡아가며 그렇게 설명한 블루는 그래도 최대한 협력하겠다는 뜻을 밝혔다.

"음, 그렇게 하도록 하지."

비밀 조직이라면 당연히 그 정도는 신중해야 하리라. 그렇게 이해한 미라는 발치에 누워 있는 남자를 두 사람에게 양도했다.

이스즈 연맹에 속한 두 사람은 익숙한 솜씨로 전면(全面)에 문양이 그려진 천으로 남자를 둘둘 말아 막대를 통과시켜 어깨에 짊어졌다. 천에 새겨진 문양은 봉(封)의 각인이라 하여, 이것으로 감싸면 능력을 10분의 1로 억제할 수가 있다고 한다. 호송이나 포획용 등으로 이용되는 정석적인 술구라는 모양이었다.

호수를 뒤로한 일행은 중계 캠프를 향해 풀숲을 헤치며 나아갔다. 그러던 도중, 미라는 문득 생각난 일을 입에 담았다.

"그러고 보니, 화이트라 했던가. 갑자기 나타난 듯 보였다만, 그대는 지금까지 어디 있었던 게지?"

미라가 그렇게 묻자 두 사람은 웃음을 주고받더니 조금 전부터였다며 운을 띄웠다.

우선 이스즈 연맹은 기본적으로 2인 1조로 행동한다고 한다.

블루와 화이트는 며칠 전부터 검은 남자를 감시하며 계속 뒤를 밟고 있었다는 모양이다.

그리고 오늘, 검은 남자가 호수에서 미라와 무슨 이야기를 하는 장면을 목격했다. 하지만 들키지 않고자 거리를 벌리고 있었던 탓에 그 대화 내용까지는 듣지 못했다고 한다.

어쩌면 동료와 정보를 교환한 것일지도 모른다. 그렇게 생각한 별수 없이 둘로 갈라졌다.

"블루는 이 남자의 뒤를, 나는 네 뒤를 밟았어. 하지만 어떻게 된 일인지 일정 거리 이상 다가가려 하면 네가 뒤를 돌아보더라고. 감이 좋은 건가 싶었지만, 너도 선술을 쓰는 걸 보고 납득했어. 생체감지로 내 기척을 알아챈 거였구나."

블루의 설명을 화이트가 이어받아 미라를 추적했었노라고 말했다. 미라로 말하자면 짚이는 바가 있었는지 "그건 그대였나" 하고 납득했다는 투로 중얼거렸다.

"그래서 말이야, 대충 범위가 어느 정도인지 알아내고 나서는 거리를 둔 채 너를 쫓았어. 그런 탓에 무슨 일이 일어나고 있는지 알아채는 게 늦어졌지……."

화이트가 뺨을 부풀리며 토라진 듯 말하자, 블루가 "완전히 헛수고였군"이라고 말하며 어깨를 으쓱했다. 막대에 매달린 남자는 그렇게 오래 전부터 감시를 당했었는지 몰랐기에 공허했던 눈이 더욱 멍해졌다.

"그런데 넌, 전투 방법과 생체감지 범위를 보니 꽤 하는 선술사인가 봐?"

화이트는 눈만 돌려 미라의 모습, 정확히는 복장을 흥미진진하다는 듯 쳐다보았다. 최신 유행인 마법소녀풍으로 통일된 미라의 옷을. 그에 반해 화이트는 야마부시 같은 자신의 장속은 하나도 귀여운 구석이 없다는 사실을 새삼 깨달은 탓인지 부루퉁해진 듯 보였다.

　"아니, 소환술사다!"

　이유 모를 기시감을 느끼면서도 미라는 물러날 수 없다는 듯 주장했다. 화이트가 "어라?" 하고 고개를 갸웃하자 블루는 "무슨 말도 안 되는 소리야?" 하고 웃었다. 그만한 선술을 보였으니 그렇게 생각할 만도 하리라.

　미라는 요전에 있었던 일을 되풀이하지 않기 위해 정면에 다크나이트를 소환해 보였다. 하지만 미라의 그 소환에는 예비동작이 전혀 없었다. 그런 탓에 블루와 화이트의 눈에는 검은 기사처럼 생긴 마물이 갑자기 모습을 나타낸 것으로 보였고, 두 사람은 평소 꾸준히 단련을 쌓아왔다는 것을 짐작할 수 있을 정도로 재빨리 경계 자세를 취했다. 그리고 그 결과, 당연히 땅바닥에 떨어진 검은 남자가 원망스럽게 신음소리를 흘렸다.

　"아～…… 그 녀석은 다크나이트다. 이 몸의 소환술이지."

　소환 후, 이것이 증거라고 말하려 했던 미라는 두 사람이 너무도 빨리 반응하는 바람에 타이밍을 놓쳐, 부연 설명을 하듯 말했다. 다크나이트는 당연하다는 듯 미라의 옆에 서서 그 말을 증명해주었다.

　"나 원…… 놀라게 하지 말라고."

"그래, 그런 걸 하려면 미리 말을 해야지."

두 사람은 무시무시한 위압감을 내뿜는 다크나이트에게서 거리를 벌렸다가 천천히 자세를 풀었다.

"우음⋯⋯ 미안하군⋯⋯."

미라는 소환술사라고 했건만, 이라는 말을 간신히 삼키며 퉁명하게 사과했다.

하지만 이 중에서 가장 큰 피해를 본 자는 검은 남자일 것이다. 떨어진 장소는 마침 벌레집 위였고, 저항도 못하는 상태인 그는 몰려든 수많은 벌레들에게 시달릴 수밖에 없었기 때문이다.

11

밤이 시작되어 야행성 동물이 슬슬 움직이기 시작할 무렵.

달빛도 들지 않는 밤의 숲에서는 암흑이 보다 짙게 느껴지기 마련이었지만 미라 일행의 주변은 눈부실 정도의 빛이 비춰져 있었다. 미라가 통상적인 발동양의 몇 배나 되는 마나를 쏟아부어 '불빛'의 무형술을 사용했기 때문이다.

일반적으로 술사는 한정된 마나를 낭비하지 않기 위해 안전이 확보되지 않은 장소에서는, 도구로 대용할 수 있는 일은 도구에 의존하고 술법은 사용하지 않았다. 불빛도 그중 하나였다.

하지만 미라로 말하자면 그 일반적인 술사라는 틀에서 크게 벗어난 존재였다. 마나의 최대량과 그 회복량의 차원이 달랐기 때문이다. 이는 덤블프였던 시절에 마력특화 단련을 한 성과이리라.

하지만 그런 만큼 마력 이외의 능력치는 일반 술사와 별 차이가 없는 수치를 보였다. 하지만 소환술사와 마력특화는 궁합이 좋았다. 그러나 미라는 가만히 있지를 못하는 성격인 탓에 마나로 부족한 능력치를 다소 보충할 수 있는 선술을 추구해 어찌어찌 습득한 것이었다.

"그나저나, 그 뭣이냐. 소환술과 선술을 조합하다니, 그것 같네…… 으음……."

"군세의 덤블프 말이지?"

"그래, 그거. 혹시 미라 양은, 그 영웅의 팬이야?"

캠프 지점까지 돌아가는 길, 블루와 화이트는 신이 나서 미라의 전투 방법에 관한 이야기를 했다.

"그래그래, 안다 이 말이지. 그건 이 몸의 스승이다. 당연히 전투 방법이 같을 수밖에!"

자신의 이름이 널리 알려져 있었다는 사실에 조금 기분이 좋아진 미라는 꼭 자랑이라도 하듯 두 사람의 대화에 끼어들었다.

"그거, 꽤나 재미있는 농담이네. 그럼 나는 칠성의 카구라를 스승으로 뒀다고 해둘까."

"그럼 나는 장악의 메이린."

블루와 화이트가 그렇게 웃음을 주고받자 가볍게 무시를 당한 미라는 블루를 슬쩍 쳐다보며 "그건, 과장이 좀 심하지 않으냐" 하고 비웃듯이 어깨를 으쓱해 보였다.

"가차 없네."

"넌 졌었잖아."

"뭐어, 정진하거라."

블루가 쓴웃음을 짓자 화이트가 득의양양한 미소를 지어보였다. 미라는 중계 캠프에 도착할 때까지 그런 대화를 나누며 두 사람에게 무난한 질문을 해보았다.

그 결과, 몇 가지 정보를 얻을 수 있었다.

키메라 클로젠은 최근 대륙 남쪽을 중심으로 출몰 중이다. 그 실체는 파악되지 않았으나 상당한 인원이 존재하는 듯하다. 그리고 대(對)정령용 특수 무기를 가지고 있다.

사로잡은 정령을 어떻게 하는지는 알려진 바가 없다. 그렇기에 이번에 멤버를 포획한 일은 전에 없이 큰 공적이라 할 수 있었다. 그들은 상을 받을 수 있을지도 모른다고 했다.

중계 캠프는 바닥이 환히 보일 정도로 맑은 강가에 있었다. 램프 몇 개가 켜져 있고 커다란 천막 두 개가 나란히 쳐진 것이 보였다. 그 천막은 네 개의 나무를 지주로 이용한 탓에 상당히 번듯하고 튼튼해 보였다.

두 개의 천막 사이에 자리한 공간에는 간이 화덕이 있고, 그것을 둘러싸듯 의자 여섯 개와 테이블 세 개가 늘어서 있었다.

"오, 돌아왔군. 가만, 그 둘은? ……이봐, 설마?!"

의자 중 하나에 앉아서 고기를 굽던 남자가 미라와 멍석말이가 된 남자를 보고 흥분한 투로 말했다.

"그게, 우선 여기는 생명의 은인인 미라 양. 그리고 이 녀석은 키메라의 일원이야. 미라 양 덕분에 붙잡는 데 성공했지."

"역시 그랬군! 굉장하구만!"

벌떡 몸을 일으킨 남자는, 실로 장건한 체구의 중년이었다. 옅은 녹색을 띤 금속 갑옷을 걸치고 허리에는 두 자루의 직검을 차고 있었다. 까까머리에 입 주변에는 수염이 덥수룩하게 났으며 담갈색 눈을 지니고 있었다. 키는 2미터를 넘었고 거뭇한 피부에 당당한 그 체구로 미루어 그 남자는 갈리디아라는 인종이라는 것을 알 수 있었다. 겉모습을 상회하는 완력을 지닌 것이 특징이었다. 그리고 그는 얼핏 보기에는 험상궂게 생겼으나, 성실하고 붙임성이 좋을 듯한 인상을 풍겼다.

"꽤나 얌전하군. 살아 있긴 한 건가?"

갈리디아족 남자는 블루와 화이트가 짊어진 키메라 클로젠 소속 남자의 얼굴을 들여다보더니 걱정스러운 표정으로 두 사람을 쳐다보았다. 멍석말이가 된 남자의 얼굴이 벌레에 뜯긴 탓인지 꽤 많이 부어 있는 데다 축 쳐진 채 꼼짝도 않았기 때문이다.

"마비됐다는 모양이야. 그녀의 말에 의하면 깊이 침투시켜서 하루 동안은 안 풀릴 거래."

"호호~. 그거 굉장하군."

갈리디아족 남자는 화이트의 말을 듣고 다시 키메라 클로젠 소속 남자를 지긋이 관찰했다. 그러고는 완전히 마비되었다는 사실을 납득했는지 몸을 일으켜 미라에게로 몸을 돌렸다.

"나는 레드다. 가명이지만 말이지. 생명의 은인이라니, 나도 감사인사를 하도록 하지."

"미라다. 인연이 있어 그렇게 된 것뿐이다. 그리고 그대들에게 볼일도 있어서 동행을 부탁했다."

자신을 레드라 소개한 남자가 손을 내밀기에 미라는 그에 답했다. 굳게 맞잡은 손에서는 레드의 진심 어린 감사의 마음이 전해져 왔다.

"우리에게 볼일이 있었다고? 어쨌든 우선 이 녀석을 대장이 있는 곳으로 옮기도록 하지. 이야기는 그런 다음에 해도 되겠지?"

"상관없다."

미라가 그렇게 대답하자 레드는 "고맙다"라고 말하며 키메라 소속 남자를 흘끔 쳐다보았다.

"이 녀석은 보고도 할 겸 블루와 함께 옮기도록 하지. 마침 좋은 고기가 손에 들어와 굽던 참이었거든. 화이트, 미라에게 대접해주라."

레드는 그렇게 말하더니 화덕 쪽을 가리켰다. 그곳에는 좀 전까지 레드가 정성껏 굽던 고깃덩이가 있었다.

"알겠어!"

레드는 의기양양하게 대답한 화이트에게서 막대 한쪽을 넘겨받아 어깨에 짊어지고는 블루와 함께 왼쪽 천막으로 들어갔다.

"그럼 모처럼의 기회니 먼저 먹어볼까. 나도 아까부터 신경 쓰였었거든!"

화이트는 말 떨어지기 무섭게 잽싼 동작으로 화덕으로 달려가, 향긋한 냄새를 풍기는 고깃덩이를 휙 뒤집었다. 배어나온 기름이 뚝뚝 떨어지며 듣기 좋은 소리를 내자, 화이트는 더는 못 기다리겠다는 듯 미라에게 손짓을 했다.

"자, 빨리. 돌아오기 전에 먹어치워버리자."

"그건 아무리 그래도, 무리일 것 같다만."

미라는 몹시 들떠 보이는 화이트를 따라 화덕 근처에 있던 의자에 앉았다. 그리고 구워지고 있는 고기를 보고는, 먹어치우기에는 지나치게 크다는 생각에 쓴웃음을 지었다.

"너, 고기 싫어해?"

"아니, 좋아한다만."

미라는 그런 문제가 아니라고 생각했지만 화이트는 전여 개의치 않고 나이프를 손에 들고 고기를 자르기 시작했다.

"자, 모자라면 더 먹어."

화이트는 미라 앞에 자리한 테이블에 적절히 구워진 고기가 담긴 접시를 내려놓더니, 잽싸게 자기 몫을 잘라 행복한 표정으로 베어 물었다.

"맛있어~!"

커다란 고기를 씹을 때마다 두 다리를 버둥거리며 소리를 지르는 화이트의 모습을 보고 있자니 미라도 배에서 꾸르륵 소리가 나서, 접시에 놓인 고기에 포크를 꽂았다.

씹을수록 단맛이 입 안 가득 퍼지는 그 고기는, 고기 본래의 충실감을 충분히 맛볼 수 있는 고기다운 고기였다. 그 맛이 너무도 훌륭해 미라도 무심결에 "맛있어!" 하고 탄성을 흘리고는 쉼 없이 포크를 입으로 옮기기 시작했다.

"그런데 넌, 왜 그런 곳에 있었던 거야?"

화이트는 그렇게 말하며 마지막 고기조각을 입에 던져 넣었다. 미라도 그럭저럭 먹기는 했지만 8할 정도는 화이트의 위장으로 들어갔다.

"그냥 뭘 좀 채취하러 왔다. 친구가 부탁을 해서 말이지."

채취 장소가 천마미궁이었으니 '그냥'이라고 하기에는 다소 무리가 있었으나 미라의 기준에서 보자면 아주 거짓말은 아니었다.

"그랬구나. 그건 이제 다 채취했어?"

"음, 다 끝났지."

미라는 그렇게 말하며 의자 등받이에 몸을 기댄 채 화이트와 하잘 것 없는 대화를 나눴다.

"그나저나 술사는 겉만 봐서는 모른다지만, 넌 그중에서도 최고 수준인 것 같아. 그런데 소환술이 메인이고, 선술이 서브인 거 맞지?"

아무래도 선술사인 화이트는 언뜻 본 미라의 실력에 흥미가 동한 모양이었다.

"뭐어, 그렇지. 소환술이 메인이다."

"그 나이에 내재 센스를 습득하다니, 너 정말 굉장하다. 소환술을 쓰는 사람은 요즘 별로 못 본 것 같은데, 너 정도의 실력자도 있었구나."

화이트는 겉모습만 보자면 연하인 미라를 질투하기는커녕 올곧은 존경의 눈빛을 보내왔다.

"뭐어, 이런저런 일이 있어서 말이지."

살며시 의기양양한 미소를 지은 채 말한 미라는 직후에 몸을 불쑥 내밀며,

"그런데 내재 센스란 게 무어냐? 그러한 것을 습득한 기억은 없다만……."

하고 말을 이었다. 이야기 도중, '내재 센스'라는 단어가 당연하다는 듯 등장했다. 하지만 미라는 그러한 단어를 전혀 들어본 적이 없었다. 그렇다면 최근 30년 동안 발견된 기능이라는 뜻이리라. 그 가정이 맞다면 더더욱 미라가 그 단어를 알 리가 없었다.

"어라라, 서브가 선술이라고 했잖아?"

"그랬다만?"

"선술 재능이 있어서 서브로 삼은 거 아냐?"

"……음?"

"응……?"

두 사람의 이야기는, 전혀 아귀가 맞지 않았다. 두 사람 사이에는 애초부터 커다란 인식차이가 존재했기 때문이다.

서로가 마주 본 상태로 고개를 갸웃한 채 침묵. 어디서 잘못되었는지를 생각한 끝에 미라가 먼저 입을 열었다.

"우선, 내재 센스라는 것이 무엇인가를 가르쳐다오. 설명을 들으면 무엇이 이상한 것인지 알 수 있을 테니."

"그래, 그러자."

고개를 끄덕인 화이트는 내재 센스에 관한 기본적인 사항부터 설명해 나갔다.

내재 센스란 여러 가지 술법의 재능을 지닌 자가 메인으로 선택한 술법 이외의 재능을 서브로 각성시키는 기능이라고 한다.

술법 재능이라는 것은, 말하자면 마력의 유연성을 뜻했고 메인으로 삼을 술법을 선택한다는 말은 다시 말해 마력의 형태를 결정짓는다는 의미이기도 했다.

그리고 마력의 형태를 결정짓는 방법은 초기 술법이나 기능을 습득하는 것으로, 술법의 종류에 따라 방법도 여러 가지인 모양이었다. 이는 재능이 하나뿐인 자 역시 마찬가지이며, 아무것도 익히지 않은 마력의 형태로는 무형술밖에 사용할 수 없다고 한다.

그렇게 고정된 마력의 일부를 변질시켜 본래 재능이 있던 술법에 맞게 재구성하는 기능이 바로 '내재 센스'라 불리는 것이었다.

마력의 일부를 변환하는 것인 탓에 메인 술법의 효과는 떨어진다. 물론 마력의 일부인 탓에 서브 역시 메인보다는 효력이 떨어진다. 하지만 전투에 사용할 수 있는 술법이 늘어남으로 인해 전술의 폭이 넓어지고 생존률도 대폭 상승한다는 모양이었다. 그런 탓에 여러 가지 재능을 가진 자는 속히 말하는 엘리트 술사로 여겨지고 있다고 한다.

인기 있는 조합은 마술을 메인으로 삼고 서브로 성술, 혹은 그 반대라는 모양이었다.

미라는 화이트의 이야기를 끝까지 듣고는 얼마간 생각에 잠겼다. 그것은 예상했던 대로 30년 사이에 개발된 신기능이었고, 미라가 습득한 세컨드 클래스와는 엄밀히 말하자면 다른 것이었다.

엄밀히 말하자면 다른 것. 무엇이 다른가 하면, 세컨드 클래스에 거의 단점이 없다는 점이었다. 미라는 단순히 또 하나의 클래스 특성을 얻은 상태였다. 굳이 단점을 들자면 술법 습득 난이도 상승과 마나 관리가 어려워진다는 점 정도였다.

"흠, 알겠다. 뭐어, 좌우간 이 몸은 선술도 그럭저럭 쓸 수 있다."

비슷하기만 할 뿐 효과는 상당히 달랐지만 미라는 굳이 정정할 필요는 없으리라 판단했다. 미라에게 있어 세컨드 클래스는 어떤 의미에서 우연의 산물이었고, 설명하기가 어렵다는 이유도 있었다.

"명칭도 모르고 습득했다니, 특이한 일도 다 있네."

"그러게 말이다. 뭐어, 그런 경우도 있는 모양이로군."

"그러게 말이야."

화이트는 미라의 대답에 가볍게 고개를 끄덕이더니 마법소녀
풍 의상을 쳐다보았다. 그 눈에는 약간의 선망의 빛이 떠오른 듯
했으나 느긋하게 숲을 바라보는 미라가 그 사실을 알아채는 일은
없었다.

고기를 먹어치운 후 십여 분. 천막에서 블루와 레드가 돌아왔
다. 레드는 곧장 화덕으로 달려와 무언가를 찾듯 그 주변을 한 바
퀴 돌더니 화이트를 노려보았다.

"전부 다 먹었구만⋯⋯."

"엄청 맛있었어."

"음, 놀라울 지경이었지."

"그래⋯⋯ 그거 다행이군⋯⋯."

공 들여 구운 고기를 한 조각도 못 먹었다는 허망감에 레드는
의자에 앉으며 고개를 푹 숙였다. 만족스럽게 배를 쓰다듬는 화
이트의 얼굴에서는 미안한 낌새를 전혀 찾아볼 수 없었다.

"미라 양. 있잖아."

블루는 천막 옆에서 움직이지 않고 그대로 미라에게 말을 붙였
다. 그 소리에 미라가 고개를 돌리자, 블루는 손짓을 하며 천막
입구를 열었다.

"거점에 대해 대장이 직접 이야기하고 싶다는데."

"그래. 알겠다."

미라는 고개를 끄덕이고 일어나, 블루의 안내에 따라 천막 안

으로 들어갔다.

그 뒤에서 화이트는 숨겨두었던 고기를 레드 앞에 내려놓았다. 꿈에도 그리던 고기를. 레드는 호들갑스럽게 화이트에게 감사인사를 하고는 그 고기를 덥썩 베어 물었다. 화이트는 그 옆에서 음흉한 미소를 짓고 있었다.

미라가 들어가자 바로 정면에 앉아 있던 거한이 일어났다.

천장 안에는 간소한 침구 세 개에 의자와 테이블이 놓여 있었다. 구석에는 무기를 손질하기 위한 공구도 보였다. 그리고 그 근처에 자리한 우리에 멍석말이 상태로 널브러진 키메라 클로젠 소속 남자의 모습도 보였다. 약을 흡입하게 했는지 지금은 고른 숨소리를 내고 있었다.

거한은 그런 천막의 한가운데에 진을 친 채 미라를 바라보았다. 키는 레드보다도 컸다. 하지만 다부져 보이는 체구와는 어울리지 않게, 하얀 법의(法衣)를 입고 있었다. 신성한 문양이 각인된 성술사의 옷이었다.

"나는 이스즈 연맹의 멀티 컬러즈 제5소대의 지휘를 맡은 실버라 한다. 우선은 블루를 구해준 일에 감사인사를 하고자 한다. 고맙다."

거한 실버는 낮고도 힘 있는 목소리로 그렇게 말하며 허리를 숙여 깊은 감사의 마음을 표했다. 짧게 잘린 금발머리에는 보석이 장식된 서클릿을 쓰고 있었다. 주름이 깊게 팬 중후한 얼굴은 깨달음을 얻은 승려 같은 인상을 주었다.

"대단한 일은 하지 않았다. 애초에 그 남자가 이 몸과 맞닥뜨리지 않았다면 블루와 화이트가 별개 행동을 할 일도 없었을 게야. 2대1이었다면 두 사람이 충분히 이겼을 게다."

구해준 것은 사실이었지만 애초에 블루가 혼자서 싸우게 된 것은 자신 때문이다. 미라가 그렇게 말하자 블루는 고개를 가로저었다.

"이번에는 승리 이상의 것을 손에 넣었어. 키메라 녀석들은 불리해지면 바로 도망치거든. 처음부터 2대1로 싸웠다면 그 시점에서 달아났을 거야."

몇 번인가 같은 일이 있었던 것인지 블루는 쓴웃음을 지었다. 하지만 그다음에는 실로 개운한 미소를 지어 보였다.

"처음에는 1대1. 그 후에 나는 마비. 이어서 나타난 미라 양은 겉모습만 보고 처리할 수 있을 거라 판단한 거겠지. 솔직히 말해서 나도 미라 양의 실력에는 놀랐으니까. 그러니 이번에는 그 오산이 좋은 쪽으로 작용한 덕에 포획할 수 있었던 거야."

"호오, 과연."

블루의 말대로 키메라 클로젠의 멤버는 그러한 철수 방침을 철저히 준수했다. 그런 탓에 지금까지 사로잡은 적이 단 한 번도 없었던 것이다.

"아가씨 덕분에 귀중한 정보원을 얻을 수 있었다. 깊이 감사한다. 그런데 블루가 말하기를 아가씨가 우리 거점에 가고 싶어 한다고 하던데, 그 이유를 물어도 될까?"

다시금 감사인사를 한 실버는 다음 순간, 날카로운 눈빛으로 미라를 바라보았다. 이스즈 연맹의 거점. 그 역시 비밀 중의 비밀이었다. 아무리 은인이라지만 쉽사리 가르쳐줄 수는 없는 일이리라.

당연한 일이었다. 그래서 미라도 솔직하게 그 이유를 입에 담았다.

"사람을 찾고 있어서 말이다. 일전에 루나틱 레이크와 카라낙을 잇는 도로에서 식신과 노는 정령을 만났다. 사정을 들어보니 그대들의 적인 키메라 클로젠의 습격을 받던 중에 식신의 도움을 받았다더군. 해서, 이 몸은 그 식신의 주인을 찾고 있다. 블루를 만나고 키메라 클로젠과 맞서 싸우고 있는 조직이 있음을 알게 되자 혹시나 하는 생각이 들었다만. 참, 식신의 이름은 냥마루라고 한다. 짚이는 바가 있나?"

미라가 설명을 마치자 실버와 블루는 무언가를 생각하기 시작했다. 아무래도 해당되는 인물이 없는지 기억을 더듬어보고 있는 모양이었다.

"미안하군. 나는 모르겠다."

"나도."

두 사람 모두 짚이는 바는 없었던 모양인지 신음하듯 큰 소리로 숨을 내쉬며 그렇게 사과했다. 하지만 미라 역시 일단 물어본 것일 뿐, 그렇게까지 기대를 하지는 않았다. "그러냐" 하고 짧게 대답하며 고개를 끄덕이고는, 역시 거점에 가보는 것이 빠를 것 같다고 결론을 내렸다.

"장담은 못 하겠지만 이야기의 흐름상, 그 식신의 주인은 분명 우리의 동료일 가능성이 크군."

실버는 그렇게 말하며 블루에게 눈빛을 보내더니 말없이 고개를 끄덕이고는 다시금 미라를 바라보며 말을 이었다.

"그래…… 블루가 진언한 대로, 아가씨를 믿고 몇 가지 정보를 말해주지. 현장을 봤으니 감출 수도 없을 테고 말이야."

그렇게 말하며 실버는 몇 가지 정보를 미라에게 알려주었다.

실버의 말에 의하면 이스즈 연맹의 키메라 대책반은 존재 자체가 극비라 세간에는 알려지지 않았으며 크게 나누어 네 개의 조직으로 이루어져 있다고 한다.

그들의 소속은 그중 하나인 멀티 컬러즈 부대로, 가장 인원수가 많아 키메라 클로젠의 동향 관찰 및 정령들의 보전을 주된 임무로 하고 있는 부대라는 모양이었다.

그 밖에도 전투에 특화된 벨레로폰 부대와 정보를 통괄하는 조직이 따로 있다고 한다.

그리고 끝으로, 부대를 이루지 않고 개별적으로 임무에 임하고 있는 조직이 있다고 했다.

"히든이라 불리는 자들이다. 단독행동이 기본인 탓에 개개인이 뛰어난 능력을 지녔지. 아가씨가 말한 그 녀석이 우리 동료라면 실력으로 미루어 이 히든에 속한 자일 가능성이 높을 거다."

실버가 입에 담은 정보에는 미라에 대한 성의와 독자적인 견해가 포함되어 있었다. 미라가 찾고 있는 자는 히든이 아닐까 하는 것이다. 그리고 미라 역시 그럴 가능성이 높겠다고 생각했다.

"그렇다면, 거점에 가야 해결이 되겠는데. 상층부에 있는 극히 일부 사람들만 히든의 동향을 파악하고 있으니까. 이쪽에서 정보를 요청한들 가르쳐줄 리가 없고."

블루는 그렇게 말하며 실버에게 시선을 보냈다. 강하게, 미라를 거점으로 데려가게 해달라고 눈으로 호소했다.

"데려가고 싶은 마음은 굴뚝같다만, 지금 이곳을 벗어날 수는 없는 일 아니냐. 소식이 끊긴 동료를 찾으러 올 자가 있을지도 모르니."

"그건 그렇지만……."

실버의 말에 블루가 마지못해 물러났다. 숲에는 아직 정령이 있었다. 만약 키메라 클로젠에 소속된 자가 동료를 찾을 목적으로 이곳을 찾는다면 그냥 놓아둘 수는 없는 일이리라. 미라도 그 점은 이해했다.

"흐음~ 그도 그렇군. 그렇다면, 그 남자는 어찌할 게냐. 그 녀석을 거점으로 끌고 갈 것이라기에 따라갈 요량으로 온 것이다만."

미라는 우리에서 곤히 잠든 남자를 눈짓으로 가리켰다. 이곳에는 남자를 거점으로 끌고 갈 때 동행이 가능한지 어떤지 대장의 지시를 구할 목적으로 온 것이었다.

"상황이 상황이라, 저쪽에 연락을 해서 호송 인원을 보내달라고 하기로 했다. 키메라 녀석을 사로잡았으니 분명 날아올 거다."

"오호라. 언제쯤 올 것 같으냐?"

"이곳까지 오려면 이틀에서 사흘은 걸릴 테지."

"흠, 그렇단 말이지."

내일이라면 그 호송에 동행해볼까도 싶었다. 하지만 이래저래 부탁 받은 일이 많은 미라는 그 자리에서 기다리기보다는 다른 방법을 제안해보기로 했다.

"그렇다면 장소를 가르쳐다오. 직접 혼자서 갈 터이니."

장소만 알면 직접 갈 수 있다. 하지만 거점은 처음에 블루가 말했듯이 중요한 장소였다. 쉽사리 가르쳐줄 수는 없는 노릇이리라. 굳이 말하자면 동행하기보다는 페가수스를 타고 가는 편이 빨랐지만, 미라도 그 사실을 알았기에 지금까지 말을 하지 않던 것이다.

하지만 상황으로 미루어 가능하다면 혼자서 가는 편이 빠를 듯했다.

"흐음……. 이야기를 나누어보니 블루의 말대로 아가씨는 믿어도 될 것 같군. 하지만 이것만은 내 의지만으로 결정할 수가 없다. 동행시키는 것만 해도 저쪽의 동의를 얻어야 할 테니."

대장이라는 책임을 져야 하는 입장에 있기에 감정만으로는 결정을 내릴 수 없는 일도 있었다. 동료를 구해주었다는 커다란 빚도 있는 미라를 앞에 두고 실버는 몹시 갈등하는 듯 보였다.

"뭐어, 그러할 테지."

실버의 말은 충분히 이해가 갔다. 오히려 부대를 이끄는 자라면 그렇게 대답하는 것이 옳을 것이다. 하지만 겨우 찾은 단서였다. 미라는 달리 방법이 없을지 생각해보았다.

"이만한 공을 세울 수 있었던 것도 미라 양 덕분이야. 대장, 뭔가 방법이 없을까?"

조금이라도 은인에게 보답을 하고 싶은 마음에 블루는 애원을 하듯 물고 늘어졌다.

"글쎄…… 뭔가 믿을 만한 인물이라는 증거가 있으면 좋으련만……. 내 감정을 배제하고 저쪽 사람들이 아가씨를 믿을 수 있는 확고한 증거 말이야……."

확고한 증거. 다시 말해 미라라는 인물의 신뢰성을 누가 보아도 알 수 있도록 실체화 한 것.

생각에 잠긴 미라의 모습이 기가 죽은 것처럼 보였는지 실버는 고민 끝에 조금이라도 가능성이 있는 방안을 쥐어짜냈다.

그 말을 들은 순간, 미라는 솔로몬에게서 어떠한 물건을 받았다는 사실이 떠올랐다.

"그래. 이건 증거로 쓸 수 있겠느냐?"

그렇게 말하며 미라가 끄집어낸 것은 한 장의 금속판이었다. 그것은 알카이트 왕국의 국장(國章)과 9라는 숫자, 반지 문양이 새겨진 백은 빛으로 빛나는 훈장이었다.

"허어, 훈장이라…… 봐도 될까?"

"음, 상관없다."

앞면에 새겨진 국장을 보자마자 그것이 훈장의 일종이리라 판단한 실버는 양해를 구해 그것을 건네받았다.

"…………억!"

훈장을 뒤집자마자 실버의 표정이 돌변했다. 동요한 듯 눈이 휘둥그레져서 앞면과 뒷면을 몇 번이나 번갈아 보았다.

"처음 봤다……."

훈장이 진짜임을 확인한 실버는 감탄한 듯 탄성을 흘렸다.

"어떠냐, 쓸 수 있겠느냐?"

미라가 그렇게 묻자 놀란 나머지 말을 못 잇던 실버는 한 차례 크게 한숨을 내쉬더니 고개를 끄덕였다.

"그래, 물론이다. 오히려 이런 걸 들이밀었는데 거절할 수 있을 리 없지. 아무리 우리라도 저 알카이트 왕국을 적으로 돌릴 수는 없으니 말이지."

실버는 정중하게 훈장을 돌려주었다. 실버의 말을 들은 미라는 과장이 심한 것 아닌가 싶어 고개를 갸웃하면서도 정말 신분증으로 사용할 수 있다는 사실을 알고는 안도했다.

"거점이 아니라, 본거지가 있는 장소를 알려주마. 그리고 소개 장도. 이게 지금 할 수 있는 최선의 조치다."

"호오, 본거지를? 정말 괜찮은 게냐?"

"물론이다. 근처에 있는 거점에서는 확실한 정보를 얻을 수 있다는 보장이 없으니. 이만한 증거를 내밀었는데 본거지의 소재를 알려주지 못할 이유가 없지."

거점이 아니라 본거지. 다시 말해 이스즈 연맹의 모든 것이 모이는 장소라는 뜻이었다. 게다가 소개장까지 써준다니. 그렇게 되면 생각했던 것보다도 많은 정보를 얻어낼 수 있을 것이다.

'그럭저럭 효과가 있는 듯하군. 벌써부터 도움이 되었어.'

그 결과에 만족한 미라는 훈장을 한 번 쳐다보고서 아이템박스에 다시 넣었다.

"그럼 잠시 기다려다오. 금방 준비할 테니."

실버는 그렇게 말하더니 커다란 가방에서 서류와 봉투를 끄집어내서 소개장을 쓰기 시작했다.

"후우, 다행이다. 일단 은혜는 갚은 셈인가."

블루는 안도했다기보다는 기쁜 듯이 미소를 지으며 그렇게 중얼거렸다.

"뭐냐, 그런 걸 신경 쓰고 있었던 게냐?"

"뭐어, 내 기분의 문제지. 그대로 결렬됐으면 찜찜했을 테니까."

"고생을 사서 하는 성격이로군."

"자주 듣는 말이야."

미라가 쓴웃음을 지으며 말하자 블루는 어깨를 으쓱하며 장난기가 가득한 미소를 지어 보였다.

실버가 소개장을 쓰는 동안, 두 사람은 그런 식으로 대화를 주고받았다.

"지도에 장소를 표시해두었다. 그리고 이게 소개장이다."

"고맙다."

미라는 감사인사를 하며 실버에게서 지도와 소개장을 받아들었다.

"아가씨처럼 젊은 자도 정령을 소중히 여겨주고 있다는 걸 알게 되어 기쁘군. 이렇게 만난 것도 다 정령의 인도 덕분이겠지. 함께 정령들을 지켜나가도록 하자."

"뭣하면 이스즈 연맹에 들어오도록 해. 나는 환영할 테니."

"뭐어, 생각해보지."

그렇게 간단히 대화를 나눈 뒤, 미라는 살며시 미소를 지은 채 천막을 뒤로했다.

소녀의 모습이 보이지 않게 되자, 블루는 실버를 바라보며 신경 쓰였던 일을 입에 담았다.

"그런데 대장. 앞장서서 추천한 내가 말하자니 좀 그렇지만, 그렇게까지 자세하게 알려줘도 되는 거였어? 심지어 본거지까지."

블루의 그 말을 들은 실버는 살짝 쓴웃음을 짓더니 늘어놓았던 서류를 가방에 정리하며 대답했다.

"키메라와 싸우는 현장을 목격 당했으니, 섣불리 숨기려 들기보다는 성의를 보여 동료로 끌어들이는 편이 낫지. 정령을 위해 행동한 저 아가씨는 충분히 소질이 있어 보이더군. 게다가 저 훈장, 저건 다소 특수한 것으로 대훈위구탑윤기하장(大勳位九塔輪旗下章)이라는 거다. 나도 직접 본 건 처음이었지만, 각인된 알카이트 왕국의 국장, 탑을 뜻하는 9라는 숫자, 그리고 솔로몬왕의 상징인 반지 문장. 다시 말해서 국가, 상징, 왕이 모두 새겨진 훈장은 실권자임을 인정한다는 뜻이기도 하지. 간단히 말하자면 이것을 지닌 자의 신분은 알카이트 왕국의 솔로몬왕이 보증하는 바이며, 소유자는 그 이름하에 권한을 지닌 자이다, 라는 뜻이다."

"으아⋯⋯."

그것은 국왕 직속이라는 사실을 의미하는 동시에 이 훈장을 지닌 자의 뜻을 거스르는 것은 솔로몬왕에게 거역하는 것이나 다름없음을 의미하기도 했다.

"내 생각에 저 아가씨는 알카이트⋯⋯ 아니, 솔로몬왕과 직접 이야기를 할 수 있는 입장에 있을 거다. 따라서 이번 일은 틀림없이 솔로몬왕의 귀에도 들어갈 거다."

"그렇게 잘 알면서, 우리는 공적으로는 존재하지 않는 존재이니 비밀로 하라는 말을 왜 미라 양에게 하지 않은 거야?"

"키메라의 일원을 사로잡은 공적은 지금까지 그 누구도 세운 적이 없었으니 그것만으로 큰 영향을 미칠 것이 분명하기 때문이다. 키메라 소속의 남자가 얼마나 완고하고 입이 무겁건, 총사에게 걸리면 죄다 불게 될 거다. 그렇게 되면 상황은 격변하겠지. 우리도 이대로는 있을 수 없게 될 거다. 인원, 무엇보다도 자금 문제가 불거지겠지. 아군은 많을수록 좋지만 신뢰할 수 있는 아군을 만들기란 쉬운 일이 아니야. 알다시피 알카이트는 술사의 나라. 우리의 사정을 알면 분명 아군이 되어 줄 거다. ……적어도 저 아가씨는 말이다."

실버는 이번 공적에는 그만한 가치가 있다고 확신했다. 그 결과, 키메라 클로젠과의 상황에 변화가 생기리라는 것도. 사로잡은 정령을 어떻게 하고 있는지, 그것을 지시한 자는 누구인지, 특정 국가가 배후에 있는지. 어느 것 하나라도 판명됐음을 알아채면 상대측에도 변화가 생길 것이다. 어쩌면 공격의 수위를 더욱 더 높일지도 모를 일이다. 경계를 더욱 강화하여 표면에 모습을 보이지 않게 될지도 모른다. 어찌 되었건, 나라와의 연계는 필수불가결해질 것이다.

실버는 그 첫 상대로 알카이트를 택했다. 아니, 택하지 않을 수 없었다. 미라가 지닌 훈장 앞에서 위증을 하는 것은 유력한 아군이 되어줄 듯한 나라를 제 손으로 내팽개치는 일이 될 테니. 그렇기에 성실하게 대해야만 했다. 그래서 본거지의 위치를 알려주고 소개장을 적은 것이다.

실버가 조용히 투지를 불사르며 그렇게 말하자, 악순환이 반복되고 있는 현재의 상황을 좋게 보고 있지 않았던 블루는 힘차게 고개를 끄덕이고는 우리 안에서 잠든 키메라 클로젠 소속 남자를 노려보았다.

12

미라가 천막에서 나와 보니 밖은 꽤나 떠들썩했다.

"채소 다 썰었어."

"어엉, 이 그릇에 담아줘."

"철판 닦아 왔어."

"틀도 거의 다 완성됐으니 조금만 더 기다려."

네 사람의 모습이 보였다. 레드와 화이트, 그리고 본 적이 없는 두 사람. 아무래도 그 네 명은 레드를 중심으로 바비큐 파티를 할 준비를 하고 있는 모양이었다. 분주했지만 보고 있기만 해도 즐거워지는 분위기가 주변에 가득했다.

그러한 광경 앞에서 미라가 다소 당황하고 있자, 낯선 사람 중 한 명이 달려왔다.

"네가 미라구나? 나는 그린. 잘 부탁해! 그런데 말이야, 오늘은 시간도 늦었으니 여기서 쉬고 가는 거 맞지?"

자신을 그린이라 소개한 것은 어깨까지 오는 밤색 머리카락을 지닌 여성이었다. 미라를 바라보는 미소는 밝았고, 목소리 톤도 높아 활발할 것 같은 인상을 풍겼다. 요소요소를 부분적으로 보강한 미채색 코트를 걸치고 있었는데 그 코트 안에 감춘, 수십 개도 더 되는 흉기들이 눈길을 끌었다.

"흐음~ 글쎄. 그렇게 하게 해준다면 고맙겠구나."

천마미궁을 나선 직후에 출발했다면 헌터즈 빌리지까지는 갈

수 있었으리라. 하지만 지금 출발할 경우에는 늦은 밤에야 도착할 것이 뻔했다. 미라는 잠시 생각한 뒤, 그린의 말에 고개를 끄덕이며 그렇게 부탁을 했다.

"당연히 그래도 되지!"

미라가 공적을 세웠다는 사실을 아는지, 그린은 만면에 미소를 띤 채 환영한다는 뜻을 밝혔다.

"근데~ 침상은 인원수만큼 밖에 없는데~. 어쩔 거야~?"

다소 늘어지는 듯한 목소리가 들려와 고개를 돌려보니 거기에는 낯선 사람 중 나머지 한 명인 여성이 식칼을 든 채 서 있었다. 반대쪽 손에는 비뚤배뚤하게 썰린 채소가 쥐어져 있었다. 어쩐지 호박과 비슷해 보이는 채소였는데 요리를 거의 하지 않는 미라가 보아도 이상하게 썰었다는 사실을 알 수 있을 정도로 이상하게 썰려 있었다.

그 여성은 미라보다 조금 키가 큰 정도였지만 전체적으로 탄탄한 체격을 하고 있었다. 부스스한 검붉은 머리카락, 거기에 굵은 눈썹으로 미루어 미라는 그녀가 드워프족이리라고 판단했다.

"아~ 네가 미라구나~. 화이트한테 들었어~. 나는 있지——."

"잠깐. 맞춰 보이마!"

미라는 드워프 여성의 말을 중간에 끊고서 지금까지 들었던 멤버의 이름을 반추해 보았다.

'이자들은 서로를 색으로 불렀지. 멀티 컬러즈라고 하기도 했고. 그리고 블루, 화이트, 레드, 그린, 대장이 실버. 이러한 집단의 우두머리는 보통 골드나 실버이기 마련이지. 그렇다면…….'

미라는 골똘히 생각했다. 이 안에 없는 정석적인 색은 무슨 색인지를. 그러자 몇 가지 후보가 떠올랐다.

'블랙…… 이건 여성의 색이 아니지. 그렇다면 핑크인가…… 으음, 실례지만 핑크라고 하기에는 섹시함이 부족해. 게다가 이 느긋한 분위기. 그렇다면…….'

완전한 독단과 편견. 그리고 억측과 잘못된 인식을 통해 답을 도출해냈다.

"그대는, 옐로일 테지!"

"퍼플이야~."

미라는 근거 없는 자신감을 가득 담아 선언했다. 하지만 돌아온 대답은 머릿속 그 어디에도 존재하지 않았던 색이었다.

"…………그건, 반칙이다."

무언가가 산산조각으로 박살나는 것을 느끼며 미라는 밤의 어둠을 비춘 램프의 등불 아래서 수치심으로 몸을 둥글게 말고 웅크려 앉았다.

"……미라 양은 왜 저러고 있어?"

천막에서 나온 블루는 시끌벅적하게 바비큐 파티 준비가 한창인 캠프의 구석에 찌그러져 있는 미라의 모습을 보고 움찔 놀라며 화이트에게 물었다.

"그게……. 말하자면 외부인의 범행이었는데 범인은 이 안에 있다고 선언해버린 탐정 꼴이 됐다고나 할까?"

"뭔 소리야, 그게……?"

블루는 전혀 알아들을 수가 없는 답변에 얼굴을 찌푸렸지만 구석에 찌그러져 있던 미라는 움찔, 하고 몸을 떨었다.

"요컨대, 괜히 나섰다 창피를 당했다는 거야."

화이트는 자신만만했던 미라의 표정을 떠올리며 입가에 손을 댄 채 웃더니 그 원인을 상세히 블루에게 알려주었다.

"그건 좀…… 창피했겠네. 어째서 옐로라고 생각한 건지."

"그러게 말이야."

딱히 다른 뜻은 없는 블루와 화이트의 대화가 구석에 찌그러져 있는 미라에게 결정타를 가했다.

실버가 즐거운 대화 소리를 듣고 천막에서 나왔다. 미라의 이야기가 그 즉시 귀에 들어갔다. 훈장 일도 있었던 탓에 그 표정은 복잡하기 그지없었지만, 웅크리고 앉은 미라의 모습을 보고 있자니 사소한 일은 아무래도 좋아져서 결국 웃어넘기기로 했다.

"자, 아가씨. 밥 먹을 때 우울한 얼굴을 하고 있으면 쓰나. 그 정도는 창피도 뭣도 아니다. 블루의 무용담 쪽이 몇 배는 창피할 텐데도 저 녀석은 끈질기게 살아 있지. 봐라, 저 당당한 모습을."

실버가 구석에서 몸을 둥그렇게 웅크리고 있던 미라에게로 다가가서 주변에는 들리지 않을 정도로 작은 목소리로 말을 붙였다. 미라는 그 말에 고개를 들어 실버가 눈짓으로 가리킨 방향을 쳐다보았다. 그곳에는 느긋한 표정으로 바비큐 파티 준비를 거들고 있는 블루의 모습이 있었다.

"잘 들으라고, 아가씨. 저래 봬도 블루 녀석은——."

실버가 말한 블루의 과거 이야기를 들은 미라는 잠시 후, 어째서인지 몹시도 상쾌한 표정으로 일어났다.

"이 정도 일로 창피해하다니, 이 몸도 참 나약했군."

"그래. 우리 부대 멤버들을 상대로 그 정도 일을 수치라 여길 필요는 없어."

미라는 밝은 미소를 띤 실버 옆에서 블루에게 따뜻한 시선을 보내고 있었다.

"대장이랑 미라. 곧 시작할 테니 이리로 와줘."

"그래, 지금 가지."

바비큐 파티 준비를 마친 레드가 천막 뒤에 있는 두 사람을 불렀다. 실버는 한쪽 팔을 들어 알았다고 했고 미라도 살며시 고개를 끄덕였다.

두 사람이 일행에 합류하자 블루가 컵을 내밀었다.

"우선은 다 같이 건배해야지. 대장은 늘 서던 곳. 미라 양은 그린 옆자리."

미라는 컵을 받아들고는 자신의 어깨를 끌어안고서 "이쪽, 이쪽"이라고 말하는 그린에게 여성진이 모인 쪽으로 안내를 받았다.

바비큐 세트가 화덕을 중심으로 조립되어 있었다. 커다란 원형 철판이 한가운데에 놓였고, 옆에는 식재료가 담긴 나무그릇이 늘어섰다. 입석 형식으로 만찬이 준비된 가운데 실버가 정위치에 서자 레드가 운을 띄우기 시작했다.

"오늘은 키메라의 일원을 사로잡은, 최고의 전환기가 찾아왔다. 공로자는 블루와 화이트이지만 미라의 도움이 그 무엇보다도 컸다. 해서 이번에 이 자리를 마련하게 되었다. 내가 아껴놨던 고기를 대방출할 테니 실컷 먹도록. 건배!"

"건배!!"

일동의 목소리가 밤하늘에 울려 퍼짐과 동시에 높이 치켜들었던 컵이 맞부딪혔다. 그러면서 잔에서 흘러넘친 물방울이 철판 위에서 요란하게 춤을 추어 분위기를 북돋웠다. 뒤를 이어 차례로 식재료가 구워지기 시작하자 향긋한 냄새와 즐거운 대화 소리가 일대를 휘감았다.

왁자지껄하게 즐긴 바비큐 파티의 뒷정리를 마치고서 그날 밤은 해산하기로 했다. 아직 임무 중이라 술은 자제했기에 멤버들은 멀쩡한 걸음걸이로 각자의 침상으로 돌아갔다.

천막은 남성용과 여성용으로 나뉘어 있었다. 다소 과식을 한 미라는 잠시 쉬다가 당연하다는 듯 화이트의 손에 여성용 천막으로 끌려갔다.

바로 그때였다.

"음……?"

빛이 닿지 않는 숲속. 그곳에서 풀숲을 흔드는 소리가 희미하게 들려왔다. 자세히 보니 이쪽을 몰래 감시하듯 숨은 누군가의 눈이 희미하게 보였다.

"작네. 딱히 문제는 없을 것 같아."

"음, 그렇구나."

두 사람은 반사적으로 '생체감지'를 사용해 그 누군가를 포착했다. 그리고 반응이 작은 것을 통해 숲에 사는 작은 동물이리라 판단하고는 천막으로 들어가려 했다. 하지만 다음 순간, 그것은 숲속에서 미라를 향해 일직선으로 날아들었다.

"이 녀석은……!"

그것은 마음먹고 도망치면 상급자도 잡기가 힘들 민첩함을 활용해 미라의 다리에 바짝 다가섰다.

그 정체는 푸른 털을 지닌 새끼 토끼, 행운의 상징인 퓨어 래빗이었다.

"어찌 여기 있는 게야?"

뀨이뀨이, 하고 울며 안아 달라 조르는 푸른 토끼의 모습을 본미라는, 그 즉시 몸을 숙여 두 손을 뻗어서 안아 올렸다.

"그거, 퓨어 래빗이야? 처음 봤어. 경계심이 강하다고 들었는데, 별일이네. 누가 길들인 건가?"

화이트는 그렇게 말하며 미라의 어깨 너머로 푸른 토끼를 들여다보았다. 하지만 화이트의 모습을 본 푸른 토끼는 갑자기 겁을먹은 듯 몸을 뒤틀어 시야에서 벗어나, 미라의 품속으로 깊이 파고들었다. 동시에 화이트는 어깨를 늘어뜨리며 길이 든 것이 아님을 확신했다.

원래 퓨어 래빗은 결코 제 발로 사람들 앞에 모습을 드러내지않는다. 하지만 지금, 미라의 품안에 안겨 있는 푸른 토끼는 안심한 듯 몸을 맡긴 채 뀨이뀨이, 하고 울며 미라에게 어리광을 부리고 있었다.

"설마 그대…… 여기까지 쫓아온 게냐?"

자신을 따르는 퓨어 래빗은 한 마리밖에 기억에 없었다. 천마미궁 입구에서 복슬복슬한 털을 만끽했던, 그 퓨어 래빗.

그렇게 생각한 미라는 즉시 캐트 시를 소환했다. 작은 마법진에서 무수한 새끼 고양이가 튀어나와 라인댄스를 선보이더니 한가운데 있던 캐트 시를 남겨놓고 색종이 가루와 함께 사라졌다. 그리고 캐트 시는 마무리 포즈를 취한 채 기대 섞인 눈으로 미라를 올려다보았다.

"흠, 그럭저럭이로군. 8점이다."

"고득점 떴습니다냥~!"

마술사 같은 의상으로 몸을 감싼 새끼 고양이는 [감동했다!]라고 적힌 팻말을 자랑스럽게 치켜들었다. 그러자 미라의 등 뒤에서 탄성이 흘러나왔다.

"뭐야, 이 귀여운 애는…….'"

화이트가 갑자기 나타난 새끼 고양이를 보고 눈빛을 빛내며 다가갔다. 캐트 시는 약간 놀라기는 했지만 이내 [누나는 보는 눈이 있다냥]이라고 적힌 팻말을 세워 팔꿈치를 얹고 서서 우쭐대기 시작했다. 팻말에는 [모두의 아이돌]이라는 문자가 장식되어 빛나고 있었다.

"불러내자마자 미안하다만 단원 1호여. 통역을 부탁해도 되겠느냐."

미라는 그렇게 말하며 품에 안은 퓨어 래빗을 캐트 시에게 내밀었다.

"누워서 떡먹기입니다냥."

캐트 시는 가슴을 두드리며 대답했다. 미라는 "그럼 잘 부탁하마"라고 말하며 그 머리를 한 번 쓰다듬고는 왜 이곳에 있는지를 물었다.

몇 마디를 나눈 끝에 미라는 난감하게 됐다는 듯한, 하지만 기쁜 듯한 표정으로 푸른 토끼의 머리를 살며시 쓰다듬었다.

퓨어 토끼는 역시 미라의 뒤를 쫓아 이곳까지 온 것이었다. 그리고 사람이 적어져서 모습을 보인 것이라고 했다.

그 이유는 하나뿐. 미라의 곁에 있고 싶었기 때문이라고 했다.

미라는 그 이유를 듣고 격하게 좋아함과 동시에 현실적으로 생각하기 시작했다. 지금은 곳곳으로 날아다녀야 하는 임무를 수행 중인지라 때로는 위험한 장소에 발을 들여야 할 때도 있었다. 그런 곳에 데려갈 수는 없는 일이다.

"따라주는 건 기쁘다만, 던전에 들어갈 일도 있어서 말이다……. 상황에 따라서는 지켜주지 못할 가능성도 있다. 그러니 말이다……."

미라의 말을 캐트 시가 퓨어 래빗에게 전달했다. 그러자 기대로 가득했던 눈이 서서히 아래로 향하더니, 퓨어 래빗이 마치 우는 듯한 소리를 냈다. 그러다 귀를 폭 숙여서 조금 전까지 기쁨으로 넘쳐났던 분위기를 걷어내더니, 한없이 쓸쓸한 분위기를 내뿜으며 몸을 둥글게 말았다.

미라는 심각하게 갈등하고 있었다. 앞으로는 지금의 힘으로도 방심하지 못할 장소로 가게 될지도 모른다. 그때, 퓨어 래빗까지 챙겨줄 수 있을지 어떨지.

자신을 따라오게 됐다가 죽어버릴 경우를 생각하자 미라는 더더욱 마음이 아파왔다.

"그때는 다른 사람한테 맡기면 되지 않을까? 나도 지인한테 피냐를 맡겨두고 왔거든. 아, 피냐는 내가 키우는 고양이야. 저기 있는 고양이보다 훨씬 귀여워."

"뭣이라고냥~!"

화이트는 애인 자랑이라도 하듯 달콤한 목소리로 말했다. 갑자기 비교를 당한 것도 모자라 비하까지 당한 캐트 시는 팻말을 떨어뜨리며 "너무합니다냥~" 하고 고개를 떨궜다.

하지만 그 말을 통해 미라는 겨우 알아챘다. 딱히 항상 함께 붙어 다니지만 않으면 방법은 얼마든지 있다는 사실을.

캐트 시 덕분에 대화가 가능하다는 상황이 그쪽 방면의 생각을 무의식적으로 막아버렸던 모양이었다. 원래 작은 동물과 함께 살 경우, 주인과 애완동물이라는 관계로 지내는 것이 일반적이라는 사실을.

그렇게 생각을 고친 미라는 캐트 시에게 말해서 조건을 퓨어 래빗에게 전달하게 했다.

그 내용은 늘 함께 있을 수 있는 것은 아니지만 자신이 돌아가는 주거지에서 살게 할 수는 있다. 그곳에는 한 사람이 더 있으니 말 잘 듣고 착하게 지내라. 그러면 돌아갔을 때 언제든 만날 수 있다.

마지막 말은 미라의 바람이기도 했다. 미라 역시 가능하다면 함께 있고 싶었지만 위험한 일에는 끌어들이고 싶지 않으니 집에서 기다려다오. 그런 의미가 담겨 있었다.

캐트 시가 그 말을 전달하자 퓨어 래빗은 고개를 들어 미라의
품 안으로 뛰어들었다. 그러고는 뀨이뀨이 하고 울며 실컷 어리
광을 부렸다.

"그러겠다고 합니다냥. 뭐든 시키는 대로 할 테니 잘 부탁합니
다, 라고 합니다냥~."

"다행이다, 정말 잘됐어."

퓨어 래빗의 대답을 전달하는 캐트 시의 옆에서 어째서인지 화
이트가 눈물을 글썽거리며 연신 고개를 끄덕였다.

미라는 캐트 시를 치하하고 송환하고는 정식으로 애완동물이
된 퓨어 래빗을 안은 채 화이트와 천막에 들어갔다. 잘 준비를 하
던 그린은 푸른 토끼를 보고는 소리 없이 미라에게 달려와 그 푸
르고 둥그런 것을 보고 활짝 웃었다. 미라의 품에 안겨 완전히 그
비호 아래에 있는 퓨어 래빗은 약간 겁을 먹기는 했지만 도망치
지 않고 그린과 화이트의 귀여움을 한껏 받았다.

퍼플로 말하자면 미라 일행이 오기 전에 잠들어버린 모양이었
다. 오늘은 그 누구보다도 빨리 임무를 수행하러 나갔던지라 바
비큐 파티 도중에 한계가 왔다는 모양이었다. 지금은 기분 좋게
고른 숨소리를 내며 잠들어 있었다.

"이 몸은 구석 자리만 빌려주면 된다. 좋은 모피가 있으니 그거
면 족해."

소대 단위로 움직이는 각 멀티 컬러즈 부대는 기동성을 높이기

위해 최소한의 짐만 가지고 다녔다. 그러므로 손님용 침상은 따로 없었다. 그래서 미라는 누군가의 침상에 실례하기로 되어 있었다.

화이트와 그린은 환영하는 자세로 미라를 맞이했다. 그에 반해 미라는 하늘 여행용으로 가지고 온 폭신폭신한 모피 코트를 든 채 천막 구석에서 저항하고 있었다.

침상이라 한들 침대 같은 것이 아니라, 편히 누울 수 있도록 된 큼지막한 침낭 같은 것이었다. 성인 둘이 들어가면 좁겠지만 미라 정도의 몸집을 수용할 여유는 있었다.

"요즘 시기에는 밤이 되면 추워."

"맞아. 게다가 그런 데서 자면 몸 상해. 나랑 같이 자자. 보기에는 얇아 보여도 막상 누워보면 편해."

화이트와 그린은 그렇게 권유를 해주었지만 미라는 완강하게 고개를 가로저었다. 미라도 여러모로 **익숙해**지기는 했지만 그렇기에 한 가지는 확신할 수 있었다. 밀착도가 높은 침낭에서 여성과 함께 자게 되면, 틀림없이 흥분해서 못 자게 되리라고.

이런저런 대화 끝에 최종적으로는 화이트와 그린이 뜻을 꺾어, 미라의 주장이 받아들여졌다.

미라는 코트를 벗고 모피를 두르고 누웠다. 편하다고는 할 수 없었지만 못 잘 정도는 아니라서 눈을 감자 적절한 잠기운이 밀려들었다. 퓨어 래빗이 그런 미라에게 바짝 다가와 몸을 둥글게 말았다.

이윽고 미라가 작고 고른 숨소리를 내기 시작하자 화이트와 그린이 깨지 않게끔 살며시 침상으로 옮겼다. 그 사실을 알아챈 퓨어 래빗은 침상으로 옮겨지는 미라를 바닥에서 올려다보며 오도도도 쫓아갔다. 그리고 화이트가 미라를 자신의 침상에 내려놓자 그 즉시 옆자리를 확보하고는 몸을 둥글게 말았다.

"……자리 뺏겼네……."

푸른 토끼는 침상 끄트머리에 내려놓은 미라의 옆. 다시 말해서 침상 한가운데에 진을 쳤다. 그 결과, 화이트는 그린과 끌어안은 자세로 잘 수밖에 없게 되었다.

날이 밝아 자연스럽게 눈을 뜬 미라는 잠기운에 취해 주변을 둘러보았다.

"아~…… 그러했지……."

이스즈 연맹의 천막에 하룻밤 신세를 지게 된 일을 기억해내고 중얼거린 미라는, 자신이 누워 있는 장소가 다르다는 사실을 알아채고는 고개를 갸웃했다.

천막 구석에서 모피를 두르고 누웠을 텐데, 어느새 부드러운 매트가 깔린 침상 위에 있었기 때문이다. 그리고 옆에는 곤히 잠든 퓨어 래빗의 모습도 있었다.

주변을 둘러보니 화이트와 그린, 퍼플의 모습은 이미 천막 안에는 없었다. 밖에서 그녀들이 목소리를 낮춰 이야기를 나누는 소리가 들려왔다.

'오지랖도 넓은 자들이로군.'

어떻게 된 일인지 대충 깨달은 미라는 살며시 미소를 지은 채 머리맡에 개어둔 코트를 걸치고는 상쾌한 아침을 맞게 된 일에 감사하며 퓨어 래빗이 깨지 않게끔 조용히 천막에서 나갔다.

여성진은 아침식사 준비를 하고 있었던 모양이었지만, 미라의 모습을 발견하더니 손을 멈추고는 미소를 지어 보였다.

"좋은 아침. 잘 잤어?"

화이트는 그렇게 말하며 미라의 헝클어진 옷과 머리카락을 정돈해주었다.

"좋은 아침! 좀 이따 아침밥 먹을 거야. 미라는 싫어하는 음식 같은 거 있어?"

몇 가지 식재료가 담긴 그릇을 손에 든 그린이 미라에게 물었다.

"좋은 아침~. 저쪽에 샤워할 준비해뒀으니까 써~."

퍼플이 가리킨 곳에는 커다란 나무줄기에 매단 원추형 천막이 쳐져 있었다.

"음, 좋은 아침. 덕분에 상쾌하게 일어났다. 그리고 이 중에는 싫어하는 음식이 없으니 괜찮다."

미라는 그렇게 대답하며 퍼플이 건넨 큼지막한 타월을 받아들었다.

"안에 타월 걸이가 있으니까, 다 쓰면 거기 걸어둬도 돼~."

"알겠다. 감사히 쓰도록 하지."

미라는 감사인사를 하고는 시키는 대로 샤워 시설이 있다는 천막으로 향했다. 짙은 녹색을 띤 천막 안은 두 개의 공간으로 나뉘어 있었다. 탈의실과 샤워실이었다.

미라는 코트, 원피스, 속옷 순서로 옷을 벗고 간이 선반 위에

옷가지를 포개어 놓았다.

따뜻한 물은 레버를 비틀면 천장에 뚫린 구멍에서 나오도록 되어 있었다. 미라가 조작하자 미지근하기는 해도 기분 좋은, 적절한 온도의 물방울이 쏟아졌다.

옅은 조명이 미라의 하얗고 여린 피부를 비추었다. 물방울은 머리카락을 적시고는 뺨을 타고 목, 그리고 가슴으로 흘러 하복부로 떨어졌다. 앳된 구석이 남기는 했지만 여성다움이 엿보이는 몸은 수분이 더해지자 한층 더 요염한 광택을 띠었다.

잠기운을 서서히 몰아내는 물의 자극을 피부로 느끼며, 미라는 한껏 기지개를 켰다. 물방울이 튀는 소리는 가녀린 신음소리를 밀어내듯 지워내더니, 그마저도 보듬으려는 듯 계속해서 쉼 없이 주변에 울려 퍼졌다.

온몸을 꼼꼼히 씻은 미라는 빌린 타월의 감촉에 만족하며 몸을 닦았다. 그러고 나서 가방을 꺼내, 최대한 수수한 속옷을 골라서 입고 나머지는 씻기 전에 입었던 것을 그대로 걸쳤다.

미라가 샤워 천막에서 나와 보니 모든 멤버들이 화덕을 에워싸고 있었다.

"음, 미안하군. 혹시 기다리게 한 게냐?"

미라가 그렇게 말을 붙이자 화이트가 돌아보며 그 말을 부정했다.

"괜찮아. 남자들은 아직 잠도 덜 깼으니까. 그보다 머리가 젖어 있잖아. 말려야지."

화이트는 그렇게 말하며 미라를 의자에 앉히더니 뒤에서 미라의 머리카락을 손으로 빗기 시작했다. 그러자 젖었던 머리카락이 순식간에, 한 가닥 한 가닥 보송보송하게 마르기 시작했다.

머리카락을 잡아당기는 듯한 중량감이 없어졌기에 손으로 가볍게 머리카락을 만져본 미라는 약간 따뜻해져 있다는 사실을 알아챘다.

"호오…… 이건 혹시 무형술이냐?"

미라는 머리카락을 가다듬어주고 있는 화이트에게 그렇게 물었다.

"그래, 그렇긴 한데…… 혹시 본 적 없어?"

"음, 처음 봤다."

화이트가 사용한 술법은 생활계열로 분류된 무형술의 일종이었다. 생활계열 무형술은 머리카락이나 옷을 말리거나 작은 불을 밝히는 등, 수없이 많은 종류가 존재했다.

하지만 그 대부분이 최근 30년 동안 개발된 술법이었다. 게임이었던 시절에는 머리카락이나 옷이 젖는 것을 신경 쓴 적이 없었기 때문이다.

그렇기에 미라는 생활계열로 분류된 무형술은 거의 모른다고 할 수 있는 상태였다.

"바로바로 말리는 게 좋아. 젖은 채로 두면 상하기 쉬우니까. 머리카락이 이렇게 고운데 아깝게."

화이트가 미라의 머리카락을 바라본 채 한숨을 내쉬며 중얼거렸다. 부럽다고. 어쩐지 불온한 낌새가 느껴져 몸을 움츠린 미라는 윤기 나는 자신의 은발머리를 손가락으로 지분거리며 생각했다.

'무형술이라…… 확실히 이러한 술법이 있으면 편리하긴 하겠군. 허면 어떻게 습득하느냐가 문제인데…….'

무형술. 그것은 현재, 습득방법별로 분류된 마술, 성술, 소환술, 선술, 음양술, 사령술, 강마술, 퇴마술 중 그 어느 것에도 속하지 않는 술법의 총칭이었다. 습득방법에 일관성이 없어, 개중에는 자신도 모르는 사이에 사용할 수 있게 된 술법까지 있을 정도였다.

미라가 습득한 무형술 중 조명으로 쓸 빛구슬을 띄우는 술법이 있었다. 이는 횃불 등의 조명을 들고 어둠 속에 총 열 시간을 있으면 쓸 수 있게 되었다.

간단한 것부터 어려운 것까지 다종다양. 그것이 무형술로, 가장 술법의 종류가 많은 계통이기도 했다.

"이봐라, 그 술법——."

"머리카락은 무조건 바로바로 말려야 해. 가르쳐줄게……. 아니, 가르쳐주게 해줘."

미라가 습득방법을 묻고자 입을 연 순간, 화이트 쪽에서 먼저 알려주었다. 아무렇게나 손질하다 미라의 예쁜 은발이 상한 모습을 상상하니 도무지 참을 수가 없었던 모양이었다.

화이트의 서슬에 반사적으로 고개를 끄덕인 미라는 머리카락을 말리는 무형술 말고도 세세한 손질 방법에 대한 강의까지 듣게 되었다.

"두피를 씻을 때는~…… 머리카락을 빗을 때는~…… 말릴 때는~…… 잘 때는~…… 그리고 토끼 목욕 시킬 때도~……."

화이트의 강의가 끝난 후, 미라는 뭐라고 중얼거리며 세뇌당한 망자처럼 멍하니 허공을 쳐다보고 있었다. 긴 은발머리는 양옆에서 땋아 보기 좋은 트윈테일 모양으로 다듬어져 있었다. 그 뒤에서 화이트가 무언가를 해냈다는 듯이 만면의 미소를 짓고 있었다.

그런 일련의 사건이 마무리 되었을 무렵, 그제야 정신을 차린 남자들이 미라의 상태를 보고 무슨 일이 있었는지를 곧장 알아챘다. 그리고 보고도 못 본 척 아침식사를 하기 시작했다.

그러던 도중, 갑자기 여성진의 천막에서 무언가가 튀어나왔다. 남성진은 순간적으로 경계 자세를 취했지만 그 푸르고 둥근 것은 미라의 무릎으로 뛰어 올라 뀨이뀨이, 하고 울었다.

"오오, 깨어난 모양이구나."

미라는 그렇게 말하고는 머리를 쓰다듬고 그대로 몸통으로 손을 옮겨 정신없이 애정을 쏟아부었다. 화이트와 그린이 빈틈으로 손을 뻗자 퍼플도 조심조심 그 털을 쓰다듬었고, 남성진들은 그 모습을 멀거니 쳐다보았다.

"그 애가 아까 말한 퓨어 래빗이로군. 이거 우리에게도 행운이 찾아올지 모르겠어."

"정말로 파랗군. 왠지 모르게 친밀감이 느껴지는데."

실버와 블루는 그렇게 말하며 미소를 지었다.

"이 녀석 참, 둥글둥글한 것이 맛있겠구만."

마지막으로 레드가 말한 순간, 거의 모든 이의 시선이 동시에 그에게 꽂혔다. 화이트의 시선도 약간 늦게 꽂혔다. 특히 미라의 눈은 마안이 되기 일보 직전이었다.

"아니…… 농담이래도……."

신변의 위협을 느낀 레드는 허둥지둥 시선을 이리저리 굴리며 남은 샐러드를 집어 퓨어 래빗의 코앞에 들이밀었다.

"자, 배고프지? 잔뜩 있으니 많이 먹어라~."

퓨어 래빗은 씰룩씰룩 코를 움직이더니 그 이파리를 살짝 깨물었다. 조금씩, 조금씩 갉아먹는 그 모습을 본 그 자리에 있던 모두의 얼굴에 미소가 걸렸다. 그런 가운데, 레드만은 시선이 자신에게서 멀어졌음을 느끼고는 가슴을 쓸어내리고 있었다.

13

"그럼 이만, 신세 많이 졌다."

"이쪽이 할 소리다."

"찾는 사람, 꼭 찾아."

아침식사가 끝나고 뒷정리도 마친 뒤, 미라는 정보와 하룻밤을 묵게 해준 것에 대한 감사인사를 했다. 실버는 그 이상의 성과를 가져다준 일에 감사했고, 블루도 고개를 끄덕이며 무탈하기를 기도해주었다.

미라는 다른 면면들과도 인사를 나누고 나서 페가수스를 소환해 퓨어 래빗을 안은 채 씩씩하게 날아올랐다.

블루와 실버는 번갯불을 흩뿌리며 날아오른 천마(天馬)를 배웅하며 훈장을 떠올리고는 협력 체제만 잘 구축되면 결전 시 비장의 수가 되지 않을까 기대했다.

'본부 녀석들이 부디 제대로 대응을 해야 할 텐데…….'

진심을 담아 그렇게 기도하는 블루였다.

여전히 당당히 솟구친 신목을 등진 채 하늘을 달리기를 몇 시간. 점심시간이 지났을 무렵, 미라는 요전에도 신세를 졌던 헌터즈 빌리지의 여관에서 늦은 점심식사를 했다. 메뉴는 향초와 함께 구운 닭고기와 치즈, 채소를 끼워 넣은 샌드위치에 허니오레였다. 퓨어 래빗으로 말하자면 테이블 위에서 아삭아삭 듣기 좋은 소리를 내며 당근을 먹고 있었다. 미라는 때때로 그 사랑스러운 모습을 보며 미소를 지었다.

'이 장소는…… 사계(四季)의 숲인가. 정령의 성지를 본진으로 삼다니, 제법 걸물(傑物)이로군.'

미라는 샌드위치를 베어 물며 실버에게 받은 지도를 보고 이스즈 연맹의 본거지가 있는 장소를 확인했다.

사계의 숲이란 대륙 중앙에서 교차하는 네 개의 산맥에 둘러싸인 분지에 펼쳐진 숲을 말했다. 그리고 이 숲에는 사계절의 정령이 산다고 알려져 있다. 때문에 정령의 숲이라고도 불리며 사계절과 연관된 정령의 권속들도 숱하게 모여드는 장소였다.

'그나저나 이대로 가기에는 멀군그래…….'

사계의 숲은 신자의 숲보다 한참 북쪽에 위치해 있어, 페가수스로 이동한다 해도 며칠은 족히 걸렸다. 지금 직행하면 한참 뒤에야 돌아올 수 있으리라.

미라는 현재, 소울하울에 대한 정보 말고도 시조의 종자까지 가지고 있었다. 이스즈 연맹에 관한 정보도 있었다.

곰곰이 생각해본 결과, 미라는 우선 보고하러 돌아가는 편이 좋겠다고 결론을 내렸다.

"헌데 알페이르는 벌써 여행을 떠난 게야?"

지도를 닫은 미라는 소스가 묻은 손가락을 할짝 핥고는 점주에게 물었다.

"네에, 아가씨에게 진 다음 날에 짐을 챙겨서 냉큼 나섰죠. 전에 없이 즐거운 표정으로 떠나더군요."

점주의 말에 "그런가"라고만 대답한 미라는 재회할 날을 기대하기로 하며 허니오레를 비웠다.

"어째 이야기 소리가 들린다 싶었더니 이런 시간부터 손님이 있었네. 잠깐, 가만 보니 미라 양이잖아!"

미라가 고개를 돌려보니 그곳에는 자신의 몸보다 큰 짐을 짊어진 라트리가 있었다. 신자의 숲에 위치한 요새에 있던 청년 라트리가.

"오오! 무사히 돌아왔구나."

"아버지, 걱정 끼쳐서 미안해."

라트리는 약간 쓴웃음을 지으며 점주에게 그렇게 말하더니 곧장 고개를 돌려,

"그때는 정말로 고마웠어. 덕분에 다들 무사히 돌아올 수 있었어."

미라를 향해 고개를 숙였다. 감사인사를 받은 미라는 이곳에 하루 묵었던 날, 요새에 나가있는 아들이 있다는 이야기를 점주에게 들었던 일을 기억해냈다. 헌터즈 빌리지에서 알페이르 다음으로 강하다는 아들. 그가 바로 라트리였던 모양이다.

실제로 타일런트 스파이크 백과의 전투에서 가장 크게 활약을 했던 것은 라트리였다. 당연히 미라를 제외했을 때의 이야기였지만.

"라트리, 손님과 아는 사이냐?"

"응, 생명의 은인이거든."

점주가 다소 놀란 투로 묻자 라트리는 카운터 옆에 짐을 내려놓고는 요새에서 있었던 일을 이야기했다.

"과연, 그런 일이……."

이야기를 다 들은 점주는 한시름 놓았다는 투로 중얼거리더니 "아들과 요새를 구해주셔서 고맙습니다"라고 말하며 깊이 고개를 숙였다.

점주는 요새에 본 적도 없는 마물이 나타났다는 이야기 자체는 알고 있었던 모양이었다. 요새에서 가장 빠른 말로 증원군을 요청하러 갔던 헌터 중 한 명이 무사히 이곳까지 도착했었기 때문이다.

점주의 말에 의하면 그 후, 헌터즈 빌리지에서는 긴급 토벌대가 편성되어 이틀 후에는 출발했다는 모양이었다.

그리고 라트리의 말에 의하면 미라가 날아간 뒤, 비교적 체력이 남아 있던 자들이 말을 몰고 요새에서 출발했고 그중 한 명인 라트리는 해결 보고를 겸해 먼저 돌아왔다고 한다.

도중에 토벌대와도 마주쳐 사정을 설명해뒀다는 듯했다.

"미라 양. 답례라고 하기엔 좀 그렇지만, 마음껏 먹고 가. 계산은 내가 할 테니까."

이야기를 마친 라트리는 진심으로 기쁜 듯이 미소를 지은 채 그렇게 말하며 카운터 자리에 앉았다.

"바보 같은 소리 마라, 라트리. 아들의 목숨을 구해준 은인인데 내가 사야지. 미라 씨, 마음껏 들고 가십시오."

점주는 라트리의 머리를 가볍게 쥐어박으며 진심으로 기쁜 미소를 지은 채 미라에게 그렇게 말했다.

"그런가, 그럼 허니오레를 한 잔 더 마시도록 할까."

미라가 그렇게 말하자 근처에서 "뀨이" 하는 울음소리가 들렸다. 시선을 내려 보니 당근을 다 먹은 큐어 래빗이 무언가를 바라는 눈으로 미라를 올려다보고 있었다.

"아아, 그리고 이 아이가 먹을 것도 부탁하지."

미라는 퓨어 래빗을 쓰다듬으며 그렇게 말을 이었다.

"뭐라고 해야 할지, 좀 전부터 신경이 쓰였는데, 그건 퓨어 래빗…… 맞지?"

라트리는 흥미진진하게, 그리고 놀란 듯이 미라와 동석한 푸른 토끼를 쳐다보았다. 원래 경계심이 매우 강해 사람들 앞에는 전혀 모습을 드러내지 않는다고 알려진 퓨어 래빗. 그것이 눈앞에 있으니 놀라지 않을 수 없었던 것이다.

"음, 그렇다."

미라가 대답함과 동시에 점주가 허니오레와 기다랗게 자른 당근을 내려놓자, 퓨어 래빗은 총총히 당근에 달려들어 작은 입으로 열심히 갉아먹기 시작했다.

미라는 허니오레를 입에 머금으며 그 푸른 털을 살며시 쓰다듬었다.

"역시 그랬구나."

그렇게 중얼거린 라트리는 "설마 집에 돌아와서 또 한 번 놀라게 될 줄이야"라고 말하고는 미소를 지은 채 뭐라 표현하기 어려운 따뜻한 시간을 보냈다.

미라와 퓨어 래빗이 마침 식사를 마쳤을 무렵, 밖에서 소란스러운 소리가 들려왔다.

"아무래도 온 모양이군요."

"오, 내가 시간에 딱 맞춰 돌아온 것 같군."

점주가 출입구 쪽으로 고개를 돌리자 라트리는 그렇게 말하며 미소 지었다.

"무엇이 왔다는 게야?"

미라는 두 사람이 한 말이 신경 쓰여 그렇게 물으며 출입문 너머로 보이는 바깥을 주시했다. 그러자 많은 사람들이 달려가는 모습이 보였다.

"글쎄요, 설명을 하기보다는 직접 보시는 편이 빠를 것 같군요. 매우 떠들썩하고 즐거울 겁니다."

점주는 다소 뜸을 들이듯 말하며 미소를 지어 보였다.

"그럼 나는 바로 다녀와 볼까."

라트리는 자리에서 일어나 커다란 짐을 어깨에 다시 짊어지고는 빠른 걸음으로 걸어 나갔다. 문밖은 갈수록 떠들썩해지고 있었다.

천천히 자리에서 일어난 미라는 "뭔가 즐거운 일이 있나보군" 이라고 중얼거리고는 퓨어 래빗에게 여기서 기다리라고 한 뒤, 라트리의 뒤를 쫓듯 가게에서 뛰쳐나갔다.

가게 앞에 자리한 대로에는 수많은 사람들이 울타리를 이루고 있었다. 그리고 미라는 그 떠들썩한 광경을 보고는 대체 무엇이 왔는지를 이해했다.

'오호라, 행상 캐러밴인가.'

두 달에 한 번, 행상 캐러밴이 헌터즈 빌리지를 통과한다는 모양이었다. 헌터들은 이 시기에 맞춰 요새에서 돌아와, 수렵한 사냥감을 거래한다고 한다. 라트리는 거기까지 설명하더니 "미라 양도 즐겨줘"라는 말을 남긴 채 달려가고 말았다. 짐 꾸러미 안에 든 것은 전부 수렵한 사냥감인지, 그것을 돈으로 바꿔야 한다면서. 미라의 협력으로 토벌한 타일런트 스파이크 백의 일부도 들어 있는지 얼마를 받을 수 있을지 기대된다며 라트리는 웃었다.

몇 대나 되는 마차에서 선반이 운반되더니 수많은 상품들이 진열되었다. 라트리는 이미 짐 꾸러미를 펼쳐 교섭을 하기 시작했고, 상인으로 보이는 고상한 옷을 걸친 남자가 감탄스럽다는 눈으로 그 전리품을 확인하고 있었다.

"으음……?"

그때, 미라는 상인 옆에 낯익은 자가 있음을 알아챘다. 그리고 엉겁결에 달려가 마차 안에서 지시를 내리고 있는 그자의 등 뒤에서 말을 붙였다.

"셀로가 아니냐. 설마 여기서 보게 될 줄이야."

붉고 긴 머리카락이 특징적인 장신의 남자. 그자는 진혼도시 카라낙에서 만났던 길드, 에카르라트 카리용의 단장, 셀로였다.

등 뒤에서 자신을 부르는 소리를 듣고 돌아본 셀로는 미라의 모습을 확인하자마자 활짝 웃으며 말했다.

"미라 씨 아니십니까. 정말로 여기서 보게 될 줄은 몰랐는데 말이죠."

셀로는 놀라면서도 반가운 마음을 담아 대답했다. 그러자 그 직후, 뒤쪽에 있던 마차가 격하게 흔들렸다.

"미라?!"

고함에 가까운 목소리와 함께 마차에서 뛰어내려 온 것은 집요하게 미라의 육체를 노리는 플리카였다. 하지만 이어서 얼굴을 보인 에멜라가 곧바로 제압한 덕에 마(魔)의 손길은 표적에 미치지 못했고 미라는 마음속으로 에멜라를 칭찬했다.

"여전하구나."

"미라, 오랜만이야. 잠깐만 기다려."

에멜라는 얼굴만 내밀어 인사하더니 다시 마차 안으로 들어갔다. 그리고 약간 마차가 흔들리더니 에멜라가 다시 얼굴을 내밀었다.

"이런 데서 만날 줄은 꿈에도 몰랐어."

"이 몸도 마찬가지다. 그대들 말고도 왔느냐?"

에멜라는 요전에 봤을 때처럼 생기 넘치는 목소리로 말했다. 미라는 미소로 답하며 주변을 둘러보았다. 그 눈에 비친 것은 활기 넘치는 상인들과 상품을 구입하러 온 마을사람들. 그리고 라트리처럼 전리품을 늘어놓고 교섭을 하는 헌터들의 모습뿐이었다.

"아스발 씨랑 키리크 군은 제2진 호위를 맡아서 함께 있지는 않지만, 제프는 왔어. 지금쯤 전령을 받고 뛰어다니고 있지 않을까."

"호오, 그러했나."

아스발은 함께 고대신전 네뷸러폴리스에 들어갔던 멤버였다. 그리고 키리크는 그곳에서 쓰러뜨린 악마가 가지고 있던 대형 낫을 맡긴 암기사였다. 아무래도 그 둘은 후발대에 편입된 모양이었다.

하지만 고대신전에 함께 들어갔던 또 한 사람, 제프는 이곳에 있다고 한다. 그 말을 들은 미라는 조금 먼 곳을 둘러보았다. 하지만 사람이 많아 모습을 찾을 수가 없었다.

뭐어, 조만간 만날 수 있겠지, 하고 고개를 돌린 순간이었다. 쿵쾅대는 소리와 함께 마차 안에서 다시금 플리카가 모습을 드러냈다. 무슨 일이 있었던 것인지 끊어진 밧줄이 몇 가닥이나 엉켜붙어 있었다.

"미라가 있어…… 역시 꿈이 아니었구나."

과거에 집착했던 미라의 모습을 확인한 플리카는 곁눈질로 에멜라를 경계하며 애써 태연한 척 마차에서 내렸다.

"미라, 꽉 안아봐도 될까?"

"거부한다."

미라의 딱 부러지는 대답에 플리카는 두 팔을 펼친 채 멈춰버리더니 그대로 힘없이 주저앉았다. 셀로가 쓴웃음을 지으며 "죄송합니다"라고 말했다. 에멜라로 말하자면 플리카를 들어다 마차 안에 던져 넣었다.

"그나저나 캐러밴 호위라. 모험가답고 좋구나!"

일련의 흐름을 마치고 아무 일도 없었다는 듯 미라가 말했다. 판타지의 정석이라 할 수 있는 의뢰 내용을 들은 미라는 다소 흥분했다. 그 감정이 이해가 가는지 셀로 역시 "그렇죠?" 하고 밝은 미소로 답했다.

듣자하니 원래는 다른 모험가가 받은 의뢰였지만, 그자들은 진혼도시 카라낙에서 있었던 좀비 소동으로 부상을 입었다는 모양이었다. 그 때문에 거의 부상을 입지 않은 셀로 일행이 대신 호위로 붙어 이대로 대륙 서쪽에 자리한 오즈슈타인 영내까지 갈 예정이라고 한다.

"그런데 미라 양도 뭔가 볼일이 있어서 여기 오신 건가요?"

"음, 지인에게 부탁을 받아서 말이지. 지금은 볼일을 마치고 돌아가는 길이다."

미라는 사람을 험하게 부려 죽겠다며 약간 푸념을 하듯 말하면서도 미소를 지어 보였다.

"그랬나요. 그날은 지하묘지의 최심부에 볼일이 있으셨다고 하셨죠. 이번에는 어디였나요."

"장로와 천마다. 어이쿠, 내용은 말 못한다."

셀로가 캐묻는 투로 말했지만 거기에 다른 뜻은 전혀 없었다. 아무래도 단순히 궁금했던 모양이었다. 미라는 다소 우쭐거리는 태도로 대답했다. 비밀 임무. 어쩐지 특별하게 들리지 않는가.

"천마 말씀이신가요. 허가가 잘 나지 않는다고 들었는데요."

셀로는 더 깊이 추궁하지는 않고, 금역으로 지정된 천마미궁이 목적지 중 한 군데였다는 이야기를 듣고 다소 놀란 듯이 말했다. 이번에 미라는 금역 통행증을 간단히 손에 넣었지만, 그것은 국왕인 솔로몬이 이래저래 손을 써준 덕분이었다. 아닌 게 아니라 셀로 같은 일류 모험가라도 쉽사리 손에 넣을 수 있는 물건이 아니었다.

"좀 전에 말했던 지인이 이래저래 손을 쓴 모양이더구나. 이 몸에게 귀찮은 일을 떠맡기려고 말이다."

"그분도 참, 굉장한 분 같네요. 하지만 미라 씨는 그 아홉 현자의 제자분이니…….."

아무래도 미라를 움직이고 있는 인물을 거의 확정해냈는지 셀로는 거기까지만 말하고는 "힘드시겠군요"라고 덧붙여 말했다. 미라는 그 말에 말없이 고개를 끄덕이고는 땅이 꺼져라 한숨을 내쉬었다.

그런 대화를 나누던 두 사람 옆으로 남자 상인이 다가왔다.

"이야기 도중에 실례지만 교섭이 다소 길어질 것 같아. 미안하지만 다른 호위병들에게 각자 임의대로 휴식을 취하라고 말 좀 전해주겠나?"

남자 상인은 그런 전언을 셀로에게 부탁했다. 라트리가 가져온 전리품의 양과 질이 좋은 것을 확인한지라 더 자세히 이야기 해볼 필요가 있을 듯하다는 것이다.

"알겠습니다. 전달해두지요."

"미안하군."

셀로가 승낙하자 상인은 라트리를 마차 중 하나로 안내했다. 더욱 상세히 질을 따져보고 교섭하려는 것이리라.

"아무래도 저희는 지금부터 쉬어도 되는 모양입니다. 모처럼 만났으니 괜찮으시다면 미라 씨도 시간을 좀 내주시겠어요?"

셀로는 여성이라면 졸도하고도 남았을 정도로 빛나는 미소로 그렇게 권유의 말을 입에 담았다.

그 말을 들은 미라가 "글쎄──"라고 입을 뗀 순간, 또다시 마차에서 누군가가 튀어나왔다.

"찬성! 하고 싶은 말이 많아요. 타쿠토 군이 그 후에 어떻게 지내는지 알고 싶지 않나요?!"

"뭐어, 상관없다만……."

플리카가 치사하게 타쿠토 이야기를 끄집어냈다. 어찌 되었건, 미라는 또 이야기를 나누고 싶다고 생각했던 이들인지라 승낙할 생각이기는 했으나, 불쌍하다는 생각이 들 정도로 필사적인 플리카의 모습을 보고 있자니 승낙을 하고도 어째 뒷맛이 떨떠름하기만 했다.

휴식 장소로 선택한 곳은 퓨어 래빗을 대기시켜 두기도 한 탓에 조금 전까지 미라가 있던 여관이었다. 셀로 일행이 호위 동료에게 휴식을 취해도 좋다는 이야기를 전달하는 동안, 플리카를 데리고 먼저 여관으로 돌아온 미라는 부리나케 마중을 나온 퓨어 래빗을 안아 올리며 자리에 앉았다.

"미라, 그 애는……?"

"귀엽지 않으냐?"

플리카는 미라에게 안겨 있는 퓨어 래빗을 질투 반, 선망 반으로 노려보며 "치사해……"라고 말하고는 테이블에 엎어졌다.

플리카는 얼마 지나지 않아 회복하여 미라가 재촉한 대로 타쿠토가 그 후 어떻게 지내는지에 관해 이야기했다.

에카르라트 카리용의 면면(面面)들은 미라가 돌아간 후에도 약속대로 이래저래 그를 도와준 모양이었다.

"제가 책임을 지겠다고 해서 에카르라트 카리용 견습생으로 가입하는 걸 할아버지께도 허락을 받았어요. 저희의 신조(信條)상 구할 수 있는 사람을 늘릴 수 있는, 성술사에 소질이 있는 인재는 많으면 많을수록 좋거든요."

"흠, 그렇군…… 이래저래 부추길 대로 부추겨놓고 떠맡기는 모양새가 되어버렸다만, 고맙구나. 타쿠토를 잘 부탁하마."

미라는 플리카의 이야기를 통해 타쿠토가 어떻게 지내는지를 대충 파악했다. 타쿠토는 플리카가 중심이 되어 돌봐주고 있는 모양인지, 어릴 적에 썼던 교재를 그대로 건네주고 기초부터 공부시키고 있다고 한다.

타쿠토는 동료를 구하고 치유할 수 있는 성술사를 목표로 하기로 결심을 굳히고, 지금은 에카르라트 카리용의 견습생으로서 하루하루를 보내고 있다는 모양이었다.

미라는 그립다는 표정으로 타쿠토의 그늘 없는 미소를 떠올리며 맞장구를 치고는 끝으로 고개를 숙였다.

플리카가 그런, 착한 누나처럼 행동하는 미라를 보고 이성이 한계를 돌파하기 직전이었던 그때, 셀로와 에멜라, 그리고 제프가 얼굴을 내밀었다.

"우왓, 정말로 미라가 있잖아. 심지어 전보다 귀여워졌어."

제프는 예쁘게 땋은 트윈테일과 더욱 세련된 디자인의 옷을 걸친 미라를 보고 솔직하게 감상을 늘어놓았다. 하지만 그와 동시에 여성 두 명의 날카로운 시선이 그에게 꽂혔다.

"역시, 다 나은 게 아니었구나……"

"저의 미라를 그런 눈으로 보지 말아주시겠어요?"

두 사람의 가시투성이 말에 제프는 "그런 뜻이 아닌데……"라고 말하며 땅바닥에 엎어졌다. 셀로가 "확실히 미라 씨는 전보다 귀여워진 것 같네요"라고 동의했지만 제프에게 걸려 있던 혐의가 셀로에게 옮겨가는 일은 없었다. 그 사실에 제프는 더욱 더 좌절했다.

서로 오랜만이라며 인사를 나눈 뒤, 에카르라트 카리용의 면면들은 느지막한 점심을 먹기 시작했다. 식사 중, 잡담을 나누다 보니 퓨어 래빗이 화제에 올랐다. 그 털이 행운의 부적이라는 사실을 알았던 제프는 부디 한 가닥이라도 좋으니 털을 달라고 미라에게 부탁했다. 그러자 미라는 손으로 빗어봐서 빠지면 주겠다고 하고는 살며시 퓨어 래빗의 털을, 그 가느다란 손가락으로 빗었다.

운이 좋았던 것인지, 마침 털갈이 시기였던 것인지, 모든 멤버에게 푸른 행운의 털이 돌아갔다. 그리고 그중에는 타쿠토의 것도 포함되어 있었다.

"돌아가면 제가 책임지고 건네줄게요."

플리카는 퓨어 래빗의 털을 건네받으며 은근슬쩍 미라의 손을 잡는 데 성공했다. 숱한 노력 끝에 플리카가 습득한 기술이 서서히 빛을 발하기 시작하고 있었다.

"그러고 보니 그대들, 서쪽으로 간다고 했었지. 그러면 신자의 숲을 지나겠군?"

헌터즈 빌리지에서 대륙 서쪽에 자리한 오즈슈타인으로 갈 때

신자의 숲을 지나지 않으면 터무니없이 먼 거리를 돌아가야만 했다. 숲을 지나는 것이 훨씬 효율적이었다. 하지만 현재, 신자의 숲에는 불온한 녀석들과 본래는 없어야 할 마물이 출현할 우려가 있었다.

"네에, 맞습니다. 며칠 체재한 뒤에 숲을 지나 오즈슈타인까지 갈 예정입니다. ……숲에 무슨 문제라도 있나요?"

셀로는 향후 예정을 간결하게 대답하고는, 답을 뻔히 알면서도 굳이 질문을 날린 미라의 뜻을 헤아려 되물었다.

"문제가 둘 있다만 하나씩 말하도록 하마. 요전에 있던 일이다만, 신자의 숲에서 타일런트 스파이크 백과 싸웠더랬다."

그렇게 운을 뗀 미라는 요새에서 있었던 일을 이야기하기 시작했다. 헌터들에게 들었던, 본래는 숲에 없었던 마물. 그리고 옆 대륙인 아크 대륙에만 서식할 터인 타일런트 스파이크 백이 있었던 일에 관해서.

"그런 일이……. 실은 말이죠."

아무래도 셀로도 호위 중, 근처에는 서식하지 않을 터인 마물을 보았다는 모양이었다. 처음에는 잘못 본 줄 알았지만, 미라의 이야기를 듣고서 역시 그랬구나 하고 확신을 얻은 듯 보였다.

"그대도 봤군. 상황에 따라서는 훨씬 강력한 마물이 나타날지도 모르니, 조심하는 게 좋을 게야."

"네에, 그러게요. 아크 대륙의 마물이 나타난다니, 방심할 수 없겠어요."

셀로는 바깥으로 시선을 돌리며 심각한 표정을 지었다. 설령 또 타일런트 스파이크 백이 나온다 해도 셀로의 실력이라면 어떻게든 할 수 있을 것이다. 하지만 다른 호위병들은 그렇지가 못하다. 셀로는 그렇게 생각한 모양이었다.

"뭐어, 그게 첫 번째 문제다. 하나를 마저 말하자면, 그대는 키메라 클로젠이라는 자들을 아느냐?"

"압니다. 그 건에 관해서는 조합에서 몇 가지 정보를 얻었거든요."

"호오, 그랬나. 그렇다면 설명하기 쉽겠군. 그와 관련된 일인데 말이지."

솔로몬은 A랭크 이상에 해당되는 모험가들에게는 협력을 구하기 위해 키메라 클로젠에 관한 정보가 공개되어 있다고 했다. 요컨대 셀로는 A랭크 이상이라는 뜻이었다. 하지만 그것은 딱히 놀랄 일이 아니었다. 행동거지를 통해 그만한 실력은 있으리라고 판단했기 때문이다.

"어제, 그 키메라 클로젠의 일원과 만났다만, 그와 동시에 대항 조직이라는 녀석들도 만났다. 우선 키메라 쪽은 사로잡아서 그 녀석들에게 넘겼다만……. 그 포로를 인도하는 데 시간이 걸린다더구나. 어쩌면 키메라 녀석들이 동료를 구하러 숲에 들어올지도 모른다. 험악한 녀석들이니 만약을 위해 충고해두마."

미라는 비밀 이야기를 하듯 목소리를 낮춘 채 숲에서 있었던 일을 간결하게 이야기했다. 셀로 일행은 살짝 몸을 내민 채 귀를 기울였다. 플리카는, 때는 지금이라는 듯 접근을 시도했으나 에멜라가 발을 밟는 바람에 일정 거리 이상은 접근하지 못했다.

"일이 그렇게 된 거였군요. 이래저래 믿기지 않는 내용이기는 합니다만, 분명 경계는 해두는 편이 좋을 것 같군요. 고맙습니다, 미라 씨."

정령과 맞서 싸울 만큼의 전력과 무도함을 갖춘 키메라 클로젠. 그러한 자가 어딘가에 숨어 있을 우려가 있다면 확실히 경계를 할 필요가 있을 것이다.

셀로는 감사인사를 하고는 얻은 정보를 상단장에게 이야기하고, 만약을 위해 캐러밴 안에도 수상한 인물이 숨어들지는 않았는지 조사해봐야겠다고 생각했다.

"답례로 저도 유익한 정보를 드리고 싶습니다만……. 미라 씨가 말씀하신 날짜에 관해서는 아직 아무것도 못 알아낸 상태인지라."

셀로는 허브티를 홀짝이고는 면목이 없다는 듯 눈살을 찌푸렸다. 미라가 찾고 있는 아홉 현자 중 몇 사람이 현실이 된 이 세계에 나타난 날짜를 말하는 것이었다. 여러 가지를 융통해준 답례를 하겠다기에 미라가 조사를 부탁한 것이었는데 아무래도 아직 유익한 정보는 들어오지 않은 모양이었다.

"그건 딱히 상관없다. 금방 뭔가가 나올 거라고는 생각지 않았으니 말이지."

미라 역시 그렇게 빨리 새로운 단서가 발견될 것이라고는 생각지 않았다. 그래서 미라는 개의치 않고 세 잔째인 허니오레를 기울였다.

"그나저나 미라 씨는 판타지의 정석이라는 걸 좋아하시나요?"

셀로가 문득 그렇게 말을 꺼냈다. 판타지의 정석. 그것이 의미하는 바는 많고도 많았지만, 무엇이 되었건 가슴이 설레기는 마찬가지였다.

"좋아하지 않았다면 이곳에 있지도 않았을 테지."

미라는 약간 얼버무리듯이 대답했다. 요컨대 아크 어스 온라인이라는 게임을 플레이하지도 않았을 것이라는 의미였다.

마법이 있는 세계를 동경하였기에 지금 이 순간이 있는 것이었다. 그것은 미라와 셀로가 가진 공통된 인식이었다. 그 사실을 모르는 에멜라 일행은 가끔씩 나오는, 셀로의 이러한 말에 고개를 갸웃할 따름이었지만.

"그거 다행이네요. 그러면 그 대신이라고 하기에는 좀 그렇지만, 소문을 세 가지 정도 들려드리죠."

"호오…… 소문이라. 그거 재미있겠군그래."

판타지의 정석에 소문이라니, 기대감이 곱절로 부풀어 올랐다.

아무래도 미라가 아직 이 세계에 온 지 얼마 되지 않았음을 파악한 셀로는, 정보 값 대신 여행 도중에 들었던 소문을 제공하자는 생각을 한 모양이었다.

셀로는 진지하게, 하지만 어쩐지 어린애 같은 표정으로 첫 번째 소문에 대해 말하기 시작했다.

14

"얼마나 오래된 소문인지는 모르겠습니다만. 들자하니 카디아스마이트섬 주변 해역에 나온다더군요. 유령선이."

셀로는 다소 앞으로 몸을 내민 채 목소리를 낮춰, 담담한 말투로 이야기를 시작했다.

"호오…… 호오호오호오! 확실히 정석이로군!"

카디아스마이트섬. 그것은 현재 있는 어스 대륙과 아크 대륙 사이에 위치한 섬의 이름이었다. 현재는 슈메고페 지방 최강의 해군을 보유한 발리 군항국을 필두로 하여, 카디아스마이트 연합국으로 이름이 나 있었다.

참고로 슈메고페 지방이란 아크 대륙과 어스 대륙을 합친 아크 어스 온라인의 무대가 된 일대의 호칭이었다.

"이건, 뱃사람들 사이에서는 유명한 소문인데, 10년 정도 전이었던가요. 알고 지내는 선장에게 들었답니다. 들자하니 그 유령선은 황혼 녘의 짙은 안개 속에서 나타난다고 합니다. 목격자는 하나같이 이렇게 말한다더군요. 갑자기 안개가 끼더니 낡은 갤리선이 자신들의 배와 나란히 항행을 하고 있었다고. 그 배는 졸리로저(Jolly Roger. 해골 머리에 대퇴골 두 개를 겹친 해적기)를 내걸고 있으며 갑판에서 붉은 옷을 걸친 선장인 듯한 인물을 보았다는 자도 있다고 합니다. 게다가 이 소문에는 여러 가지 억측이 난무하고 있는데, 유령선을 따라가면 해적이 숨겨둔 재보를 발견할 수 있다. 해난 사고자가 선원이 되어 방황하고 있다. 그리고 배 안에는 잊힌 전설의 무기가 봉인되어 있다는 이야기 등이 대표적이죠. 수많은 억측 중에는 발리군의 비밀병기라는 설도 있습니다만, 저는 전설의 무구 쪽에 한 표를 던지고 싶군요. 검사이다 보니."

"나도, 한 표!"

셀로가 농담을 하듯이 이야기를 매듭짓자 에멜라가 눈을 빛내며 전설의 무구 설에 동의한다는 뜻을 표명했다.

"어디까지나 소문입니다."

셀로가 혹시라도 믿을까 못을 박듯이 덧붙여 말했다. 플리카는 어이가 없다는 듯 쓴웃음을 지었고 제프도 마찬가지로 천장을 올려다보았다.

전설의 무구. 에멜라는 전설의 검을 상상하고 흥분했는지 주변 상황을 알아채지 못하고 망상에 젖기 시작했다.

"그나저나 뭐어, 신경 쓰이는 소문이기는 하군. **예전**이었다면 헛소문이라 일축했겠지만 **지금**은······."

"네에, 그렇죠. 그래서 더욱 재미있기도 한 거지만요."

현실이었다면 수상쩍은 이야기에 불과했을 유령선 소문이, 온갖 환상이 존재하는 이 세계에서는 현실적인 신빙성을 띠었다. 그런 공통의식 속에서 미라와 셀로는 미소를 주고받으며 유령선의 모습을 머릿속에 그렸다.

"그럼, 다음 소문입니다."

허니오레와 허브티를 추가로 주문하며 진지하게, 그리고 즐거운 투로 셀로가 말하기 시작했다.

"바다 다음은 하늘입니다. 이건 비공선 선원들 사이에서 제법 진지하게 돌고 있는 소문인데── 네, 미라 씨."

미라는 이야기 중 들려온 단어가 신경 쓰여 오른손을 들었다. 셀로는 그 행동의 의미를 즉시 이해하고는 교사라도 되는 양 지명했다.

"비공선이라는 단어는 처음 들었다만. 그건 설마……?"

"네에, 맞습니다. 하늘을 나는 배를 말하죠. 최첨단 마도공학으로 실현시켰다는 모양입니다. 뭐 완성한 지는 얼마 안 됐는데, 분명 3년 정도 전이었을 겁니다. 아무래도 건조비도 비싼 모양인지 현재 대형은 삼신국과 아틀란티스, 니르바나가 한 척씩 보유했는데, 합계 다섯 척만 존재한다더군요."

"호오…… 역시 대국은 다르군그래."

삼신국은 플레이어의 스타트 지점이었던 나라로, 대륙 최대급의 전력과 규모를 자랑했다. 그리고 그런 삼국과 이름이 오른 두 개의 나라. 아틀란티스 왕국과 니르바나 황국이란, 늘 상위권을 두고 다퉜던 플레이어가 건국한 나라의 이름이었다.

"소형은 좀 더 많다는 모양입니다. 하지만 이번 소문은 대형 비공선 선원에게 들은 이야기입니다. 이 소문의 발단은 어느 중역을 비공선으로 모시던 때 있었던 일이라지요. 그날은 날씨가 쾌청해서 항해를 하기에는 그만인 날이었는데, 순조롭게 비행하던 비공선이 예정된 항로의 절반을 지났을 즈음, 갑자기 거대한 폭풍에 휘말렸다고 합니다. 폭풍 속은 밤처럼 깜깜해서 번쩍이는 번갯불이 때때로 주변을 비출 뿐이었다죠. 격렬한 비바람 속에서 폭풍을 뚫고 나가고자 선원들이 총동원되어 작업을 하던 그때, 그것이 모습을 나타냈다고 합니다."

셀로가 거기서 이야기를 잠시 끊자, 타이밍을 살피고 있었는지 점주가 추가로 주문했던 음료를 가지고 왔다.

"모험가 분들은 정말로 많은 이야기를 아시는군요. 저도 그런 이야기를 아주 좋아한답니다."

점주는 컵과 유리잔을 내려놓으며 흥미진진한 빛이 가득한 미소를 지어 보였다.

"직업상 어쩔 수 없이 수집하고 있는 면도 있지만, 취미라는 이유가 더 클지도 모르겠군요. 저도 좋아하다 보니."

셀로는 그렇게 대답하고는 컵을 받아 내용물을 한 모금을 머금은 채 점주와 미소를 주고받았다. 두 사람은 어째 죽이 잘 맞을 듯했다.

점주도 직업상 많은 모험가들과 만나, 이야기를 들어왔다. 그 결과, 자연스럽게 꿈으로 가득한 모험담에 매료되고 만 모양이었다.

점주는 가볍게 고개를 숙이고는 카운터로 돌아갔다.

셀로는 뜸을 들이듯 다시 한 번 컵을 기울였고, 미라도 엉겁결에 유리잔에 입을 댔다.

에카르라트 카리용의 면면들도 셀로의 이야기에 푹 빠져들었다. 하지만 플리카만은 티가 나지 않도록 미라와의 거리를 좁히는 작업을 속행 중이었다.

"그럼 계속하도록 하죠. 으음, 분명 직전까지 이야기했었죠?"

셀로는 그렇게 말하더니 이야기를 재개했다.

"선원들이 폭풍을 뚫고 나가고자 필사적으로 작업을 하던 중, 커다란 번갯불이 폭풍 속에서 번뜩였습니다. 휘몰아치는 비바람으로 악화된 시야 속에서 찰나적인 번갯불이 검고 두꺼운 구름을 밝히자, 커다란 성이 모습을 드러냈다고 합니다. 그것도 한두 사람이 아니라 거의 모든 선원들이 보았다더군요. 까마득한 상공에서 폭풍 속에 떠오른 거대한 성의 그림자. 심지어 그 한 번에 그치지 않고 그 후, 때와 장소를 달리해 가며 몇 번이나 목격되었다고 합니다."

"그건 설마……!"

셀로가 말을 마치자 판타지의 정석 중의 정석, 최고봉이라 해도 과언이 아닌 존재가 머릿속에 또렷하게 떠올랐다.

"네에, 천공성입니다. 미라 씨."

그런 미라의 기대를 셀로가 긍정해주었다.

두 번째 소문은, 하늘을 떠도는 천공성. 미라는 그 왕도라 할 수 있는, 환상의 대표 격의 등장에 무심결에 자리에서 일어나 그대로 가게 창문에 다가서서 하늘을 올려다보았다. 플리카가 지체없이 그 뒤를 쫓았다.

"천공에 떠오른 커다란 성쯤 되면, 분명 본 적도 없는 마술에 관해 기록된 서적 같은 것도 있을 것 같네요."

"호오, 의외의 반응이로군. 마술사다운 소리를 다 하다고."

두 사람은 창밖, 하늘에 떠오른 구름을 보며 그런 말을 입에 담았다. 플리카가 지금까지 보여 온 행동거지와는 딴판인 말을 내뱉는 바람에 미라는 짓궂은 미소를 지으며 말했다.

"미라랑 만나면 이 모양이 꼴이지만, 평소에는 진지한 마술사야."

두 사람에게 다가가며 그렇게 말한 에멜라는, 미라를 향해 뻗어나가던 플리카의 손을 몰래 비틀어 올렸다.

하늘에는 커다랗고 하얀 구름이 수없이 떠 있었다. 그중 어느 것에 숨어 있지 않을까. 그리 생각한 미라는 설레는 가슴을 끌어안은 채 아직 보지 못한 세계를 그리며, 언젠간 발견될 그날을 학수고대하기로 했다.

그 옆에서 플리카는 비통한 비명을 질렀으나 그 누구도 신경 쓰지 않았다.

세 사람은 자리로 돌아왔다. 미라가 부자연스럽게 붙어 있는 의자를 멀찌감치 떨어뜨려놓고서 앉자, 옆에 앉은 플리카는 말없이 고개를 떨궜다. 에멜라는 아무 일도 없었다는 듯 컵을 입에 댔다.

"저도 이 소문을 들은 뒤로는 하늘을 올려다보는 일이 늘었답니다."

셀로는 그렇게 말하며 미라에게 미소를 던졌다. 무심결에 하늘을 보고 싶어지는 그 마음을 이해한다는 듯이.

페가수스를 타고 다닐 때, 지상보다 하늘 쪽을 쳐다보게 될 것 같았다. 미라는 신이 나서 앞날을 상상하며 슬그머니 입가를 치올렸다.

"아 참, 목격 증언에 등장한 공통점은 갑작스러운 폭풍이었습니다. 모두가 폭풍에 휘말린 뒤, 그 안에서 거대한 성의 모습을 봤다는 거죠. 폭풍이 천공성을 지키고 있는 게 틀림없어요."

"음, 그래. 분명 그럴 게야."

두 사람은 고갯짓을 주고받고는 얼마간 폭풍을 뚫고 나간 끝에 장대한 성이 모습을 드러내는 장면을 상상하고는, 분명 이러리라는 망상 이야기를 주고받았다.

처음에는 꿔다 놓은 보릿자루처럼 가만히 있던 다른 면면들도 서서히 두 사람의 이야기에 감화되기 시작해, 최종적으로는 다섯 명이 각각 자신만의 이상향을 지어내는 수준까지 이야기가 부풀어 올랐다.

"이야기가 지나치게 샜군요. 그럼 마지막 소문입니다."

천공성에는 태고의 영수(靈獸)가 봉인되어 있어, 그 지하에는 일찍이 영웅이 휘둘렀던 성검이 잠들어 있다. 서고에는 고대의 마술서가 책장을 가득 메우고 있으며, 보물고에는 금은보화가 산더미처럼 쌓여 있고, 안뜰에는 생명의 물방울이 쉴 없이 솟아나는 분수가 있다. 다섯 명이 그런 천공성의 모습을 지어내고 나서야 겨우 분위기가 진정되어, 셀로는 다소 겸연쩍다는 표정을 지으며 세 번째 소문에 대해 말하기 시작했다.

"이건, 제가 모험가 지인에게 들은 이야기입니다. 소문이라기보다는 체험담에 가깝겠군요. 그는 주로 아크 대륙 북부를 중심으로 활동 중인 모험가입니다만, 어느 날 신기루 사원에 볼일이 생겼다는 모양이더군요. 발굴가에게 운 좋게 자주수정(磁宙水晶)을 구입해서 사원을 향해 오리어트 사막을 달리고 있었다고 합니다. 하지만 아무래도 그 자주수정이 불량품이었던 모양인지, 중간에 반응이 사라져버렸다더군요."

225

"그것 참, 난감했겠군그래……."

미라는 그 이야기에 등장하는, 셀로의 지인이라는 불운한 모험가를 동정했다. 그 상황은 미라도 경험한 바가 있었기 때문이다.

셀로가 말한 오리어트 사막은 아크 대륙 남서쪽에 펼쳐져 있다. 그곳에는 신기루 사원이라는, 지도에 실리지 않은 성역이 있는데 자주수정이라는 도구를 이용해야만 그 장소의 위치를 알아낼 수 있었다.

그 자주수정에는 가끔씩 꽝이 있었다. 하지만 이는 상급 플레이어라면 누구든 아는 사실이었다.

"네에. 그도 왜 하필 지금 여기서, 라고 크게 한탄했다더군요. 하지만 상당히 깊은 곳까지 들어갔던지라 거의 다 오지 않았을까 싶어 조금만 주변을 살펴보고서 돌아가고자 했다는 모양입니다만……. 길을 가던 중에 모래지옥에 발이 빠져, 그대로 땅속으로 빨려들고 말았다지 뭡니까."

"모래지옥이라……. 정말이지 운이 없군……."

오리어트 사막에 점재하는 모래지옥에 빨려들면 지하유적 던전으로 강제 초대를 당하게 된다. 그 모험가는 지지리도 운이 없었구나, 싶어서 미라는 쓴웃음을 지으며 허니오레를 입에 머금었다.

"저도 비슷한 소리를 하며 위로해주었습니다만, 그는 그런 절 보고 대담하게 웃더니 금색 덩어리를 주머니에서 끄집어내 보였습니다. 웬 거냐고 묻자 그는 모래지옥 속에서 주웠다고 대답하더군요. 자세히 들어보니 그가 떨어진 곳은 지하유적이 아니었다고 합니다. 떨어지고 보니 거대한 도시가 커다란 지하공간에 펼쳐져 있는 데다 모든 것이 황금빛으로 빛나고 있었다더군요. 그는 처음에 상황을 이해할 수가 없어서, 넋을 놓고 그 광경을 쳐다보고 있었다고 했습니다. 그러던 중, 멀리서 검은 그림자가 나타나더니 빠른 속도로 다가왔다는 모양입니다. 그 순간, 터무니없는 오한이 온몸에 퍼져, 그는 그림자로부터 필사적으로 도망쳤고, 정신이 들어보니 오아시스 호수에 빠져 있었다고 합니다. 간신히 가지고 돌아온 것이 그 덩어리였다는 모양인데, 감정을 해보니 순금이라는 것이 판명되었죠. 그는 그곳을 황금도시라 부르며 다시 한 번 가고자 하고 있는 모양이었습니다만, 아직 뜻을 이루지는 못한 듯하더군요."

"황금도시라…… 그나저나 그 검은 그림자는 대체 무엇이었을는지……."

"어라, 그쪽이 더 신경 쓰이시나요?"

이야기를 끝까지 들은 미라는 거기에 등장했던 검은 그림자라는 단어에 주목했다. 그 존재는 셀로의 지인인 모험가를 제거하기 위해 나타난 듯했다. 마치 그 황금도시를 지키는 수호자처럼.

그리고 수호자라 하면, 소환술사의 전문 분야였다.

"어쩌면 계약할 수 있을지도 모르잖느냐."

"과연, 그런 말씀이셨군요."

수호자라는 것은 수호하고 있는 장소에 깃든 정령인 경우가 많았다. 그리고 정령이라면 계약 대상 중 하나에 포함될 것이다.

기대감으로 가득한 미라의 눈을 본 셀로는, 이 탐욕이 강한 힘의 비결이리라 생각하고는 납득했다.

"좋겠다, 황금도시. 그런 곳을 발견하기만 하면 평생 먹고 살 걱정은 안 해도 될 텐데."

"황금 무구점도 있을까?!"

"저는, 황금으로 된 마술서고가 있었으면 좋겠네요."

면면들은 천공성 때의 흥분을 이어, 멋대로 각자의 희망을 읊어댔다. 그리고 그것을 막을 사람은 아무도 없어, 다시금 각자의 소원을 열거하는 망상 대회가 시작되었다.

"그러고 보니, 소문은 아닙니다만……."

망상 대회의 종반, 이상적인 황금도시가 만들어진 참에 문득 셀로가 그렇게 말을 꺼냈다.

그것은 어스 대륙 북서쪽에 '검은 영웅의 도시'라 불리는 장소가 있다는 이야기였다.

그곳은 과거, 이렇다 할 특징이 없는 중간 규모의 도시였다고 한다.

그 도시는 10년 전에 있었던 삼신국 방위전 당시, 수많은 마족들의 습격을 받았다는 모양이었다.

하지만 강인한 마족과 대적할 수 있는 전력이 당시 도시에는 존재하지 않아, 저항도 못 해보고 유린당할 것이라며 주민들이 절망하던 그때.

도시에 영웅이 강림했다고 한다.

그리고 온몸에 새까만 옷을 걸친 그자는 퇴마술을 구사하여 압도적인 실력으로 마족을 멸하고는 이름도 말하지 않고 떠나갔다.

주민들은 이름 모를 그 영웅을 '검은 영웅'이라 부르며 작위를 지닌 악마를 순식간에 잿더미로 만든 장소를 관광명소로 보존하고 있다고 한다.

거기까지 말한 셀로는 끝으로, 의뢰를 할 때 알려주었던 날짜와 관련성은 없는 데다 10년도 더 된 일이지만 미라의 볼일과 관계가 있을지도 모른다고 말하며 이야기를 마무리 지었다.

"검은 영웅이라……."

그 단어를 들은 미라의 뇌리에 어떠한 인물의 이름이 떠올랐다. 셀로가 굳이 이 이야기를 한 의도는 어렴풋이 알 것도 같았지만, 미라는 얼버무리듯 시선을 돌려 허공을 쳐다보았다.

온통 새까만 복장. 그리고 마족을 압도할 정도의 퇴마술사. 이름도 밝히지 않고 떠났다. 이 세 가지 공통점을 지닌 자의 이름.

그것은 아홉 현자의 일원, '영회(影繪)의 발렌틴'이었다.

'그 녀석, 낯을 심하게 가렸지…….'

개성을 지우기 위한 일이었지만 오히려 더 눈에 띄는 새까만 옷. 부끄럼이 많아 낯선 사람과는 좀처럼 대화를 하지 못했고, 감사인사를 받는 것은 좋아했지만 정면으로는 받지 못했다. 그런 탓에 대인전은 젬병이었지만 마물 등을 상대할 때는 엄청나게 강했다. 그것이 발렌틴의 특징이었다.

동료들은 어디서 무얼 하고 있을지. 미라는 약간 귀찮기는 했지만, 일단 '검은 영웅의 도시'라는 지명을 마음에 새겨두기로 했다.

"아, 셀로 씨, 얼마나 찾아다녔는데요!"

점심식사를 대충 마치고 평온하게 담화를 나누던 중, 로브 차림의 여성이 허둥대며 뛰어 들어왔다.

"무슨 일인가요?"

셀로는 고개를 돌려 여성에게 진정하라고 말했다. 아무래도 그녀는 캐러밴을 호위하는 동료인 모양인지, 그 모습을 본 에멜라 일행에게 긴장감이 돌았다.

"빨리 상단장에게 가주세요. 뭔가 문제가 일어난 모양이에요."

여성은 다소 숨을 고르고는 딱 부러지는 말투로 그렇게 전했다.

"그런가요. 알겠습니다."

셀로는 그 즉시 자리에서 일어나 카운터에 음식 값을 내려놓고 "잘 먹었습니다"라고 인사를 하고는 여성과 함께 가게에서 뛰쳐나갔다. 에멜라 일행 역시 곧장 그 뒤를 따랐다.

"흠, 점주. 미안하다만 이 아이를 맡아다오."

"네에, 물론이죠."

미라는 품안에서 기분 좋게 고른 숨소리를 내고 있는 퓨어 래빗을 맡기고서, 걱정과 흥분이 반반씩 섞인 가슴을 안고 셀로 일행의 뒤를 쫓았다.

15

좋은 물건을 찾는 손님들로 활기를 더해가던 대로. 이곳저곳이 사람들로 넘쳐나는 가운데, 셀로 일행은 인파에서 다소 떨어진 곳에 있었다.

그곳에는 셀로 일행 말고도 라트리와 교섭을 하던 자를 비롯해 일곱 명의 상인과 두 명의 호위병이 모여 있었다.

상황을 살피기 위해 다가가 에멜라의 등 뒤에서 귀를 쫑긋 세우고 있던 미라는 흘러나오는 목소리를 통해 대략적으로나마 상황을 파악했다.

아무래도 캐러밴의 최후미가 마물에게 화물을 빼앗겼다는 모양이었다.

추적해봤으나 마물들의 수가 무시무시하게 많은 데다, 낯선 종까지 섞여 있었던 탓에 협력을 구하기 위해 두 사람이 보고를 하러 돌아왔다고 한다. 지금은 상인 한 명과 호위병 여덟 명이 현지에 남아 대응하고 있다는 듯했다.

"최후미라면, 놀랜드 씨의 8번 부대였죠? 식료품을 취급하는 5, 6, 7번 부대라면 모를까, 8번 부대의 화물을 노리다니……."

상황설명을 들은 셀로는 그렇게 중얼거리며 문득 떠들썩한 대로로 시선을 옮겼다.

그곳에 늘어선 대형 짐마차는 모두 다 쌍두마차로, 장막에는 각 집안의 문장 같은 것이 그려져 있었다. 그것은 소유자를 구별

하기 위한 것인 듯했다.

이 캐러밴에는 개인과 상회를 합쳐 여덟 개의 집단이 참가했었다. 같은 문장이 새겨진 것은 각각 세 대씩으로, 총 스물한 대가 대열을 이루고 있었다. 하지만 최후미만은 두 대밖에 보이지 않았다. 상황으로 미루어 봤을 때, 그 나머지 한 대가 마물의 습격을 받은 마차인 듯했다.

"사람이 아니라 마물이 화물을 빼앗아갔다는 것도 이해가 안 되는군요."

상인 중 한 명이 중얼거렸다. 그가 말한 대로 마물은 본능 때문인지 생물을 우선적으로 습격하는 경향이 강했다. 따라서 호위병들은 그냥 두고 화물을, 심지어 빼앗아가다니. 아무리 생각해도 부자연스러웠다.

"놀랜드 쪽은 운송 전문이었지. 세 번째 마차에는 뭐가 실려 있었던 거지……? 애완동물용 작은 동물이라면 이해가 될 것도 같은데."

다른 상인이 대로 쪽으로 고개를 돌리며 말했다. 놀랜드라는 자가 지휘를 맡은 8번 부대는 운반업을 주로 하는지 척 보아도 손님이 없었다. 마부가 보초를 설 정도였다.

"생물은 없었을 텐데. 어떤 학자 양반이 의뢰했다는 돌조각만 잔뜩 있었을 걸."

그렇게 대답한 것은 미라가 처음에 봤던 상인이었다. 아무래도 그는 이 캐러밴의 리더인 모양인지, 각 부대에 실린 화물을 파악하고 있는 모양이었다.

"마물은 어째서 그런 걸?"

"앞에 있던 3개 부대가 식료품을 싣고 있어서 뒤쪽도 전부 그럴 거라 착각한 게 아닐까."

작물을 먹어치우는 마물 등도 존재하니 식료품을 노렸을 가능성도 충분히 있다. 상인들은 그렇게 말했지만 아무리 마물이라도 돌조각과 식량을 착각할 리는 없으리라고 생각을 고쳤다.

그렇다면 돌조각이 목적이었다는 뜻일까. 지금까지 파악된 생태로 미루어 말도 안 되는 일이라고는 생각했지만, 그러한 상상이 일동의 머릿속에 떠올랐다.

"이러고 있어봐야 답이 나올 것 같지는 않군."

전에 본 적이 없는 마물의 행동. 이에 관한 전문가가 한 명도 없어 전례와 대조할 만한 지식이며 자료도 없었다. 그렇다면 해야 할 일은 하나뿐이라 판단한 캐러밴의 리더는 셀로에게 몸을 돌리며 말했다.

"상황을 자세히 파악하기 위해서라도 수색대를 보내기로 하지. 셀로 공, 부탁해도 되겠나?"

"네, 저희가 상황을 확인해보고 오겠습니다."

셀로는 고개를 끄덕이며 그렇게 대답하고는 보고를 하러 돌아온 호위병 두 사람에게 "안내해주십시오"라고 말을 이었다.

"네, 그러겠습니다. 감사합니다."

"정말로 고맙습니다."

호위병 두 사람이 그렇게 말하며 고개를 숙인 순간, 에멜라의 등 뒤에 숨었던 미라가 고개를 들이밀었다.

"이봐라, 이 몸도 따라가도 되겠느냐?"

미라는 셀로에게 다가가며 그렇게 말했다. 흥미가 동하기도 했지만, 다른 무엇보다 못 보던 마물이 있었다는 이야기가 신경 쓰이는 동시에 걱정이 되기도 했기 때문이다.

"그래주신다면 고맙겠지만, 괜찮으시겠습니까?"

"미라라면 대환영이야!"

셀로와 플리카는 동시에 기쁜 표정을 지었다. 하지만 당연히 그 둘의 감정은 근본적으로 완전히 다른 것이었다.

"약간 신경이 쓰인다고 해야 할지. 뭐, 내버려둘 수가 없어서 말이다."

미라는 다소 저항을 하기는 했지만 에멜라의 손에 의해 봉인된 플리카를 곁눈질하며 간결하게 자신의 생각을 입에 올렸다.

레서 데몬의 사례가 그러했듯, 악마가 얽히면 마물은 때때로 부자연스러운 행동을 취한다는 사실이 확인되었다. 하지만 이는 일부 상급 플레이어들만이 아는 지식이었다. 더불어 악마는 공적으로 멸종된 것으로 알려진 현재는 거의 모든 자들이 모를 것이다.

만일의 경우에 대비해 확인해둘 필요가 있었다. 하지만 그보다는 역시 내버려둘 수 없다는 감정이 앞섰다.

"알겠습니다. 잘 부탁드립니다."

미라의 호의를 순순히 받아들이기로 한 셀로는 다시금 호위병 두 사람에게 안내를 부탁했다. 하지만 그 두 사람은 갑자기 나타난 미라를 쳐다보더니,

"저기, 정말로 데려가실 겁니까? 마물도 많아 위험한 장소인데……."

"걸리적거리기나 하지 않을지……."

그렇게 말하며 셀로에게 불안한 시선을 보냈다. 겉모습으로 말하자면 미라는 아직 열두 살 정도밖에 안 된 어린 소녀였다. 아무리 술사의 실력은 겉모습만으로 가늠할 수 없다지만, 나이가 어린 만큼 경험이 적을 텐데 괜찮을까 걱정하는 눈치였다.

"그녀라면 괜찮습니다. 제 실력을 발휘하면 분명 이곳에 있는 그 누구보다 강할 테니까요."

셀로는 약간의 선망을 담아 미라를 흘끔 쳐다보며 그렇게 말했다. 그 말을 들은 호위병 둘은 당황한 표정으로 미라를 보고는, 다시 셀로에게로 시선을 돌렸다.

"네? 여기서 제일 강할 거라니……. 셀로 씨보다도 말입니까?"

"네, 그렇답니다."

당연하다는 투로 셀로가 말하자 에멜라와 제프, 그리고 플리카는 "본인이 그렇다네"라고 긍정의 말을 덧붙이며 동시에 쓴웃음을 지었다. 호위병 두 사람의 말을 들으니 미라를 처음 만났을 때 생각했던 바가 떠오른 것이리라. 그리고 그 실력에 간이 철렁해졌던 일도.

그 말을 들은 두 사람은 그야말로 눈알이 튀어나오도록 놀란 눈치였다.

엄청난 유명 길드, '에카르라트 카리용'의 단장 셀로. 실력과 실적이 모두 증명된 그가 자신보다 강하다고 한 것도 모자라, 농담을 하는 눈치도 아니었기 때문이다. 놀랄 만도 하리라.

미라로 말하자면 셀로의 실력이 어느 정도인지는 모르겠지만, 자신의 실력에 자신이 없지는 않았다. 그렇기에 몸을 젖혀 깜짝 놀란 채 아직도 반신반의하는 눈치인 두 사람을 향해 대담한 미소를 지어 보였다. 호위병 두 사람은 그저 전율할 수밖에 없었다.

호위병 두 사람의 안내로 캐러밴이 지나온 길을 돌아간 미라 일행은, 중간부터 숲속으로 진로를 바꾸어 덤불을 헤치며 안으로, 또 안으로 들어갔다.

대낮. 하늘에서는 태양이 쨍쨍 빛나고 있었지만 주변은 이상하리만치 어두컴컴했다. 숲이 안개로 뒤덮여 있으니 그럴 만도 했다. 게다가 앞으로 가면 갈수록 안개가 짙고 깊어졌다.

호위병 두 사람은 그런 안개 속을 망설임 없이 나아갔다. 자세히 보니 길을 표시해둔 것인지 군데군데 붉은 표시가 새겨져 있어, 그들이 얼마나 훌륭한 탐색능력을 지녔는지 알 수 있었다.

"역시 이 근처에는 없을 터인 마물이로군."

때때로 마물이 덤벼들기는 했지만 미라가 유격을 맡아 다크나이트의 검을 부분 소환해서 간단히 베어 쓰러뜨려 나갔다. 그때마다 호위병 두 사람은 미라에 대한 인식을 새로이 하게 되었다.

그렇게 얼마간 깊은 숲으로 들어가며 미라가 의심할 여지가 없는 자신의 힘을 모든 멤버에게 증명했을 즈음. 안개가 걷힘과 동시에 작은 초원에 도착했다. 그리고 그곳에는 먼저 수색을 떠났다는 호위부대가 모여 있었다. 보아하니 대부분이 경장비 전사 클래스에, 술사는 세 명뿐이었다. 상황이 어지간히 심각한지 모두의 얼굴에 피로감이 묻어나 있었다.

"놀랜드 씨, 증원군을 안내해 왔습니다."

안내를 맡은 호위병 중 한 사람이 부대 중심에 있는 상인에게 달려가 그렇게 보고했다. 대장이라 불러도 손색이 없을 정도로 강인해 보이는 그 남자가 바로 운송업을 생업으로 하는 상인, 놀랜드인 모양이었다.

"오오, 에카르라트 카리용 여러분 아닙니까! 감사합니다!"

놀랜드라 불린 마흔 살 정도의 남자 상인은 몸을 돌려 증원군이 셀로 일행임을 알아채고는 두르고 있던 비장감을 날려버리듯 큰 소리로 기쁨을 표했다. 그들이 반갑기는 다른 자들도 마찬가지인지, 일제히 고개를 돌려 셀로 일행의 모습을 보자마자 안도한 표정으로 저마다 감사인사를 했다.

과연 대단하다고 해야 할지. 반응을 보니 셀로 일행의 길드, '에카르라트 카리용'에 대한 신뢰도는 제법 높은 듯했다.

"오자마자 죄송합니다만, 어떻게 된 일인지 좀 말씀해주시겠습니까?"

셀로가 그렇게 말하자 놀랜드는 "알겠습니다"라고 짧게 대답하더니 커다란 지도를 펼쳐 보였다. 그것은 주변 일대의 지도로, 수색 상황이 세세하게 기입되어 있었다.

그의 말에 의하면 숲속에 있는 한 지점을 중심으로 안개가 퍼져 있다는 모양이었다. 그리고 수색 결과, 화물은 그곳에 있다는 사실이 밝혀졌다고 한다.

하지만 중심부에 다가갈수록 안개가 짙어지고 덤벼오는 마물의 수도 늘어난다는 듯했다.

심지어 어찌 된 영문인지 중심으로 가려 해도, 어느샌가 이 초원으로 돌아오게 된다는 모양이었다. 게다가 마물이 무리를 지어 끝도 없이 사방팔방에서 덤벼오기까지 한다고 했다.

"꼭 루프식 함정에 들어선 듯한 기분입니다. 해결의 실마리도 보이지 않아, 몹시 난처해하고 있던 참입니다."

놀랜드는 그렇게 말을 마무리하더니 "실례" 하고 말하며 그 자리에 주저앉았다.

그들을 다시금 살펴보니 절반 정도가 부상을 당해, 성술사의 치료를 받고 있었다. 피로감이 역력한 것으로 보아 상당히 고전을 했었다는 사실을 짐작할 수 있었다.

"상황은 알겠습니다. 우선 저희끼리 조사를 해보죠. 여러분은 그대로 쉬고 계십시오."

셀로는 그렇게 말하며 아이템박스에서 호위대 인원 분량의 병을 끄집어내서 놀랜드에게 건네주었다. 안에 든 것은 '허니 레몬'이라는 모양이었다. 달콤한 것을 먹으면 조금은 피곤함을 달랠 수 있을 것이라는 셀로의 배려였다.

반색하며 그것을 받은 놀랜드 일행은 감사인사를 하고는 곧장 들이켜 목을 축였다.

그 후, 지도를 건네받은 미라 일행은 안내를 맡은 호위병 두 사람과 헤어져 안개가 자욱한 숲속으로 발을 들였다.

"들었던 대로, 수가 많군그래."

지도에 표시된 중심부를 향해 나아가던 도중, 여러 차례 마물들의 습격을 받았다. 심지어 그 마물들은 대부분이 원래 이 숲에는 서식하고 있지 않을 터인 종이었다. 통일성은 없고 종별도 다종다양, 당연히 마물이 사용하는 공격방법이며 특성 등도 가지각색이라 대응 자체가 어려워졌다.

호위부대들이 고전했던 것도 납득이 가는 상황이었다. 하지만 지금은 셀로를 비롯한 에카르라트 카리용의 면면에 미라까지 있었다. 그런 탓에 진행 속도는 선행했던 호위병들에 비해 하늘과 땅 차이였다.

"뭐어, 숫자만 많다고도 할 수 있겠지만요."

미라와 셀로는 일격으로 마물을 처리해 나갔다. 에멜라 일행도 무난하게 싸우고 있는 것은 물론이고 상당한 여력을 남겨두고 있는 듯 보였다.

하지만 가장 큰 공로자는 다크나이트일지도 모른다. 적을 쓰러뜨리는 것이 존재 이유인 흑기사는 그 힘으로 덤불을 시원하게 베어 길을 열어 나갔다. 어중간하게 강한 마물보다 울창한 숲에서 길을 잃는 편이 골치 아픈 경우도 있었다. 그러므로 그러한 작업은 실로 유익한 것이라 할 수 있었다.

흑기사는 묵묵히 덤불을 쓸며 하염없이 길을 만들어 나갔다. 어쩐지 그 뒷모습에서는 애수마저 느껴지는 듯 보였다.

그렇게 순조롭게 길을 나아가던 미라 일행은 출발한 지로부터 십여 분 후, 진행 방향 끝에 경호부대가 있는 광장이 보이는 것을 확인하고는 걸음을 멈췄다. 자신들도 모르게 방향을 꺾어 되돌아오고 만 모양이었다.

"과연. 확실히 루프하고 있는 것 같군요."

루프. 요컨대 A에서 출발해 B를 지나치면 다시 A로 돌아가는, 던전 등에 곧잘 쓰이는 함정 중 하나였다.

셀로는 주변을 둘러보더니 왔던 길을 돌아보아, 깎여 있는 덤불을 확인했다. 흑기사가 튼 길은 똑바로 숲 안쪽으로 이어져 있었다. 이 점으로 미루어 봤을 때, 크게 우회해서 돌아온 것은 아닌 듯 했다.

하지만 돌아오고 만 것은 사실이었다. 그리고 어느 시점에서 루프했는지도 알아채지 못했다.

"게다가 마물의 숫자와 종류도, 뭔가 상당히 이상해."

에멜라가 애검에 들러붙은 피를 닦으며 말하자 모두가 생각했던 것보다 훨씬 부자연스럽다며 동의했다.

미라 일행은 왔던 길에서 조금 거리를 두고 다시금 숲속으로 들어갔다. 하지만 결과는 조금 전과 같았다. 수많은 마물들과 싸우다 보니 어느새 광장으로 돌아오고 만 것이다.

"확실히 정상적인 숲은 아닌 것 같아, 여기."

제프가 옆에 널브러진 동물의 시체를 내려다보며 그렇게 말했다. 그것은 우지쿠마라 불리는 대형 곰이었다. 마물이 아닌 동물로, 신자의 숲에만 서식하는 종이었다.

그리고 우지쿠마는 마물조차 찍어 누르고 신자의 숲의 정점에 군림하고 있는 생물이었다. 그것이 지금, 마치 잡아먹히기라도 한 듯 처참하고 무참한 모습으로 바닥에 널브러져 있었다.

모두가 할 말을 잃었다.

안으로 갈수록 깊어지는 안개, 생태계를 파괴한 본래는 없을 터인 마물, 그리고 중심부로 가려 하면 되돌아오게 되는 루프.

신자의 숲은 분명 비정상적인 상태였다.

이대로 무턱대고 전진하는 것은 좋은 방법이 아니다. 셀로 일행은 그럼 어쩌면 좋을지를 생각하기 시작했다.

"흠, 이상한 숲이라……."

그런 가운데, 안개로 부옇게 된 숲을 바라보며 그렇게 중얼거린 미라는 문득 숲이라는 단어에서 가능성을 찾아내고는 고개를 돌렸다.

'일단 한 번 믿어보도록 하지.'

모르는 것은 전문가에게 상담하는 것이 제일이다. 미라는 그렇게 생각하고는 "소환 좀 하마"라고 셀로 일행에게 선언하고는 중급 소환술을 행사했다.

'소환술 : 코로포쿠루'

발동과 동시에 문이라 할 수 있는 마법진이 두 개 출현하더니 그곳에서 떡잎이 불쑥 돋아났다. 그리고 유달리 밝게 빛난 직후, 쌍둥이 코로포쿠루가 폴짝 뛰어 나왔다.

"어머, 귀여워라."

거의 반사적으로 플리카의 얼굴에 미소가 떠올랐다. 하지만 그 옆에 있던 미라는 태연한 표정으로 그 쌍둥이를 바라보고 있었다.

"촌장님, 오랜만이에요예요."

"촌장님~ 하이~."

미라가 계약한 코로포쿠루는 쌍둥이 자매였다. 민족의상 같은 무녀복장에 키는 작고, 어쩐지 소박한 분위기를 풍기는 시골 소녀. 그것이 미라의 기억 속에 있는 코로포쿠루였다.

키도 당시에는 1미터도 채 되지 않았건만. 그랬건만 30년이라는 세월동안 변한 것인지, 미라의 앞에 나타난 자매는 기억에 있는 것과 전혀 달랐다.

'이건, 바뀌어도 너무 바뀌었잖으냐!'

언니는 그다지 변하지 않았다. 1년 만에 귀성한 손녀딸을 보는 듯한 감각이었다.

문제는 동생 쪽이었다.

"아~ 음……. 우네코는…… 변함없는 것 같아 안심했다. 헌데, 그대는…… 에테노아가 맞는 게냐?"

언니의 이름은 우네코. 아주 조금 키가 크기는 했지만 트레이드마크인 붉은 리본은 그대로인지라 착각하려야 착각할 수가 없었다.

"무슨 소리예요, 촌장님~. 나 아니면 누구겠어~."

동생인 에테노아가 트레이드마크인 푸른 리본을 팔랑거리며 대답했다.

그것은 마치 도시 생활을 시작하게 되어 한껏 멋을 낸 소녀 같았다. 노출이 많은 옷, 요란한 장식, 그리고 갸루(Girl을 일본식으로 읽은 것으로 영어와 의미는 같지만 일본에서는 개중에서도 독특한 화장법과

패션, 라이프스타일을 고수하는 젊은 여성을 가리키는 속어) 같은 포즈. 결정타는 우네코의 두 배 남짓은 될 듯한 키였다.

에테노아는 젊은이들이 많은 도시를 활보하는 여고생 그 자체라 해도 과언이 아닌 모습을 하고 있었다.

"뭐라고 해야 할지, 상당히, 세련돼졌구나……."

미라는 그런 에테노아를 먼눈을 한 채 쳐다보았다. 오랜만에 귀성한 딸이, 도시물이 잔뜩 들어서 오면 이런 심경이리라.

"그런가~? 그보다 겉모습 변한 걸로 치면, 촌장님이——."

"——그 이야기는 지금 하지 마라!"

미라는 뭐라 말하려던 에테노아의 입을 허둥지둥 틀어막았다. 전에 비해 모습이 다르니 어쩌니 하는 소리를 하다가는 이야기가 돌고 돌아 정체가 들통 날지도 모르는 일이었다. 셀로는 어느 정도 감을 잡은 눈치였지만 확증을 안겨주지 않기 위해서는 필사적으로 노력해야만 했다.

"꽤나 개성적입니다만, 코로포쿠루라 하면 대지와 숲에 정통한 정령의 권속. 미라 씨의 의도를 알 것 같습니다."

변해도 너무 변한 모습을 보고 미라가 허둥대던 중, 셀로가 그렇게 이야기의 흐름을 본론으로 되돌렸다.

"아~ 음. 뭐, 그런 게다. 이 몸들끼리 추측이나 해볼 것이 아니라 우선 전문가에게 물어보는 것이 좋겠다 싶어서 말이다."

코로포쿠루 자매. 아니, 에테노아의 모습이 변한 것에 관한 생각은 일단 머릿속 한구석으로 밀어두기로 한 미라는 자기 자신을 타이르듯 소환한 목적을 입에 담았다.

미라가 소환한 우네코와 에테노아. 숲과 대지의 틈새에 자리한 마을에 살기에 두 사람은 숲을 무척 잘 알았고, 그 분야에 관해서는 전문 학자조차도 혀를 내두를 정도였다.

현재, 그렇게는 안 보인다는 것이 난점이기는 했지만.

미라는 재회한 것이 기쁘기는 했지만 그 변화에는 통 적응이 안 되어 마음이 심란하기만 했다.

"네, 촌장님. 바로 조사해 볼게요예요."

"촌장님~의 부탁이라면 별수 없지이~. 좋아아~ 나만 믿어."

미라 일행이 상황을 설명하자 코로포쿠루 자매는 그렇게 답하더니 숲속으로 시선을 돌렸다. 그리고 사람 키 높이 정도 되는 크기의 머위 잎을 든 채 눈을 감고서 숲에 의식을 집중시켜 상황을 살피기 시작했다.

그 순간, 분위기가 확연히 바뀌었다. 마치 신사(神事)라도 임하는 듯한 엄숙한 분위기였다.

그에 반해 반짝거리는 에테노아의 복장은, 완전히 분위기를 깬다는 생각이 들 정도로 안 어울렸다. 짝이 안 맞는 것 같다는 인상을 풍기기는 했으나 자매의 능력은 변함이 없었는지 몇 분도 채 되지 않아 이변의 원인을 알아내는 데 성공했다.

코로포쿠루의 말에 의하면 이변의 원인은 숲을 순환해야 하는 마나의 흐름이 막혀 일부에 정체된 부분이 생긴 것이라고 한다. 그리고 그 정체된 마나가 공간을 일그러뜨려 다종다양한 마물을 불러들이는 문이 되어버렸다고도 했다.

원래 대부분의 숲에는 정령이 있어 마나의 순환을 정상적으로 유지시키고 있다고 한다. 하지만 어떻게 된 일인지 지금의 숲에서는 정령의 기척이 거의 느껴지지 않는다는 모양이었다.

숲에 있던 정령이 없어졌다. 그 말을 들은 미라는 곧장 그 원흉이 무엇인지 떠올렸다.

"아무래도, 키메라 클로젠이 주원인인 것 같군그래."

숲에 이변이 일어난 것은 키메라 클로젠이 정령을 납치해 간 일에 따른 폐해. 미라가 그렇게 말하자 셀로 일행도 틀림없이 그럴 거라며 고개를 끄덕였다.

"그럼, 어떻게 할까."

이변과 발생 원인은 알아냈다. 남은 문제는 그것을 어떻게 하는가, 하는 것이었다.

"방치할 수는 없죠. 이대로 두면 언젠가는 많은 사람들에게 피해가 갈 테니까요."

셀로는 숲속을 바라보며 말했다. '세상을 위해 사람을 위해'를 신조로 삼고 있는 그들로서는 현재 상황을 간과할 수가 없는 모양이었다.

"그렇군. 내버려둘 수는 없는 일이야."

미라 역시 동의하며 숲을 바라보았다.

불과 얼마 전에 있었던 일이, 타일런트 스파이크 백과 요새에 있던 헌터들의 모습이 떠올랐다.

"응, 우리가 해결해버리자."

"네, 해치워버리죠."

"뭐어, 보고도 못 본 척할 수는 없으니까."

에멜라와 플리카, 그리고 제프 역시 열의로 가득한 말을 입에 담으며 숲과 마주했다.

목적이 정해지자 이번에는 방법에 관한 논의가 시작되었다. 그리고 우네코와 에테노아의 지식이 이때 큰 도움이 되었다.

정체된 마나는 코로포쿠루 비전의 의식으로 흐트러뜨릴 수 있다고 한다. 그렇게 하면 숲은 원래대로 돌아온다는 모양이었다.

하지만 1년이 지나면 다시 정체되기 시작할 것이기에 정령이 돌아와 줄 때까지의 임시방편에 불과하다는 듯했다.

그리고 무엇보다도, 의식은 정체된 마나 옆이 아니면 치를 수 없다고 했다.

"그, 정체된 마나라는 게 있는 데로 가려면 어떻게 해야 하는데? 루프하고 있잖아?"

임시방편이 되었건 뭐가 되었건 일단 정체된 마나를 흐트러뜨려 현재 상황을 타파한다. 향후 대처는 그다음에 생각하자. 그러한 방침이 정해진 참에 제프가 문득 의문을 입에 담았다.

코로포쿠루의 말에 의하면 정체된 마나는 숲속에 있다는 듯했다. 요컨대 불가침 영역으로 변한 루프 끝에 있다는 뜻이다.

일동은 방침을 수행하기 위해 정체된 마나 옆으로 가려면 어떻게 하면 될지를 생각했다. 하지만 하늘로 가면 어떻게든 되지 않을까, 라는 것이 미라의 생각이었던지라 그다지 걱정할 문제는 아닌 듯했다.

"아~ 확실히 일그러지기는 했지만, 이 정도라면 문제없을 것

갈달까~."

"숲속 산책이라면 저희가 안내할게요예요."

그런 가운데 자매가 안내자 역할을 자청했다. 들자하니 숲을 뒤덮은 기척을 읽으면 일그러진 공간에서도 해매지 않을 수 있다는 듯했다.

"오오, 끝내주는구만!"

제프가 가장 먼저 말했고 "아하"나 "덕분에 살았네"라는 말이 뒤를 이었다.

"그러면 부탁하마."

"맡겨만주세요예요!"

"좋아~ 맡겨만 줘!"

미라의 말을 들은 자매는 어쩐지 기쁜 듯 대답하더니 의기양양하게 선두에 서서 걸음을 떼어 숲속 깊숙한 곳으로 들어갔다. 그러자 신기하게도 울창하게 자란 덤불이 좌우로 갈라졌다. 마치 모세의 기적 같은 현상이 일어난 것이다.

그것은 코로포쿠루 자매의 힘으로, 숲이 스스로 길을 열어준 것이었다. 우네코는 그것이 숲길을 걷는 궁극의 비법이라고 말했다.

그리하여 풀베기 역할에서 해임된 흑기사가 송환되었다. 그 뒷모습에서 이유 모를 비장감이 느껴진 것은, 아마도 기분 탓이리라.

16

숲속으로 들어가는 도중. 역시 미라의 소환체라고 해야 할지, 코로포쿠루 자매는 전투에서도 큰 힘을 발휘했다.

융기되는 대지. 난무하는 돌덩이. 숲에서 땅을 관장하는 정령의 권속인 자매를 당해낼 마물은 없었다.

"역시, 미라는 터무니없단 말이야."

안개로 좋지 않은 시야도 숲속에 발을 들인 코로포쿠루에게는 조금의 악영향도 주지 못했다. 두 사람이 손을 뻗은 방향 어딘가에서 눈에 보이지 않는 마물의 단말마만이 들려왔다. 기척을 감지하는 데 어느 정도는 자신이 있었던 제프는 대항할 엄두도 나지 않는지 쓴웃음을 지었다.

"정말, 터무니없이 귀여워요."

그러는 동안 플리카의 병도 도진 모양인지 미라만으로도 모자라 코로포쿠루의 우네코에게도 뜨거운 시선을 보내고 있었다.

하지만 그 사이에는 에멜라가 있었다. 마물의 숫자가 많을 경우에는 자매가 따로 주의를 주고 있었다. 그런 상황에서 에멜라는 마물 말고도, 어떤 의미에서는 마물이라 할 수 있는 플리카의 동향에도 주의를 기울였다. 실로 분주한 입장이었다.

계속해서 나아가자 덤벼드는 마물의 수가 극적으로 늘었다. 자매의 공격을 피해 닥쳐드는 마물도 많아져, 시야가 좋지 못한 탓도 있었지만 미라 일행은 다소 분주해졌다.

그럼에도 일행은 문제없이 헤쳐 나가 드디어 숲속, 문제의 중심부에 발을 들였다.

그곳에는 온통 푸른 꽃밭이 펼쳐져 있었다. 크기는 작은 마을 정도쯤 될까. 주변 일대가 온통 꽃밭으로, 이상하게도 그곳만 안개가 걷혀 있었다. 그리고 꿈틀대는 마물들의 모습 역시 잘 보였다.

"아, 저거, 빼앗겼다는 화물 아니야?"

꽃밭과 숲의 경계에 해당하는 곳. 그곳에 멈춰 상황을 살피던 중, 에멜라가 꽃밭 중심을 가리키며 그렇게 말했다.

"흠, 확실히 뭔가가 있기는 하군."

자세히 보니 분명 무리를 이룬 마물들 사이로 무수히 많은 가죽주머니 같은 것이 흘끔 보였다. 그리고 어떻게 된 영문인지 마물들은 그 가죽주머니에 정신이 팔려 있어, 미라들의 존재를 알아챈 낌새조차 없었다.

"그보다 말이야, 성가신 문제가 둘 있는 것 같은데……."

제프가 그렇게 무리를 이룬 마물들을 바라보며 중얼거렸다. 자세히 보니 아직 그럭저럭 거리는 있었지만 오십 마리는 족히 될 듯한 마물들 사이에 유달리 커다란 체구를 지닌 짐승이 두 마리 섞여 있는 것이 보였다.

"저건, 회은랑(灰銀狼)과 금색사자인 것 같군요."

"흠, 그런 것 같군. 설마하니 마수까지 있었을 줄이야."

그 특징적인 모습을 보고 미라와 셀로는 그 즉시 그것이 마수라는 사실을 알아채고 서로의 생각이 맞는지를 확인했다.

에멜라 일행은 완전히 경직된 표정으로, 마치 생태관찰이라도 하듯 느긋하기 그지없는 두 사람의 대화를 옆에서 듣고 있었다. 그 이유는 바로 마수 때문이었다.

　일반적으로 모험가들이 싸우는 적은 마물이었다. 어디서 나타난 것인지, 어떻게 번식하는지를 비롯한 생태에 관한 정보는 전혀 없었다. 그저 생명이 있는 것을 무차별하게 습격한다는 공통점과 그것을 실행할 만큼의 지성을 지닌 존재. 그것이 마물이었다.

　반면, 기존의 동물이 모종의 요인으로 인해 변질된 존재를 마수라 불렀다. 대략적으로 설명하자면 마법의 힘으로 각성하여, 막대한 마력을 지니게 된 동물이라고나 할까. 이 경우, 서식 환경은 바탕이 된 동물에 준하게 되며, 무리의 보스 노릇을 하는 경우도 곧잘 있었다.

　하지만 가장 큰 특징을 꼽자면 그 전투력이리라. 본래부터 강인한 야생의 몸이 막대한 마력으로 강화된 데다 종족 고유의 특수 능력도 각성하여 마법을 쓰기도 하는 것이다. 그 존재가 확인된 것들 중, 가장 약하다고 알려진 마수조차도 해치우려면 B랭크 이상의 모험가 다섯 명이 필요하다고 알려졌으니, 그 힘이 얼마나 대단한지는 짐작하고도 남음이 있으리라.

　"그럼, 미라 씨는 금색사자를 맡아주십시오."

　"음, 알겠다."

　마수의 모습을 본 에멜라 일행이 쓴웃음을 짓고 있는 동안, 미라와 셀로는 어떤 개체를 담당할지를 결정한 모양이었다.

　미라가 금색사자. 셀로는 회은랑. 양쪽 모두 모험가 랭크로 말하자면 A랭크가 여러 명 필요한 강적이었다. 그리고 에멜라 일행은 필연적으로 주변에 있는 마물을 담당하게 되었다.

하지만 에멜라와 플리카, 그리고 제프도 이의를 제기하지는 않았다. 그만큼 자신들의 단장의 실력을 잘 알기 때문이요, 미라의 힘 역시 강렬하게 기억에 남아 있었기 때문이다. 그리고 그 무엇보다도, 전혀 동요한 기색 없이 가위바위보로 상대를 정하던 두 사람의 모습이 어이없어 보였기 때문이라는 이유가 컸다.

숲에서의 난입에 의한 기습을 막기 위해 코로포쿠루 자매는 각각 떨어진 위치에서 경계를 섰다. 그리고 화물 탈환 및 주변에 피해가 퍼지지 않게 하기 위한 토벌 작전이 개시되었다.

과감하게 꽃밭에 뛰어들어 선행한 것은 미라와 셀로였다. 두 사람은 마물들을 훌쩍 뛰어넘어 각각 담당한 마물에게 선제공격을 박아 넣었다.

충격음이 울려 퍼짐과 동시에 마수가 포효했다.

그것을 계기로 그 장소는 바로 전장이 되었다.

미라 일행에 이어 마물 무리를 박살낸 것은 에멜라 일행과 미라가 소환한 백기사 둘이었다. 타일런트 스파이크 백과 같은 대형 마물은 없었으나 3대50 이상은 아무리 그래도 힘에 벅찰 것이라 판단한 셀로가 증원을 요청한 결과였다. 그러자 미라는 2, 30명 정도 소환해서 단숨에 끝내버리겠다고 했지만 "그들에게도 경험을 쌓을 기회를 주십시오"라는 셀로의 말을 받아들여 지금과 같은 모양새가 된 것이다.

에멜라와 백기사가 전위에 서서 마물과 대치하고 플리카가 한 걸음 물러나 마술을 구사해 확실하게 숫자를 줄여나갔다. 그리고 제프는 플리카 옆에서 유격대 역할을 수행했다.

훌륭한 연계와 화려한 마술. 세 사람은 그런 식으로 미라와 셀로에게 방해가 되지 않도록 마물들의 주의를 끄는 데 성공했다.

미라는 선술로 초격을 가해 금색사자를 꽃밭 안쪽까지 호쾌하게 날려버렸다. 상당한 위력이었으나 과연 마수라 해야 할지, 금색사자는 눈 깜짝할 새에 태세를 정비하여, 득달같이 덤벼들었다.

하지만 미라가 그에 동하지 않고 소환술을 구사하자, 양자 사이에 느닷없이 하얀 타워실드가 출현하여, 금색사자의 발톱은 거기에 작렬했다.

강렬한 금속음이 울려 퍼지는 가운데, 지속시간이 짧은 부분 소환으로 소환한 타워실드는 순식간에 소멸되었다. 미라는 불과 수 미터의 거리를 사이에 두고 금색사자와 정면으로 대치했다.

금색사자의 몸은 평범한 사자의 세 배는 될 정도로 거대했다.

'역시 직접 보니 다르군그래.'

거친 숨결을 토해내며 내지른 포효가 대기를 진동시킨 찰나, 마수의 거대한 몸이 약동했다. 미라는 새삼 현실의 박력을 실감하며 금색사자의 맹공을 모두 부분 소환으로 막았다. 그리고 지체 없이 품 안으로 파고들어 선술, '연충'을 박아 넣었다.

다중 충격파가 금색사자를 관통하여 그 거구를 손쉽게 튕겨 냈다.

하릴없이 공중으로 날아간 마수는 그 직후, 착지점에 출현한 타워실드에 격돌하여 비명을 내질렀다.

당연히 미라의 공격은 이 정도로 끝나지 않았다. 충격을 견디지 못하고 자세가 무너진 금색사자의 머리 위에 마법진이 나타나더니 그곳에서 두 개의 팔이 튀어나와 손에 든 검은 검을 날카롭게 그었다.

그것은 그야말로 회피를 허락지 않는 일격이었다. 금색사자는 태세를 정비할 새도 없이 두 자루 검에 관통되어 순식간에, 맥없이 절명했다.

"흠, 마수에게도 문제없이 통하는 것 같군."

상급에 위치한 상대와도 충분히 겨룰 수 있음을 확인한 미라는 부분 소환의 유용성에 관한 인식을 상향수정하며 득의양양한 미소를 지었다.

언제 어디서든 전장을 술법의 실험장으로 삼는 것은 과연 현자라는 칭호를 지닌 자의 재능이라 해야 할까, 업이라 해야 할까.

전투를 마치고 고개를 돌린 미라는 마침 셀로가 회은랑에게 마무리를 가하는 모습을 보았다.

'오오, 훌륭하군.'

미라가 본 것은 단 한 번 번뜩인 검의 궤도였다. 회은랑의 이빨을 보기 좋게 받아넘기고 복부를 쓰다듬는 듯한 곡선을 그리는 칼날의 광체였다. 그것은 얕지도, 그렇다고 치명상을 입힐 만한 것도 아니었다.

하지만 회은랑은 순식간에, 느닷없이 몸통이 갈라져 숨을 거뒀다.

마지막 일격은 명백히 검에 의한 것이 아닌 듯 보였다. 하지만 그것은 분명 검에 의한 일격이었다.

전사 클래스는 전투 중에 뿜어져 나오는 투기를 빚음으로써 여러 가지 힘을 발현시킬 수가 있었다. 검에 화염을 두르거나 참격을 날리거나 하는 것이 그 대표적인 예였다.

이러한 것들은 주로 '발로(發露)'라 불렸다. 이 '발로'를 무술의 품새에 하나, 혹은 여러 개를 조합하여 기술로 만든 것이 '투술(鬪術)'이라 호칭되는, 말하자면 필살기였다.

투술. 그것은 '발로'를 어떻게 조합하느냐에 따라 무한하게 변하는, 전사 클래스 특유의 **술법**이자 궁극의 지향점이기도 했다.

극에 달한 투술은 마법에 가까운 효과를 지닌다. 그러한 투술의 종류는 사용자의 수만큼 있다 해도 과언이 아니었다. 미라는 그 숙련된 일격에 감탄할 따름이었다.

그 후, 잽싸게 전투를 마친 미라와 셀로는 이어서 에멜라 일행의 싸움에 가세했다.

과연 플레이어 출신자라 해야 할지, 두 사람이 뛰어들고서 1분도 채 되지 않아 아직 절반 가까이 남아 있던 마물 무리가 모두 정리되었다.

"이렇게 많으면 악영향이 생길 테니, 어서 처리하기로 하죠."

"그럼, 쓸 만한 부분만 모아둘게."

푸른 꽃밭은 피로 물들었고, 주변에는 수많은 주검이 나뒹굴고 있었다.

양이 적었다면 시체를 방치해둬도 문제가 없었을 테지만, 수십 구나 되면 이야기가 달라졌다. 불태우거나 해서 시체를 처리하지 않으면 언데드 계열 마물이 증식하거나 주변 지역에 좋지 않은 영향을 미치기도 하기 때문이다.

셀로가 이 역시 방치할 수 없겠다고 판단하자 제프가 잽싸게 소재를 회수하기 시작했다. 그 솜씨는 참으로 훌륭해서, 그야말로 거침없이 분별해 나갔다. 자세히 보니 그 역시 투술의 일종인 모양이었다. 미라는 이러한 사용법도 있구나 싶어 거듭 감탄했다.

눈 깜짝할 새에 해체가 끝나, 소각을 하려던 순간, 문득 하늘에 검은 연기가 끼더니 그곳에서 마물이 뚝 떨어졌다. 그것은 그레이트 라이노스. 철로 된 검마저도 튕겨내는 강인한 가죽 갑옷을 걸친 코뿔소 같은 마물이었다.

그레이트 라이노스는 미라 일행의 모습을 보자마자 뿔을 앞세워 돌격해 왔다.

하지만 그래봐야 한 마리. 미라가 나서기도 전에 에멜라 일행이 훌륭한 연계 공격으로 물리쳤다. 그리고 제프는 곧장 해체 작업에 들어갔다.

하지만 그러던 중이었다. 또다시 하늘의 일부가 검게 물들더니 마물이 쏟아진 것이다.

"아 진짜, 귀찮게스리!"

마물을 베며 에멜라가 짜증스러운 목소리로 외쳤다. 마물이 끝도 없이 출현했다. 불평이 입을 뚫고 나올 만도 했다.

그리고 다시금 마물을 처리한 미라 일행은 저것이 바로 코로포쿠루 자매가 말한 일그러짐이라는 사실을 알아챘다.

그러는 동안에도 마물은 계속 출현했다. 일그러짐을 어떻게 하지 않으면 계속해서 늘어날 것이다.

"우네코, 에테노아 부탁하마."

미라는 주변을 경계하던 코로포쿠루 자매를 불러들여 되도록 빨리 정체된 마나를 흐트러뜨리는 의식을 진행하도록 부탁했다.

"맡겨주세요예요."

"우리만 믿어. 근데 시간이 좀 걸리니까 알아서 좀 부탁해~."

야무진 우네코의 대답과 실로 가볍기 그지없는 에테노아의 대답이 동시에 들려왔다. 하지만 의식이 시작되자 분위기가 돌변하여, 갑자기 온 숲이 웅성대더니 옅은 빛이 모여들기 시작했다.

그것을 지켜보던 미라 일행은 계속해서 마물이 출현하는 바람에 나타나는 족족 쓰러뜨리기를 반복했다.

그런 일을 몇 번 반복하던 중 또다시 하늘이 검게 물들더니, 그것이 나타났다.

그렇다, 마수였다. 심지어 조금 전에 해치웠던 두 마리보다 훨씬 커다란 그 마수는 꽤 멀리 떨어진 곳에 내려섰다. 그리고 미라 일행을 발견하자마자 포효를 내지르며 돌진해 왔다.

"앗, 화물이!"

마수가 흩어져 있던 화물을 호쾌하게 날려버리는 것을 본 에멜라가 외쳤다.

그 직후였다. 대지를 진동시킬 정도의 소리가 울리는가 싶더니 두 명의 홀리나이트가 마수의 거구를 멈춰 세웠다.

다음 순간, 백기사는 손에 든 검을 치켜들어 마수의 머리를 후려쳤다.

마치 둔기로 두들긴 듯한 둔탁한 소리가 울려 퍼지더니 마수의 머리가 땅바닥에 처박혔다.

하지만 마수는 아직 쓰러지지 않았다. 백기사를 떨쳐내려는 듯 날뛰며 다시금 타워실드에 격돌했다.

백기사가 그 충격을 모두 받아냈다.

찰나, 순식간에 거리를 좁힌 셀로의 검이 마수를 쳤다. 단 일격이었다. 하지만 잠시 후, 마수의 목에 무수한 상처가 나더니 피보라를 튀기며 땅바닥에 널브러졌다.

"대단하군그래."

"아뇨, 미라 씨에 비하면 멀었죠."

미라와 셀로는 상당히 여유롭게 그런 말을 주고받았다. 그런 두 사람을 바라보는 에멜라 일행의 눈에는 어이없다는 빛과 선망의 빛이 반반씩 섞여 있었다. 대략 한 명이 미라를 보는 눈빛은 여전히 수상스럽기 그지없었지만.

그 후, 미라 일행은 백기사에게 코로포쿠루 자매를 호위하도록 지시하고서 주변으로 흩어져 출현하는 마물을 철저하게 토벌하고 처리했다.

그렇게 몇 마리째인지 모를 마물을 불태운 순간이었다.

"음, 이건?"

푸른 꽃이 무성하게 핀 가운데 가죽주머니가 널브러져 있는 것을 발견한 미라는 그것이 화물의 일부임을 떠올리고는 집어 들어 보았다.

묵직한 무게감이 느껴지는 그 가죽주머니는 상당히 상해 있었는지, 들어 올리다 구멍이 뚫려 내용물이 몽땅 쏟아져 나왔다.

'석판, 인가? 흐음, 마물 녀석들은 이런 걸 빼앗아다 무엇을 하려 한 겐지.'

고고학에 관한 지식은 그다지 없었지만 미라는 석판에 새겨진 문양 중 눈에 익은 것을 발견해냈다.

"허어, 이건……."

육망성과, 특징적인 기호에 도형. 그것은 현자의 일원인 소울 하울이 신명광휘의 성배를 찾는 이유인 '악마의 축복'이라 불리는 각인과 매우 비슷했다.

어째서 이 각인이 석판에. 궁금함을 못 이겨 미라는 엉겁결에 손을 뻗었다.

그러자 석판에 손이 닿은 그 순간, 갑작스러운 현기증이 미라를 덮쳤다. 그것은 마치 땅바닥이 솟구친 듯한, 부유감 같은 감각을 수반하고 있었다.

몸이 휘청거렸다. 어떻게든 버티고 서 있고자 기를 쓰다 문득 고개를 든 미라는, 눈앞에 펼쳐진 광경을 보고 말을 잃었다.

분명 숲에 둘러싸여 있던 푸른 꽃밭이, 어찌 된 영문인지 끝없이 펼쳐진 현란한 꽃밭으로 변해 있었기 때문이다.

17

뒤를 돌아보니 그곳에 있던 셀로 일행의 모습도 사라진 것은 물론이고 발치에 흩어졌을 터인 석판도 없어져 있었다.

'이게, 어떻게 된 일이지? 어딘가로 전이라도 한 겐가……'

어디를 보아도 꽃밭이 펼쳐져 있었다. 자세히 관찰해 보니 지금 있는 곳이 높직한 언덕 중턱이라는 사실을 알 수 있었다. 100미터 정도 앞, 언덕 꼭대기에는 커다란 나무 한 그루가 서 있었다.

형형색색의 꽃이 핀 가운데 뻣뻣하게 선 그 나무는 말로 형용하기 어려운 존재감을 내뿜고 있었다. 미라는 무엇에 홀리기라도 한 듯 나무를 향해 걸음을 옮겼다.

이윽고 나무 아래 도착한 미라는 아래에 자리한 경치를 내려다보았다.

'흠, 누구일까.'

언덕 너머에는 초원이 시야 가득 펼쳐져 있었다. 바람소리가 유난히 귓가를 맴도는 가운데, 행렬을 이루어 걸어가는 자들의 모습이 보였다.

그자들은 하얀 옷에 후드를 뒤집어쓰고 있어, 정체를 전혀 알 수가 없었다. 심지어 그자들의 행렬은 지평선 너머까지 이어져 있었다.

어디로 가고 있는 것인지 궁금해진 미라는 그 자리를 뒤로하고 대열을 향해 달려갔다.

"무엇이냐, 저건……."

10여 분 후, 행렬의 목적지가 멀찍이 보였다. 미라는 그곳에 있는 유적 같은 것을 보고 엉겁결에 그렇게 중얼거렸다.

한없이 이어진 초원. 그 한복판에 자리한 거대한 인공물. 하지만 그것은 인공물치고는 명백히 이질적……이라기보다는 인간이 만들 수 있는 것이 아님을 한눈에 알 수 있는 물건이었다.

피라미드처럼 네모지게 쌓아올린 커다란 석판이 토대를 이루고 있었다. 거기까지는 평범했다. 문제는 네 귀퉁이에 세워진 기둥이었다. 그 기둥은 구름을 뚫고 하늘 끝까지 뻗어 있었다.

심지어 흰색과 검은색, 두 개가 세워져 있었다.

'흠, 이게 대체 무슨 상황인지 원.'

자신에게 일어난 현상과 하얀 옷차림을 한 이들의 행동, 의문의 건조물. 아무리 생각해도 지나치게 뜬금없는 상황이라 모든 것이 이해가 되지 않았다.

"잠깐, 이야기 좀 할 수 있겠나."

그래서 미라는 망설임 없이 하얀 옷차림을 한 행렬로 달려가 그중 한 명에게 말을 걸었다.

"어라? 이거 별난 손님이로군."

걸음을 멈추지 않고 고개를 돌린 자는 미라를 보자마자 남자인지 여자인지 구분이 되지 않는 목소리로 말했다. 그러고는 "그래서, 무슨 이야기를 하고 싶은데?"라고 말을 이으며 서서히 후드를 벗었다.

그 순간, 미라는 당황하여 경계 자세를 취했다. 그자의 머리에,

이리저리 뒤틀린 검은 뿔이 두 개 달려 있었기 때문이다.

'아니, 하지만, 뭔가 이상하군…….'

매우 눈에 익은 검은 뿔. 하지만 인류의 절대적 적대자의 증거라 할 수 있는 검은 뿔을 가진 그자의 모습은 미라가 알고 있는 것과는 전혀 달랐다.

미라는 살짝 경직된 채 그자를 지그시 쳐다보았다.

도기처럼 하얀 피부, 예술품처럼 단정한 이목구비, 보석처럼 아름다운 눈, 그리고 보고 있기만 해도 안심이 될 정도로 평온한 표정. 그것은 오히려, 검은 뿔자체가 이질적으로 보일 정도로 성스럽다는 인상을 풍겼다.

"놀란 모양이네. 이 시대에 오는 여행자들은 다들 그런 표정을 짓더라."

그자가 문득 환한 미소를 지었다.

어안이 벙벙해지다 못해 넋이 나가있던 미라는 다정한 음색을 띤 그 목소리를 듣고서야 겨우 정신을 차렸다.

"이 시대라 했나? ……미안하지만 어찌 된 상황인지 전혀 모르겠다. 가능하다면 자세히 알려다오!"

그자가 입에 담은 말을 반추하던 미라는 거기에 숨겨진 의미를 알아챘다. 그리고 궁금증을 참지 못하고 평소처럼 호기심이 시키는 대로 그렇게 물었다.

"그래, 좋고말고."

그자는 행렬을 따라 걸으며 미라의 몸에 일어난 일에 대해 설명해주었다.

이야기에 따르면 아무래도 지금의 미라는, 시공의 일그러짐 영향으로 과거 시대로 영혼이 날아온 상태라는 모양이었다.

"꿈속, 이라고 해야 하려나. 어쩐지 감각이 둔해지거나 움직임이 완만해진 것 같지 않아?"

"듣고 보니, 확실히⋯⋯."

그자가 말한 대로 미라는 문득 위화감을 느꼈다. 거친 바람소리가 들려왔다. 하지만 미라는 그 바람이 피부를 쓰다듬는 감촉을 느끼지 못하고 있었다.

그리고 그것은 미라에게는 익숙한 감각이기도 했다.

오감이 다소 무뎌진 듯한 것이 현실과는 다른 느낌. 그렇다, 그것은 게임이었던 시절에 느꼈던 것과 같은 감각이었다.

"과거 시대라니⋯⋯. 이 몸은, 뭘 어떻게 해야 돌아갈 수 있지?"

한번 의식하기 시작하자 그 애매한 몸 상태가 너무도 신경 쓰여 견딜 수가 없었다. 미라는 조금 불안해지기 시작했다.

하얀 옷차림을 한 자가 그런 미라에게 말했다. 지금처럼 누군가가 영혼만 이 시대에 헤매어 들어오는 것은 종종 있는 일이라고. 그리고 그 방랑자는 다들 시간이 지나면 멋대로 원래 시대로 돌아가니 초조해할 필요는 없을 거라고.

자세히 보니 말은 하지 않아도 행렬에 선 자들이 그 말을 긍정하듯 고개를 끄덕이며 후드 안에서 미소를 짓고 있는 것이 보였다.

"그러했나. 그럼 일단은 안심해도 되겠군."

그자의 목소리, 그리고 그자들의 분위기에서 느껴지는 온기가 미라를 안심시켜 주었다.

"하지만 바람직한 사태는 아니야. 말하자면 너는 이상한 일에 휘말려든 상태니까. 뭘 하다 이렇게 됐는지 짚이는 바는 없어?"

원래는 육체와 함께 있어야 할 영혼이 분리되어 과거로 날아왔다. 새삼 듣고 보니 분명 예삿일은 아니었다.

"짚이는 바라……. 흠, 차고 넘친다만."

신자의 숲에 발생한 마나의 정체 현상. 그것이 불러일으킨 온갖 이변. 아무리 생각해도 그것이 원인이리라는 생각이 들어 미라는 그러한 사정을 상세히 이야기했다. 짙은 안개, 루프, 마물의 출현, 화물이었던 석판의 조각 등에 관해.

"아아, 분명 그것 때문일 거야. 그 일그러짐이 시공에 간섭해서 시간 왜곡을 발생시킨 거지. 그리고 뭔가가, 아마 네가 손댔다는 석판이 이 시대를 가리키는 지표로 작용해 길이 연결됐을 테고, 그 결과 휘말려들었다. 그렇게 된 게 아닐까."

그자는 미라의 이야기를 끝까지 듣더니 납득했다는 표정으로 그렇게 단언했다. 역시 미라가 생각했던 대로 마나의 정체 현상이 원인이었던 모양이었다.

"흠, 과연. 참으로 복잡하기는 하지만, 마나가 시공에 영향을 미친 것이다, 이 말이로군."

역시 판타지 세계다. 미라는 그런 생각을 하며 마나라는 힘의 가능성에 대해 생각했다.

"마나란 0이자 1이야. 또한 공간을 공간으로서 지탱해주는 기둥이기도 하지. 너희의 시대에서는 어떻게 인식되고 있을지 모르겠지만, 이게 우리가 생각하는 마나의 개념이야."

"……더더욱 복잡한 이야기로군……."

이야기가 판타지라기보다는 물리학, 양자역학과 비슷한 학문의 영역으로 흘러갔음을 인식한 미라는 복잡한 심정을 담아 쓴웃음을 지으며 중얼거렸다.

"헌데, 이래저래 박식한 듯하다만 그대, 아니 그대들은 무엇이지?"

그자의 이야기에 따르면 이곳은 과거였지만 지식은 현대보다 뛰어난 듯하지 않은가. 단순히 자신의 머리가 이해하지 못한 것뿐인지도 모르겠으나, 대화를 나누다 보니 어쩐지 그런 생각이 들었다.

"아아, 초면에 이런 소리를 하는 것이 실례인 줄은 안다만, 이 몸이 있던 시대에서는 본 적이 없어서 말이지. ……아니, 일부분이라면 본 적이 있기는 하다만. 종족명이 있다면 가르쳐줄 수 있겠나?"

다소 무례하게 들렸을까. 그런 생각이 들기는 했지만 미라는 호기심이 시키는 대로 말을 이었다. 상대의 얼굴, 아니, 뿔에 주목하며.

"아아, 상관없어. 우리는 천마족이라고 해."

모습은 인간과 거의 같고, 피부는 투명해 보일 정도로 하얗다. 단정한 얼굴은 예술품 같았고 검고 이리저리 뒤틀려 꺼림칙해 보이는 두 개의 뿔을 지닌 존재는 자신을 그렇게 소개했다.

"허어…… 천마라."

그자와 같은 이의 모습을 본 적은 없었지만 천마라는 이름은 잘 알았다. 우연인지 필연인지, 그 공통점을 알아채고 놀란 미라는 길게 이어진, 천마족의 행렬을 둘러보며 관련성이 있지는 않을까 상상해보았다.

"들어본 적이 있다는 표정이네."

미라의 표정을 통해 생각을 읽은 것인지, 그자가 처음으로 흥미롭다는 눈을 한 채 그렇게 말했다.

"음. 이 몸들의 시대에서 천마라 하면, 천마미궁을 가리키니 말이지."

솔로몬의 부탁을 받고 미라가 찾았던 프라이멀 포레스트 역시 천마미궁 중 하나였다. 출현 마물은 모두가 아종이고, 시간이 경과하면 보물이 재출현하는 특이한 미궁으로 알려졌다. 그리고 천마미궁의 심부에는 최고급 아이템이며 적이 잠들어 있어, 당연히 공략 난이도도 심하게 높은 장소였다.

"흐음. 우리 이름이 붙은 미궁이라. 그거 재미있겠는걸."

미라의 대답을 들은 그자는 다소 놀란 표정을 짓더니, 어쩐지 기쁜 듯이 웃었다.

"이게 또, 꽤나 특이한 미궁이라 말이다."

그에 반해 미라는 장난스럽게 입가를 치올리며 그렇게 말했다. 그 순간이었다.

"오오?!"

미라는 갑자기 몸이 떠오르는 듯한 신기한 느낌이 들어 탄성을 흘렸다. 무슨 일인가 싶어 시선을 내려 보니 마치 유령처럼 몸이 옅어져 있었다.

"아아, 곧 돌아갈 수 있을 것 같네."

"오호라. 이게 그 징조라 이건가."

지각(知覺)이며 사고, 그리고 의식이 서서히 희박해졌다. 꿈에서 깨어난다기보다는 꿈에 빠져드는 듯한 신기한 감각 속에서 미라는 이해했다. 본래 시간으로 되돌아가려 하고 있다는 것을.

"너와는 좀 더 이야기를 해보고 싶었는데, 어쩐지 다시 만날 수 있을 것 같으니 뭐어, 그때 보자."

"뭐냐, 그 말은. 신경 쓰이잖아."

그렇게 이야기를 나누는 동안에도 계속해서 걷던 두 사람은, 어느덧 멀찌감치 보이던 인공물 중 하나인 하얀 쪽에 들어서고 있었다.

'이건, 제단 같은 건가.'

두 사람은 행렬을 따라 계단을 올라 최상부에 도착했다.

멀리서 봤을 때는 마치 이야기에 나오는, 우주로 올라가기 위한 엘리베이터 같다는 생각이 들었다. 하지만 가까이 다가가 똑바로 쳐다보고 나니, 그것이 전혀 다른 것이라는 사실을 알 수 있었다.

"헌데, 이 제단 같은 것은 무엇이냐? 왜 다들 이곳으로 향하고 있는 게지?"

정방형 바닥에는 기괴한 마법진이며 문양, 그리고 수식 같은 것이 빽빽이 새겨져 있고, 하늘 높이 솟은 네 귀퉁이의 기둥에는 무수한 빛이 선처럼 뻗어 있었다.

"이건 전생문(轉生門). 우리는 곧 새로운 종으로 다시 태어날 거야."

그자는 달관했다기보다는 깨달음이라도 얻은 스님처럼 온화한 표정으로 그렇게 말했다.

전생. 그것은 다른 존재로 다시 태어나는 일을 뜻했다. 이 제단 같은 장소는, 그것을 하기 위한 입구라 한다. 요컨대 특별한 영역에 도달하기 위한 문이라는 뜻이었다.

"전생이라? 대체 무엇으로 변한다는 게야?"

자세히 보니 몇 사람 앞에 있던 천마족 중 한 명이 문의 중앙에 서자, 옅은 빛이 되어 사라지고 있었다. 미라는 그것을 바라보며 그 행선지가 어디인지를 물었다.

"이 하얀 문에서 전생하는 자는 다들 천사로 다시 태어나지."

그자는 그렇게 말하며 미라에게 다정한 미소를 던졌다. 그리고 다시 한 걸음 두 걸음, 문을 향해 다가갔다.

"천사……라고?! 그러면 저기 있는 검은 문은……!"

하얀 전생문은 천사. 그렇다면 나머지 하나인 검은 문은. 그런 생각에 말을 한 직후, 갑작스러운 현기증이 미라를 덮쳤다. 영혼이 머물 수 있는 시간이 지난 것이다. 그자의 모습과 의식이 급격히 멀어져갔다.

"검은……에서…… 하는…… 다들…… 마……──."

과거에서 미래로 다시 끌려가는 가운데, 미라는 아련히 흐려지는 그자의 목소리를 들음과 동시에 바닥에 새겨진, 눈에 익은 육망성을 보았다.

정신이 들어보니 미라의 의식은 푸른 꽃밭으로 돌아와 있었다.

'흠, 무어냐? 방금, 누군가와 이야기를 나눴던 것 같은데…….'

낯선 어딘가에서 낯선 누군가와 어려운 이야기를 했던 것 같다. 미라가 그런 생각을 한 순간이었다.

'언젠가, 때가 되면 기억이 날 거야.'

귀에 익은, 하지만 기억에 없는 목소리가 머릿속에 들려왔다.

"누구냐?"

환각이나 환청 같다는 생각이 들지 않을 정도로 또렷하게 들린 그 목소리의 주인을 찾아, 미라는 주변을 둘러보았다.

눈에 익은 꽃밭. 정체된 마나를 흐트러뜨리기 위한 의식 중인 코로포쿠루. 정체된 마나에서 출현하는 마물들과 싸우는 에멜라 일행. 마수와 대치 중인 셀로. 그 누구의 목소리도 아니었다.

머릿속에 들려온 목소리. 그것은 마치 꿈결에 들은 듯 어렴풋하고 불명료했으나 이상하게도 마음이 편해지는, 다정한 목소리처럼 느껴졌다.

'기분 탓은, 아니겠지. 때가 되면 기억 날 것이라 했으니, 그때를 기다려 보도록 할까…….'

미라는 영혼 상태로 체험했던 일을 잊어버렸다. 하지만 뭔가 중대한 이야기를 나눴다는 감각만이 미라의 머릿속 한구석에 남았다.

"미라 씨. 그쪽 대형을 부탁드리겠습니다."

미라가 생각에 잠겨 있던 그때, 갑자기 셀로의 목소리가 들려왔다. 주변을 살펴보니 하늘이 일렁이더니 새로운 마수가 내려선 참이었다.

　"음, 이 몸만 믿어라!"

　아무리 생각해내려 해도 어떠한 내용이었는지는 몽환의 저편. 때가 되면 기억이 날 것이라고 말한 인물이 누구인지조차 기억이 안 났다. 하지만 직감이라고 해야 할지. 어째서인지 미라는 그 목소리를 믿어도 될 것 같다는 생각이 들었다.

　따라서 미라는 더는 마음에 두지 말고 현실에 집중하자고 생각하며 손에 들고 있던 가죽주머니를 버리고 마수를 요격했다.

　소형 마물은 에멜라 일행, 대형은 미라와 셀로가 제압하는 작업을 시작한 지 몇 시간이 지났을지. 쉼 없이 쏟아지고 쓰러뜨린 마물과 마수의 시체가 사람의 키 높이 정도 되는 산을 이루었을 즈음, 드디어 코로포쿠루가 의식을 완료시켰다.

　코로포쿠루 자매 중 언니인 우네코와 동생 에테노아가 커다란 머위 잎을 하늘 높이 치켜들자 눈부신 빛이 주변을 가득 메워 마치 어둠을 물리치는 듯한 모양새로 일그러짐을 흐트러뜨렸다.

　"우와, 어떻게 된 거야?"

　"뭐야, 이게. 무슨 일이 일어난 거야?"

　의식이 가져온 영향은 극적이었다. 에멜라와 제프는 주변에 일어난 변화를 보고 놀라 엉겁결에 탄성을 흘렸다.

　정신이 들어보니 미라 일행은 숲속에 위치한 초원에 서 있었다.

일그러짐이 사라짐으로 인해 숲은 본래의 모습을 되찾았다. 꽃밭 주변을 뒤덮었던 짙은 안개는 홀연히 사라졌고 발치에 펼쳐져 있던 푸른 꽃밭 역시 환상처럼 사라졌다.

숲의 일그러짐. 그것은 미라뿐 아니라 셀로 일행도 처음 겪은 이변이었던지라, 무엇이 어째서 이렇게 된 것인지 아는 이가 없었다.

"그 푸른 꽃. 이 근처에서는 본 적이 없는 것 같기는 했습니다만, 마물과 마찬가지로 어딘가 다른 장소에서 나타난 것이었다는 뜻일까요?"

그런 가운데, 플리카는 주변을 둘러보며 가장 먼저 지론을 입에 담았다. 에멜라의 말에 의하면 플리카는 추리하고 추측하는 것을 좋아한다는 모양이었다.

"아차, 반쪽짜리 정답, 이라고 해야 하려나. 다른 장소이기는 하지만, 그건 황천의 풍경이었어. 마나가 일그러지면, 그런 경계선이 애매해지거든~."

사태가 일단락 지어지자 미라의 곁으로 돌아온 에테노아는 플리카의 추측을 듣고 어쩐지 자랑이라도 하는 듯한 말투로 그렇게 답변했다. 알고 보니 피안에 한쪽 발을 처박은 상태였던 것이다.

역시 정령의 권속이라고 해야 할지, 껄렁댈 것 같은 겉모습과는 달리 상당히 박식했다. 참고로 우네코로 말하자면 의식이 잘못되지는 않았는지 주변을 조사 중이었다.

이렇게 응급처치라고는 하나 당면한 문제를 해결한 미라 일행은 마물의 잔당은 없는지 주변을 잘 확인하고 나서 일시 귀환했다. 화물은 양도 양이지만 흩어진 것이 많은 탓에 인해전술을 써서 회수하기로 했다.

그리고 돌아오는 길, 숲에 핀 평범한 푸른 꽃을 본 에멜라 일행은 새삼 피안의 꽃밭을 떠올리고는 뒤늦게 오싹한 기분이 들어 몸을 떨었다.

18

코로포쿠루 자매의 정확한 안내로 놀랜드 일행이 있는 광장으로 돌아온 미라 일행은 곧바로 문제가 해결되었음을 전했다.

"오오! 안개가 걷혔다 싶었더니만 역시 셀로 공 일행이 한 일이었군요! 과연 대단하십니다!"

호위병들을 이끌고 있는 장년 상인 놀랜드는 흥분한 표정으로 그렇게 말하고는 곧장 화물 회수반을 편성하라 지시했다.

"아뇨, 사태를 해결할 수 있었던 건 거의 이번에 협력을 해주신 소환술사, 미라 씨 덕분입니다."

셀로는 그렇게 말하며 새삼 미라를 소개했다.

"어라, 에카르라트 카리용 분이 아니라 협력자 분이셨습니까. 심지어 그 보기 드문 소환술사이시라니. 이것 참, 고맙습니다. 덕분에 살았습니다!"

소환술은 일반적으로 쇠퇴했다고 인식되고 있었다. 하지만 지명도가 높은 에카르라트 카리용의 단장인 셀로의 말이었기 때문이었는지, 놀랜드는 소환술사라는 말을 듣고 미라의 모습을 보고도 전혀 실력을 의심하지 않고 감사인사를 입에 담았다.

"무얼, 이 녀석들과는 모르는 사이도 아니니 말이지. 감사인사를 받을 만한 일도 아니다."

아무것도 걸고넘어지지 않고 인정해주어 기분이 좋아진 미라는 그렇게 말하고는 자신만만하게 가슴을 활짝 폈다.

그러자 놀랜드는 "역시 셸로 공은 발이 넓군요" 하고 셸로를 절찬했다. 미라는 그 자세 그대로 어라? 하고 고개를 갸웃했다.

그 후, 미라 일행은 화물 회수도 무사히 끝나 헌터즈 빌리지로 돌아왔다. 일단 여관에 들어서 보니 퓨어 래빗이 용케 테이블 위를 내달려 미라에게로 뛰어들었다.

"어이쿠, 어리광도 많구나."

미라는 웃으며 퓨어 래빗을 끌어안고 배를 마구 쓰다듬어주었다. 플리카는 그 모습을 가만히 쳐다보며 몸부림을 쳤다. 아무래도 머릿속에서 사고가 전환된 모양이었다.

"어서 오십시오. 무사하셔서 다행입니다."

점주가 서비스라며 인원 분의 음료를 테이블에 늘어놓자 미라 일행은 저마다 감사인사를 하고서 목을 축였다. 한바탕 일을 마치고 난 뒤라서 그런지, 일동의 표정이 몹시도 밝았다.

"그럼 미라 씨. 또 뵙죠."

"미라 성분을 덜 충전했는데……."

"또 보자~."

"잘 가, 미라."

"음, 오랜만에 만나 반가웠다. 조심해서들 가거라."

매매 교섭으로 아직도 한창 떠들썩한 대로. 여관을 뒤로한 미라 일행은 그곳에서 작별 인사를 나누었다. 숲에서 있었던 일이며 일그러짐의 원인 등은 셸로 일행이 보고를 해주겠다는 모양이었다. 분명 조만간 뭔가 대책이 마련될 것이다. 게다가 이번 마물, 마수를 토벌하고 얻어낸 소재 등은 나중에 현금으로 바꿔서 미라 앞으로 조합에 입금해두겠다는 모양이었다.

미라는 셀로 일행에게 가볍게 손을 흔들어 답하며 적당한 곳에서 페가수스를 소환해 헌터즈 빌리지에서 날아올랐다.

넓은 세계에서의 우연한 재회. 인연이라는 것은 참으로 신기했다. 그들과는 또 어디선가 만날 수 있을 것 같았다. 미라는 어째서인지 그러한 예감이 들어 이별이 아쉽기는커녕, 다음에 다시 만나면 또 어떤 이야기를 할 수 있을까 싶어 기대가 되었다.

떠들썩한 소리가 멀어지더니 바람과 날갯짓 소리만이 귓가에 남았다. 눈 아래에는 초원이 펼쳐져 있고 까마득한 후방에는 안개가 낀 신목의 모습이 언뜻 보였다.

미라는 시야를 가득 메운 푸른 하늘에서 커다란 구름을 찾아 빤히 쳐다보거나 하며 느긋하게 귀갓길에 올랐다.

헌터즈 빌리지를 떠난 지로부터 몇 시간 후. 까마득한 저편까지 이어진 초원 한복판에 주저앉은 미라는 페가수스에 기대어 맵을 바라보았다.

'보고는…… 내일 해도 되겠지.'

하늘을 날아 이동한다지만 그것도 연일 이어지면 피곤이 쌓이기 마련이었다. 따라서 미라는 휴식을 취한답시고 벌써 30분 정도의 시간을 그저 멍하니 있었다. 옆에서는 퓨어 래빗이 걱정이 되는지 미라의 손가락을 핥고 있었다.

"이것 참, 졸리군……."

피로가 완전히 풀리지 않았거니와 곧장 돌아간들 밤에야 도착할 것이 분명하다고 생각한 미라는 무리하지 않고 천천히 돌아가기로 마음을 먹었다.

미라가 푹 퍼져 있자 페가수스도 격려를 하듯 고개를 돌려 그작은 몸을 지탱해주었다. 미라는 자신을 보듬어준 페가수스의 목을 쓰다듬고는 더욱 깊이 몸을 묻고서 퓨어 래빗을 끌어안았다.

"미안하다만, 잠시 이러고 있게 해다오."

미라는 그렇게 말하며 페가수스에게 온몸을 맡겼다. 그러자 페가수스가 하얗고 커다란 날개로 미라의 몸을 덮어주었다. 그렇게 맥동하는 온기를 느끼며 미라는 짧은 휴식을 취했다.

시간으로 말하자면 수십 분. 미라가 선잠에서 깨어보니 하얀 날개의 틈새로 작은 새들이 자신을 들여다보고 있는 것이 보였다.

미라가 잠에서 깬 것을 알아챈 페가수스가 날개를 천천히 펼쳤다. 그러자 미라의 눈에, 주변 일대에 내려선 색색들이 작은 새들이 비쳤다. 하지만 그만한 수가 모였음에도 불구하고 작은 새들은 전혀 지저귀지 않고 조용히 페가수스를 에워싸고 있었다. 바람이 우는 소리만이 들려왔다.

"또 꽤나 많이 모여들었구나."

미라는 페가수스의 갈기를 쓰다듬으며 요전에 호수에서 봤던것과는 규모가 비교도 되지 않는 것 같다는 생각에 "그대는 인기도 많구나"라고 말하며 웃었다. 그 말에 페가수스는 기분이 좋아겼는지 울음소리를 내며 밝은 미소를 지은 미라의 가슴에 얼굴을 부비며 기쁨을 표했다. 퓨어 래빗 역시 다소 망설이면서도 미라의 무릎 위에서 기분 좋은 울음소리를 내었다.

"덕분에 피로가 많이 풀렸다. 이제 괜찮다."

미라가 그렇게 말한 다음 순간, 페가수스가 큰 소리로 울었다. 그 직후, 정적이 지배하던 초원에서 작은 새들이 일제히 노래하기 시작했다. 작은 소리라도 이만큼 많은 수가 모이니 제법 떠들썩하게 느껴졌지만, 막 잠에서 깬 미라는 그 음색 덕분에 완전히 잠기운을 몰아낼 수 있었다.

"얌전히 있었구나. 착한 아이로구나."

미라는 그렇게 말하며 퓨어 래빗을 두 손으로 들어올렸다. 미라의 가슴에 안긴 푸른 토끼는 뀨이뀨이, 기쁜 듯이 울었다.

"너무 느긋하게 있었던 것 같군. 그만 출발해볼까. 페가수스여, 또 부탁하마."

피곤함도 잠기운도 날려 보낸 뒤, 미라가 기운차게 일어났다. 그와 동시에 페가수스의 등에서 쉬던 작은 새들이 날아갔다.

주변에 있던 작은 새들은 속박에서 풀려나기라도 한 듯 일제히 하늘로 날아올랐다. 벚꽃 잎이 쏟아지는 듯한 화려한 경치가 펼쳐진 가운데, 순백의 천마가 하늘을 내달렸다.

알카이트 왕국의 도시 실버호른. 그 상징인 은의 연탑 앞에 자리한 광장도 해가 지면 관광객이 드물어졌다. 그 광장 앞에서 내려선 미라는 지금까지 그랬던 것 이상으로 어리광을 부려대는 페가수스를 달래며 송환했다.

커다란 문을 열자 하늘을 향해 뻗은 아홉 개의 탑이 미라를 맞이했다. 신목만큼은 아니었지만 이 역시 장대한 광경이었다. 그것을 본 미라는 '돌아왔다'는 기분이 들어 무의식적으로 빨라진 걸음으로, 안으로 들어갔다.

소환술의 탑 앞. 미라가 문득 옆을 바라보았지만 왜건의 모습은 보이지 않았다.

'흠…… 크레오스는 없나.'

현재, 미라의 주문으로 절찬 제작 중인 전용 왜건. 아주 끝내주는 물건이 만들어질 것 같다고 자랑을 할 셈이었던 미라는 아주 살짝 눈썹 끄트머리를 늘어뜨렸다. 하지만 완성이 되고 나서 자랑하면 그만이라고 고쳐 생각하며 탑을 향해 퓨어 래빗을 들어올렸다.

"이곳이, 앞으로 그대가 살 집이다."

미라의 말을 알아들은 것인지 퓨어 래빗이 기쁜 듯 울음소리를 냈다. 그 모습에 만족한 미라는 탑의 최상층에 자리한 개인실로 향했다.

마스터키로 개인실 문을 열고 코트를 소파에 던져놓고, 퓨어 래빗을 내려놓았다.

"잠시 얌전히 있거라."

미라는 그렇게 말하고서 허겁지겁 화장실로 달려갔다. 이윽고 물 흐르는 소리가 희미하게 들려왔다.

볼일을 마친 미라는 개운한 표정으로 시선을 옆쪽 문으로 돌렸다. 그곳은 욕실과 연결된 탈의실이었다.

"같이 씻어볼까."

미라는 퓨어 래빗을 안고서 따스함과 휴식을 갈구하여 탈의실 문을 향해 손을 뻗어, 그대로 열어젖혔다.

"뭐⋯⋯?!"

"미라 님, 어서 오세——."

"미안하다!"

미라는 몹시 당황하여 문을 닫았다. 하지만 전혀 경계심이 없었던 그 눈에는 순간적으로 속옷 차림의 마리아나가 똑똑히 새겨져 있었다.

어떻게 된 일인지 시녀들의 알몸은 눈 호강하는구나, 정도의 느낌으로 당당히 볼 수 있었건만 유독 마리아나를 상대로 할 때면 양심의 가책과 죄책감이 용솟음쳤다.

"미라 님, 어서 오세요."

미라가 그런 감정과 약간의 색욕이 경합을 벌이는 가슴을 끌어안고 몹시 당황하던 중, 마리아나는 매우 태연하게 문을 열고 고개를 숙였다.

막 목욕을 마쳐 상기된 뺨에 가볍게 묶은 푸른 머리, 간소한 하얀 로브를 두른 마리아나는 고개를 들어 기쁜 듯 미소 지었다.

"음, 다녀왔다."

그 미소를 보고 정신을 차린 미라는 다소 쑥스러워 하며 인사에 답했다. 그 순간, 마리아나의 눈이 미라에게 안긴 새끼 토끼를 발견했다.

"거기 있는 토끼님은, 어떻게 된 건가요?"

마리아나는 그렇게 말하더니 퓨어 래빗을 바라보며 살며시 손을 내밀었다. 퓨어 래빗은 처음에는 망설이더니 미라에게 깃든 가호의 기운을 마리아나에게서 느꼈는지 그 손에 얼굴을 부볐다.

"숲에서 따라왔는데 말이다……. 여기서 키워도 되겠느냐?"

마치 어머니에게 허락을 구하는 듯한 표정으로 미라가 말했다. 탑의 주인은 미라였지만 자리를 비울 때는 마리아나에게 돌봐달라고 부탁을 해야 하니 이러한 태도를 취할 수밖에 없었다.

"물론이죠. 미라 님이 없을 때는 제가 돌볼게요."

"그러냐, 고맙다."

뭐라 표현할 수 없는 따뜻한 시간이 흐른 뒤, 마리아나는 탈의실로 돌아가 천천히 로브를 벗기 시작했다.

"무……무엇을 하는 게야……?!"

미라는 허둥지둥 시선을 돌리면서도 흘끔 쳐다보고 싶어지는 본능을 제어하며 물었다. 시야 끄트머리에서 조금 전에 보았던 속옷 차림의 마리아나가 태연한 얼굴로 서서 의욕이 넘치는 말투로 대답했다.

"지금부터 입욕을 하시려는 것 같으니, 등을 밀어드리려고요."

"……음…… 부탁하마……."

봉사 모드에 돌입한 마리아나를 막기란 불가능하다. 지난번 일로 그 사실을 깨달은 미라는 부질없는 문답을 생략하고 그 즉시 고개를 끄덕이고는 탈의실로 발을 들였다.

이번에도 역시 마리아나의 보조를 받아가며 옷을 벗었다. 그리

고 벗은 옷은 그 자리에서 개어져 빨래 바구니에 쌓여갔다.

"미라 님, 빨랫감 더 없으신가요?"

"어이쿠, 그러했지."

끝으로 속옷을 바구니에 넣고 나서 마리아나가 미라에게 시선을 던졌다. 그 말을 듣고서야 생각이 난 미라는 가방을 끄집어내서 입었던 속옷을 바구니에 집어넣었다.

"이게 다다. 부탁하마."

미라는 그렇게 말하고서 퓨어 래빗과 함께 욕실로 들어가고자 했으나 그러기 직전에 마리아나가 "미라 님" 하고 불러 세웠다.

"이 머리는 웬 건가요?"

마리아나는 예쁘게 땋아진 미라의 은발머리를 만지며 다소 강한 말투로 그렇게 말했다. 그러고 보니 머리카락을 말리는 무형술을 배울 때, 이스즈 연맹의 화이트가 트윈테일로 묶어준 것을 그대로 하고 다녔더랬다. 자세히 보니 하얀 리본으로 묶여 있었다.

"이거 말이냐. 이건 여행 중 만난 화이트라는 아이가 멋대로 묶어준 것이다만."

"그랬나요…….."

마리아나는 예쁘게 땋은 미라의 머리카락을 풀며 짧게 고개를 끄덕이더니 다소 부루퉁해져서 입술을 삐죽거렸다. 하지만 최대한 시선을 피하고자 애쓰던 미라는 그런 마리아나의 변화를 전혀 알아채지 못했다.

욕실로 들어간 미라는 마리아나의 도움으로 머리카락과 온몸을 구석구석 씻었다. 마리아나는 지난번에 썼던 것보다 매끄럽고 부드러운 스펀지로 폭신하게 거품을 내서 미라를 감싸 나갔다.

다시 고개를 든 여행의 피로와 기분 좋은 손길 탓에 미라의 얼굴에서 긴장이 사라지기 시작했다. 그 모습을 본 마리아나는 미소를 지으며 천천히, 꼼꼼히 따뜻한 물을 끼얹어 거품을 씻어 내렸다.

다음은 퓨어 래빗 차례였다. 이번에는 공동 작업이었다. 물에 익숙한 것인지 딱히 싫어하지도 않아서, 미라가 귀를 잡자 마리아나가 살며시 그 푸른 털을 씻겨 나갔다.

"이제 다 됐어요. 미라 님, 오늘 저녁은 드셨나요?"

미라는 퓨어 래빗의 털을 손질했다. 그런 미라의 젖은 머리카락을 가다듬으며 마리아나가 물었다.

"아니, 아직이다만. 뭔가 준비해줄 수 있겠느냐?"

"물론이죠. 그럼 저녁을 준비할 테니 편히 쉬고 계세요."

질문을 받고서야 공복감이 느껴졌다. 그렇게 부탁을 하자 마리아나는 눈 깜짝할 새에 그 은발머리를 올려주고서 들뜬 목소리로 승낙했다.

미라는 의기양양하게 저녁 준비를 하러 가는 마리아나의 뒷모습을 곁눈질로 배웅하고서 넓은 욕실 안으로 향했다. 그곳에는 흑휘석(黑輝石)을 가공해 만든 욕조가 있었다. 흑휘석이란 우주에 빛나는 은하수 같은 문양이 새겨진 석재로, 그 환상적인 색조가 보는 이들을 매료시켜 집기품에 폭 넓게 사용되고 있는 고급품이었다.

그 욕조에는 따뜻한 물이 넉넉히 받아져 있어, 미라가 거기에 몸을 담그자 다소 흘러넘쳤다.

"극락이구나~……."

물 온도는 약간 높은 편으로, 몸을 쿡쿡 찌르는 듯한 자극이 느껴졌지만 미라는 기분 좋은 듯 신음소리를 흘렸다.

욕조는 매우 넓어, 발을 뻗고 들어가도 열 명은 더 들어갈 수 있을 정도였다. 미라가 한껏 사지를 뻗자 검은 욕조와 대조되는 살색을 띤 미라의 모습이 더욱 두드러져 보였다.

"아~…… 극락이야~."

미라는 그 해방감 속에서 애플오레를 한 손에 들고 콧노래를 흥얼거리며 퓨어 래빗과 함께 최고의 시간을 만끽하였다.

미라는 훗훗하도록 덥혀진 몸을 배스타월로 닦고, 이어서 퓨어 래빗의 몸도 감싸주었다. 퓨어 래빗이 배스타월 빈틈으로 얼굴을 내밀고 기분 좋은 듯 울음소리를 냈다. 그대로 살며시 선반에서 내려놓고서 미라는 바닥에 그대로 내버려두었던 가방을 열었다. 안에는 섹시한 네글리제며 베이비돌 등이 들어 있었지만 미라는 애써 못 본 척하며 속옷 영역으로 손을 뻗었다.

'음…… 늘었나? ……아아, 요전에 빨래를 맡겼던 것들이로군.'

수수한 디자인의 속옷이 얼마 남지 않았던 지라 고마울 따름이었다. 미라는 그렇게 마리아나에게 감사하며 팬티를 한 장 꺼내 가방을 아이템박스에 다시 넣었다.

팬티를 입은 미라는 머리카락을 풀며 화이트에게 무형술을 배웠던 일을 떠올렸다.

'……음, 일단 말려볼까.'

이것저것 억지로 배웠던 머리카락 손질 방법도 덤으로 함께 떠올랐지만, 미라는 그걸 머릿속 한구석으로 몰아넣고서 무형술만을 시험해보기로 했다.

"오오……!"

술법을 발동시킨 손으로 머리카락을 빗을 때마다 매끄러운 은발이 보송보송하게 말랐다. 퓨어 래빗에게도 시험해보니 하늘처럼 파란 털도 눈 깜짝할 새 보송보송해졌다.

생활과 밀착된, 어떤 의미에서는 인간다운 술법을 실제로 사용하고 있자니 마법학교를 무대로 한 명작 영화가 떠올랐다. 이것이야말로 판타지가 아닌가 싶었던 것이다. 그리고 싸움을 위한 것이 아니라, 평범한 일상을 풍요롭게 채워주는 술법에 새삼 감동했다.

그 후, 미라는 당연하다는 듯 준비되어 있던 목욕 후 입을 로브를 걸치고, 퓨어 래빗과 함께 탈의실을 뒤로했다.

거실에는 식욕을 자극하는 향신료의 냄새가 은은히 감돌고 있었다. 요리는 거의 완료되어 마무리만 하면 되는 단계였고, 지금은 마리아나가 테이블에 식기를 늘어놓고 있는 참이었다.

"미라 님. 거의 다 됐으니 앉아계세요."

"음, 알겠다. 그리고 지난번에 맡겼던 빨래를 넣어준 모양이더구나. 고맙다."

"아뇨, 당연한 일인 걸요."

미라가 감사인사를 하며 마리아나에게 다가가, 그 머리카락으로 시선을 던졌다. 사파이어처럼 반짝이는 마리아나의 머리카락은 조금만 움직여도 한 올 한 올이 두둥실 나부꼈다.

그것을 본 미라는 다소 아쉬운 눈치로 떨어져 소파에 앉았다. 퓨어 래빗도 그 뒤를 이어 소파로 뛰어 올라가 미라 옆에서 몸을 둥글게 말았다.

"왜 그러시나요?"

미라의 행동이 어째 이상해 보였는지 마리아나가 고개를 갸웃하며 물었다. 그러면서도 자연스럽게 테이블 위에 찻잔을 놓고 홍차를 따르는 동작 등이 매우 숙련되어 보였다.

"아니 뭐어, 머리카락을 말리는 술법을 배웠는데 말이다. 머리카락이 젖어 있으면 말려줄까 했던 것뿐이다. 헌데 벌써 마른 듯하더구나."

미라가 그렇게 말하며 홍차를 입에 머금자 마리아나가 갑자기 앞치마를 벗고 종종걸음으로 탈의실로 향하기 시작했다.

"음, 왜 그러는 게야?"

갑작스러운 행동을 보고 미라가 묻자 마리아나는 고개를 돌리며 "다시 한 번 머리를 감고 올게요"라고 하며 탈의실 문을 열었다.

"아니, 잠깐잠깐잠깐."

허둥지둥 제지한 미라는 앞치마를 주워서 마리아나에게 건넸다.

"죄송해요. 식사가 먼저였죠."

"아니, 그런 뜻이 아니다만."

마리아나는 앞치마를 다시 하고 저녁식사 준비를 재개했다. 그 옆에서 미라가 슬쩍 쓴웃음을 지으며 중얼거렸다.

"이런 기회가 아니면, 미라 님은 제게 손을 뻗어주지 않으세요. 저는 좀 더 미라 님을 느끼고 싶어요. 더 많이 맞닿아 있고 싶다고요."

마리아나는 어쩐지 쓸쓸하게 고개를 숙이더니 미라와 시선을 마주치지 않은 채 본심을 털어놓았다.

미라가 손을 뻗어주었으면 한다. 곁에 있다는 확실한 실감을,

마리아나는 원하고 있었던 것이다. 그 마음에는 단 한 번, 눈물을 훔쳐주었던 때 느꼈던 손의 온기가 새겨져 있었다. 하지만 아직까지 그 이외에는 한 번도 없었다.

그런 심경일 때, 미라가 머리카락을 말리기 위해 자진해서 자신에게 손을 뻗으려 했다는 것이다. 마리아나는 주인에게 다소 뻔뻔한 요구를 한 것이 아닐까 싶기는 했지만, 그래도 이 기회에 매달리고 싶었다. 그만큼 30년이라는 세월은 정상적인 감각이 마비될 정도로 길었다는 뜻이리라.

미라도 그 말을 듣고서야 알아챘다. 목욕을 할 때나 침대에서 몇 번이나 몸을 맞대기는 했지만, 늘 마리아나 쪽에서 손을 내밀었다는 사실을. 어쩐지 여성에게 손을 대는 행위 자체는 부담스러워하고 있었음에도 머리카락을 말려주려 했다는 사실이 스스로도 놀라웠다. 의식하고 있는 상대를 대상으로 한 것이라 더더욱.

미라는 마리아나의 모습을, 그 헌신적인 소녀를 눈으로 좇았다. 사랑스러워 끌어안고 싶은 충동과 아끼고 지켜주고 싶은 마음이 동시에 솟구쳤다.

"미라 님?"

자신을 향한 시선을 알아챈 마리아나는 미라를 똑바로 마주 보며 말했다.

"아아, 아니. 그게 말이다…….."

미라는 그렇게 말하며 엉겁결에 시선을 이리저리 굴렸지만, 이내 결심을 굳히고 초점을 맞췄다. 생겨난 감정을 하나의 형태로 집속시켜 나갔다. 아직 불안정하기는 하지만, 미라의 마음속에 밝혀진 그것은 몹시도 따뜻한 온기를 가슴에 퍼뜨려 나갔다.

"어쩌면…… 참고 있었던 것뿐일지도 모르겠구나."

미라는 그렇게 말하며 손을 뻗어, 마리아나의 뺨을 어루만졌다. 그리고 천천히 마리아나의 체온을 손바닥으로 느꼈다.

"이걸로, 두 번째예요."

감동하여 눈을 감은 마리아나는, 꽃이 활짝 핀 듯한 미소를 짓더니 그렇게 중얼거렸다.

손이, 눈앞에 있는 소녀의 뺨에 닿아 있다. 손가락을 움직이자 조금 간지럽다는 듯 마리아나가 반응했다. 그리고 눈이 마주쳤다.

'……뭔가, 이런저런 과정을 건너 뛰어버린 것 같다만?!'

마리아나를 바라보며 미라는 상식적인 단계를 몇 단계 건너 뛰어버렸다는 사실을 깨달았다. 처음에는 손을 잡거나 머리를 쓰다듬는 정도가 보통 아닌가. 하지만 처음에 손을 댔던 것이, 눈물을 닦기 위해서라지만 뺨이었던지라 미라는 저항감 없이 같은 동작을 취하고 만 것이다.

여성의 뺨을 다정하게 어루만지는 건, 상당히 과감한 행동이라 할 수 있지 않을까.

"그럼, 슬슬 밥이나 먹을까!"

쑥스러움을 얼버무리며 손을 내린 미라는 허둥지둥 소파로 돌아가 앉았다.

"네, 알겠어요."

마리아나는 미라의 손의 온기가 남은 뺨에 자신의 손을 포갠 채잠시 수줍어하더니, 좀 전보다 기운 넘치는 동작으로 식사 준비를 재개했다.

그리고 고급 레스토랑에라도 온 듯한 착각이 들 정도로 기합이 들어간 요리를 마리아나가 보기 좋게 식탁에 늘어놓기 시작했다.

"꽤나 호화롭구나."

"굉장히 좋은 식재료가 들어왔거든요."

마리아나는 그렇게 말하며 절묘하게 구워진 고기를 썰어 담았다. 그 말대로, 요리에 쓰인 식재료는 하나같이 일급품이었다.

"이거 훌륭하군."

지식이 없는 미라가 보아도 단면의 빛깔이 너무도 보기 좋아 절로 군침이 돌았다.

화사한 빛을 띤 샐러드에 호박색 스프, 얇게 썰어서 낸 빵과 두껍게 자른 스테이크. 그리고 퓨어 래빗이 먹을 채소 스틱이 테이블을 채웠다.

"자, 드세요."

준비를 마치고 마리아나가 고개를 숙이자마자, 미라는 고기를 포크로 찍어 입으로 옮겼다.

'맛있어~! 입안에서 녹는다는 표현이 지금까지 이해가 안 됐는데, 이런 걸 말하는 거였나!'

"음, 훌륭하구나."

미라는 무심결에 환희로 술렁대는 마음을 억눌러 점잖은 척 말하고 말았다. 하지만 억누르는 데 성공한 것은 말뿐이었다. 미라의 귀여운 얼굴에 번진, 환한 미소는 기쁨을 최대한으로 표현하고 있었다.

"감사합니다."

그런 미라의 모습을 본 마리아나도 미소를 지은 채 살며시 고개를 숙이고는 냅킨으로 미라의 입가를 닦았다. 미라가 "직접 할 테니 괜찮다"라고 말했으나 마리아나는 고집스럽게 고개를 가로저으며 봉사를 계속하게 해달라고 호소했다.

"그래. 그대는 안 먹는 게냐. 같이 먹자꾸나."

"저는 벌써 먹었거든요."

미라의 제안은 즉시 퇴짜를 맞았고 그 결과, 식사 시간 내내 잔뜩 들뜬 마리아나에게 이런저런 봉사를 받게 되었다. 마리아나의 세심한 손길은 퓨어 래빗에게까지 미쳐, 결과적으로 미라는 푸른 토끼의 귀여운 모습을 즐기며 만족스러운 한 때를 보내게 되었다.

배를 채운 미라는 설거지하는 소리가 기분 좋게 들리는 거실의 소파에 드러누워 맵을 보고 있었다.

'부유 대륙을 못 쓰니 이토록 이동에 시간이 걸릴 줄이야. 거리가 멀면 이동만으로 며칠이 날아갈 수도 있겠어. 경우에 따라서는 노숙을 해야 할지도 모르고.'

신자의 숲까지의 거리와 소요시간을 토대로 이스즈 연맹의 거점이 있다고 하는 사계의 숲까지 걸릴 시간을 산출해보았다. 그리고 휴식과 노숙까지 고려한 결과, 사흘은 걸릴 것 같다고 결론을 내린 미라는 진절머리가 난다는 표정으로 소파에 엎어졌다.

'사흘 내내 이동만 했다간 몸이 못 배겨날 것 같다만.'

그것은 미라가 신자의 숲에서 돌아오는 길에도 했던 생각이었다. 빠르다고는 하나 페가수스를 탄 채 하루의 절반을 보내는 것은 부담이 컸다. 휴식을 취하면서 이동했는데도 지금처럼 몸이 지쳐버렸다. 그런 것이 사흘이나 이어지면, 미라는 견뎌낼 자신이 눈곱만큼도 없었다.

'좋아, 이건 나중으로 돌려야겠군. 왜건이 완성되면 가도록 하지.'

희망한 대로 왜건이 완성되면 하루 종일이라도 그 안에 틀어박혀 있을 자신이 있었다. 완성된 뒤에 쾌적한 하늘 여행을 할 것을 상상한 미라는, 벌렁 드러누워 퓨어 래빗을 두 손으로 안아 올려 손 안에서 뀨이뀨이 울며 좋아하는 푸른 토끼에게 "그대도 그러는 편이 좋겠다고 생각하지~?"라고 말했다. 그러던 중, 뒷정리를 마친 마리아나가 퓨어 래빗 너머에서 고개를 내밀었다. 완전히 방심해서 표정이 풀릴 대로 풀려 있던 미라는 그 상태 그대로 경직되었다.

"그런데, 미라 님."

"무, 무어냐?!"

마리아나의 말에 벌떡 일어난 미라는 퓨어 래빗을 무릎 위에 놓고, 그 등을 우아하게 쓰다듬어 보였다. 그야말로 돈 코르네오네(영화 〈대부〉의 주인공)라도 된 양. 하지만 이제 와서 위엄 있는 척을 해봐야 애완동물을 귀여워하는 데 정신이 팔려 정신연령이 내려가 버리기라도 한 듯한 모습을 보였다는 현실이 사라지지는 않았다.

"그 아이의 이름은 뭐라고 하나요?"

하지만 당연하다고 해야 할지, 마리아나는 그 사실이 딱히 신경 쓰이지 않는 눈치였다. 그리고 그 한마디를 듣고서야 미라도 깨달았다. 그러고 보니 이름을 안 지어줬다는 사실을.

"그러고 보니 그러했지…… 그대, 이름은 있느냐?"

퓨어 래빗은 눈이 마주치자 미라의 말을 알아들었는지 고개를 가로저어 보였다.

"오오, 봤느냐, 마리아나. 아직 없다는구나!"

마치 말을 알아듣는 듯한 반응에 미라는 퓨어 래빗을 안아 올려 흥분한 투로 마리아나 쪽으로 내밀어 보였다. 그러고서 또다시 똑같이 이름이 있느냐고 묻자 새끼 토끼는 이번에도 없다고 말하듯 고개를 가로저었다.

"똑똑하구나~."

"네, 정말 똑똑하네요."

미라는 퓨어 래빗을 다시 무릎 위에 내려놓고는 신이 나서 애정을 쏟아부었다. 마리아나는 매우 다정하고도 따뜻한 눈빛으로 그런 미라의 모습을 보고는 살며시 미소 지었다. 미라의 머릿속에서는 체면을 지켜야 한다는 생각이 사라진 지 오래였다.

미라가 가만히 쳐다보자 퓨어 래빗은 그 눈을 똑바로 쳐다보며 기쁜 듯 작은 소리로 울었다. 그리고 몸에 닿은 미라의 손에 얼굴을 부비며 손가락을 핥았다.

'아아 정말, 귀엽구나아!'

몸부림을 칠 것 같았지만 다소 평정심을 되찾은 미라는 다시금 표정이 풀리려는 것을 간신히 참으며 뇌리에 떠오른 이름을 입에

293

담았다.

"퐁자에몬은 어떠냐!"

그렇게 말한 미라를, 마리아나가 전에 없이 싸늘한 눈으로 쳐다보았다. 그것을 자신의 이름으로 삼으려 한다는 사실을 깨달은 퓨어 래빗도 고개를 홱 돌리고 말았다.

"방금 건 취소다. 조금, 그 뭣이냐, 악영향을 받은 것뿐이야."

블루라는 음양술사와 함께 있었던 탓인지, 카구라의 이미지가 미라의 머릿속까지 오염시킨 듯했다. 미라는 무의식적으로 생각을 그런 쪽으로 유도할 정도로 악랄한 영향력을 지닌 카구라의 네이밍 센스에 고뇌하며 다른 이름을 생각하기 시작했다.

"어떤 이름이 좋을는지. 퐁노신…… 아니…… 농담이다……? 으~음. 퐁…… 래빗…… 파랑……."

미라는 파란 토끼를 바라본 채 미간에 주름을 잡아가며 끙끙댔다. 당사자인 퓨어 래빗은 기대 섞인 눈으로 미라를 올려다보고 있었다. 그러던 중, 마리아나가 무언가를 알아챈 듯 입을 열었다.

"그런데 미라 님. 그 아이는 남자아이인가요?"

마리아나는 처음에 미라가 제안했던 퐁자에몬이라는 이름을 듣고 수컷인가 싶었지만, 기억 속에 있는 수컷 퓨어 래빗보다 전체적으로 둥글고 귀가 긴 것 같아 이상하다는 생각이 든 모양이었다.

"글쎄…… 어느 쪽이지?"

그런 생각은 전혀 하지도 못했던 미라는 퓨어 래빗과 마주 본채 서서히 고개를 기울였다. 옆에서 마리아나도 덩달아 고개를 갸웃했다.

"뭐어, 확인해보면 되겠지."

미라는 그렇게 말하며 퓨어 래빗을 무릎 위에서 뒤집어, 두 다리를 잡고 벌렸다. 하지만 푹신푹신한 푸른 털로 뒤덮여 있어서 판별을 할 수가 없었다. 그때 마리아나가 몸을 앞으로 굽혀 보좌하기 시작했다.

"미라 님, 좀 더 살살 하시는 게 좋을 것 같은데요."

그렇게 진언한 마리아나는 갑자기 몸을 뒤집는 바람에 놀란 듯 보이는 퓨어 래빗을 달래며 다정한 손길로 암수를 판별했다.

"여자아이 같네요."

해방된 퓨어 래빗은 미라의 무릎 위에서 미라의 배에 앞다리를 짚고 두 다리로 서서 올려다보는 자세를 취했다.

"그러했나……. 그러면, 퐁코……— 아니, 농담이래도?"

퓨어 래빗이 토라진 듯 고개를 홱 돌렸다. 기분 탓인지 마리아나의 눈빛도 또다시 싸늘해진 것 같았다. 미라는 그 즉시 즉흥적으로 말한 이름을 취소했다.

"어떤 이름이 좋을지. 표…… 으~음. 푸른 토끼, 행운의 발소리, 블루 선더, 푸른 잔상, 노리코(사카이 노리코. 일본의 배우 겸 가수. 〈푸른 토끼〉는 사카이 노리코의 27번째 싱글 앨범명), 푸른 녹조, 얼라이브 오어 얼라이브(데드 오어 얼라이브를 인용. DLC 복장으로 토끼를 모티브로 한 수영복을 판매)."

미라는 플레이어들 사이에서 쓰이던 퓨어 래빗의 별명을 생각해내 차례로 중얼거렸다. 퓨어 래빗은 그런 미라를 동그런 눈으로 올려다본 채 귀를 쫑긋거리며 때때로 뀨이, 하고 울었다. 그런 귀여운 모습에 미라는 의식을 빼앗겨 집중력이 흐트러지는 바람에 머리며 귀, 등이며 다리 등을 마구 쓰다듬으며 귀여워할 수밖에 없어졌다.

"저기…… 미라 님……."

마리아나의 속삭이는 듯한 작은 목소리 덕에 겨우 정신을 차린 미라는,

"아니, 제대로 생각하고 있대도. 이건, 진정한 이름을 찾아내기 위해 필요한 일이다."

그렇게 허둥지둥 변명을 늘어놓으며 천천히 고개를 들었다. 그러자 미라의 눈앞에 마리아나의 얼굴이 있었다. 보아하니 어쩐지…… 무언가를 참고 있는 눈치였다.

또 차가운 시선이 날아오지는 않을까 경계하고 있던 미라는 가슴을 쓸어내림과 동시에 마리아나의 시선을 좇아 보았다.

"……그대도 만질 테냐? 사양할 것 없다."

"네."

미라가 묻자 마리아나는 지체 없이 고개를 끄덕이고는 웅크려 앉아, 살며시 퓨어 래빗의 털을 쓰다듬었다. 순간, 행복해 보이는 미소가 피어났다.

"그런데, 이름은 정하셨나요?"

퓨어 래빗에게 눈높이를 맞춘 탓인지 마리아나가 눈을 홉뜨고 있는 것처럼 보였다. 게다가 옷깃의 각도까지 절묘했다. 미라는 몇 초간 멍하니 쳐다보다 시선을 돌리며 "아직이다……" 하고 기

어드는 목소리로 답했다.

"부를 때 조금 불편하기는 하겠지만 지금 당장 정할 필요는 없어요. 소중한 사람에게 받은 이름은, 그야말로 보물이니까요. 미라 님이 진지하게 생각해서 붙여주신다면, 이 아이는 분명 어떤 이름이든 좋아할 거예요."

마리아나는 그렇게 말하며 푸른 털을 빗어 내리듯 손가락을 세워 쓰다듬었다. 그 표정은 몹시도 다정하고 온화해서, 마치 제 자식에게 애정을 쏟아붓는 어머니 같았다. 퓨어 래빗은 기분이 좋은지 눈을 감은 채 마리아나의 말에 동의하듯 긴 소리로 울었다.

"흠…… 책임이 중대하구나."

이름이 보물. 미라는 그런 식으로 생각해본 적이 없었지만, 보물이라 말했을 때의 마리아나의 표정에서는, 어쩐지 마음에 직접 호소하는 정 같은 것이 느껴졌다.

미라는 다시금 정신을 가다듬고 퓨어 래빗과 마주했다.

"아, 이건."

마리아나는 작은 목소리로 중얼거리더니 손에 엉킨 푸른 털을 집어 손바닥에 올려놓았다. 그것은 매우 선명한 푸른색을 띠고 있어, 한 올뿐인데도 마리아나의 손 위에서 몹시도 두드러져 보였다.

"흠, 쓰다듬던 중에 빠진 것일 테지. 잘 챙겨두거라, 행운의 부적이라고 하니 말이야."

"제가 가져도 될까요?"

"물론이지."

"감사합니다. 소중히 간직할게요."

어떻게 보면 얼마든지 뽑을 수 있었다. 사양할 필요는 전혀 없으리라. 미라는 마리아나가 기쁜 얼굴로 손수건에 퓨어 래빗의 털을 끼워 넣는 모습을 보며 계속해서 푸른 토끼의 이름을 생각했다.

"아, 미라 님의 옷에도 붙어 있어요."

마리아나는 그렇게 말하며 미라의 로브를 가리켰다. 살펴보니 거기에는 푸른 선이 몇 가닥 그어져 있었다. 계속 무릎 위에 두고 쓰다듬다 자연스럽게 빠진 것이리라.

"어쩌면 청소하기 힘들어질 지도 모르겠구나……."

미라가 없을 때, 있을 때를 가리지 않고 이 방을 청소하는 것은 마리아나였다. 그것이 보좌관의 일이기도 했다. 미라는 약간 눈치를 살피듯 시선을 보냈다.

"그럼 언젠가는 이곳이 행운으로 가득 차버리겠네요."

마리아나는 그 몇 가닥의 털을 살며시 떼어내면서 그렇게 말하며 웃었다. 순간, 넋을 놓고 그 동작을 보던 미라는 "듣고 보니 그렇구나!" 하고 고개를 끄덕이며 마리아나에게 감사했다. 그리고 푸른 토끼의 목소리에 답하여 머리를 쓰다듬던 중, 문득 어떠한 이름이 뇌리를 스쳤다.

퓨어 래빗은, 행운을 흩뿌리는 암컷 푸른 토끼.

"좋아, 그대의 이름은 포르투나다! 애칭은 루나가 좋겠구나!"

미라는 머릿속 한구석에 있던 행운의 여신의 이름을 기억해내고는 그렇게 선언하며 슬그머니 마리아나를 쳐다보았다.

"포르투나. 요정족에 전해지는 여신님의 이름이군요. 이 아이에게 딱 맞는, 멋진 이름이네요."

마리아나에게 칭찬을 받은 미라는 "그렇지?!" 하고 신이 나서 가슴을 젖히고는 퓨어 래빗을 두 손을 안아 높이 들어올렸다.

당사자도 알아들은 것인지 풍자에몬 때와는 반응이 확연히 달랐다. 처음으로 받은 보물이 어지간히도 좋았는지 퓨어 래빗은 미라의 손 안에서 기쁨의 울음소리를 올렸다.

'어째 피곤하군그래.'

안심한 탓인지 긴장이 풀려서인지, 미라는 하품을 하고서 기분 좋은 소파에 누운 채 무심결에 눈을 감았다. 그러자 어깨에 누군가가 살며시 손을 얹었다.

"미라 님. 쉬시려면 침대로. 여기서 주무시면 감기 들어요."

"음…… 아아, 그렇군. 그렇겠어."

약간 꿈을 꿀 뻔했던 미라는 루나를 무릎에서 내려놓고 느긋한 동작으로 일어났다. 그리고 마리아나의 손에 몸을 맡겨 잘 준비를 마쳤다. 그동안, 루나는 계속 미라의 뒤를 졸졸 쫓아다녔다.

준비가 다 된 미라는 함께 자기 위해 루나를 안은 채 침실로 들어갔다.

"……이건 오늘도, 그러자는 게냐."

"미라 님이 정 싫으시다면 정리할게요……."

급격히 의기소침해진 목소리로 마리아나가 말했다.

"아니…… 음…… 상관없으려나."

"감사합니다."

침대에는 베개 두 개와 쿠션 하나가 늘어서 있었다. 베개 중 한쪽은 아무리 봐도 요전에 마리아나가 끌어안고 있던 것이었다. 돌아보니 당연하다는 듯이 잘 준비를 마친 마리아나가 기다리고 있었다.

미라도 싫지는 않았다. 오히려 기뻤다. 하지만 누군가와 나란히 잠을 잔다는 것 자체가 익숙지 않은 것뿐이었다.

"자아, 내일은 아침부터 성에 가야 하니 일찍 자도록 하자꾸나."

"네."

그렇게 말하며 쿠션에 루나를 뉘인 미라는, 베개 위치를 조정하고서 자리에 누웠다. 위에서 내려다봤을 때 왼쪽에 마리아나가, 오른쪽에 미라가 누웠다. 마리아나는 그 행동의 의미를 알아채지 못하고 조용히 침대로 들어왔다.

"아…… 미라 님…….."

"자, 그 뭐시냐, 아직 갱신하지 않지 않았느냐. 그러니."

미라는 시선을 이리저리 굴리며 수줍음이 묻어나는 목소리로 그렇게 말했다. 모포 아래서는 미라가 자신 쪽에서 오른손을 뻗어 마리아나의 왼손을 붙잡고 있었다. 가호 갱신에 필요한 손의 위치는 정해져 있는지라, 미라는 반듯이 누운 채 손을 잡을 수 있도록 베개 위치를 바꾼 것이었다.

불이 꺼져 있는 데다 창밖에서 쏟아지는 달빛은, 용기를 있는 대로 쥐어짜낸 미라의 얼굴까지 미치지 못해 붉게 물든 뺨은 희미하게밖에 보이지 않았다.

"그랬네요. 그럼."

희미하게 밖에 보이지 않아도, 미라의 손을 통해 전해진 체온으로 마리아나는 그 용기를 느꼈다. 마리아나도 남녀 관계가 어떠한 것인지를 모르지는 않았다. 따라서 미라가 때때로 보이는 행동의 의미도 알았다. 하지만 이해한다고 말하기는 어려울 것이다.

몸도 마음도 다 바쳤으니, 자신이라는 존재는 미라의 것이라 생각하는 마리아나. 그 감정은 남녀를 초월한 영역에 있었기에.

여성처럼 소중히 여겨주는 것은 기뻤다. 하지만 마리아나는 자신을 원해주길 바랐다.

모포 틈새에서 희미한 빛이 새어 나왔다.

맞잡은 손을 통해 온기를 느끼며, 마리아나는 살며시 눈을 감았다. 또렷하게 느껴지는 온기가, 두 번 다시 멀리 가버리지 않기를 바라며.

20

탑의 침실. 미라는 기분 좋은 잠기운 속에서, 창문으로 들이친 햇볕을 받으며 멍하니 일어났다. 헝클어진 머리카락이 머리의 움직임을 따라 두둥실 떠올라 은빛으로 빛났다.

'벌써 일어난 겐가. 빠르기도 하군.'

미라는 그 머리카락을 적당히 쓸어 올리며 옆을 흘끔 쳐다보았다. 그곳에는 마리아나의 베개만이 남아 있었다. 그 옆에서는 루나가 작게 몸을 웅크린 채 고른 숨소리를 내고 있었다. 미라는 평온하기만 한 그 모습을 보고 눈꼬리를 늘어뜨린 채 팔찌의 메뉴를 펼쳐 현재 시각을 띄웠다.

'이 몸이, 늦게 일어난 것뿐인가⋯⋯.'

아침 아홉 시 반이 훌쩍 지나 있었다. 미라는 메뉴를 닫고 늘어져라 하품을 하고서 거실로 향하고자 침대에서 다리를 내렸다. 그러다 정면에 자리한 작은 테이블에 놓인 옷이 눈에 들어왔다. 매우 눈에 익은 디자인의 옷이었다.

'준비성이 좋군.'

그것은 마도 로브 세트였다. 미라는 우선 옷을 갈아입기 위해 옷자락에 손을 댔다. 그때, 문을 노크하는 소리가 들리더니 메이드복 차림의 마리아나가 고개를 내밀었다.

"좋은 아침이에요. 미라 님."

"음, 좋은 아침."

"도와드릴게요."

마리아나는 한눈에 미라가 무엇을 하려고 했는지를 알아채고는 대답도 하기 전에 달려와 들뜬 표정으로 미라를 단장하기 시작했다. 꼭 기다리고 있었다는 듯, 절묘한 타이밍이었다.

옷단장을 돕는 것으로는 부족했는지 마리아나는 의욕을 듬뿍 담아 미라의 긴 은발머리를 양 갈래로 땋아 거의 투명해 보이는 푸른 리본으로 묶었다. 귀여움을 더욱 돋보이게 하는 트윈테일이 미라 본인도 아주 싫지는 않아, 거울을 보고는 어쩐지 자랑스러운 듯한 미소를 지었다.

미라의 머리카락을 마음껏 주무른 마리아나도 완성도가 만족스러운지 기쁨의 미소를 짓고 있었다.

그리고 전신거울에 비친 두 사람은 그 거울로 서로를 바라보며 옅은 미소를 주고받았다.

식사 준비가 다 된 절묘한 시간에 눈을 뜬 루나와 함께 아침식사를 마친 뒤, 미라는 대략적인 향후 예정을 마리아나에게 말했다.

우선, 성으로 가서 솔로몬에게 보고를 해야 한다는 것. 소울하울이 남긴 자료의 해독 상황에 따라서는 그대로 새로운 목적지로 가야 한다는 것. 장소에 따라서는 자리를 오래 비울지도 모른다는 것.

미라는 다소 미안하다는 투로 말했지만 마리아나는 "걱정하실 것 없어요" 하고 쓸쓸함을 내색하기는커녕 미소를 지어보였다.

마리아나는 이제 아무것도 걱정하지 않았다. 주인이 돌아올 장소를 지킬 수 있다는 사실이 기쁨이자 살아가는 보람이었기 때문이다. 그리고 그 무엇보다도, 무작정 기다리는 수밖에 없었던 지난 30년과는 달랐다.

그런 마리아나의 모습을 보고 안심한 미라는 다시금 손등에 깃든 가호의 문장을 바라보며 그 유대가 얼마나 큰지를 실감했다.

"그럼, 슬슬 가볼까."

미라는 루나의 털을 만끽하고서 식후 입가심으로 홍차까지 마신 뒤에야 자리에서 일어났다. 그러자 마리아나가 부엌에서 바구니를 들고 와서 내밀었다.

"점심을 준비해뒀으니 이따가 드세요."

"오오, 그랬더냐. 고맙다."

미라는 그 바구니를 건네받고 감사인사를 하고는 자연스럽게 마리아나의 머리를 쓰다듬어주었다. 그 동작은 너무도 자연스럽고 일체의 망설임도 없었다. 그 사실에 미라 본인이 가장 놀랐다. 그것은 마리아나에 대한 벽이 없어졌다는 증거일까. 손바닥 아래서 기쁜 미소를 지은 마리아나의 모습을 본 미라는 이것이 정답이리라고 확신했다.

"뒷일을 부탁하마."

미라는 루나를 한 차례 꼭 끌어안고는 마리아나에게 맡겼다. 마리아나는 조심스럽게 건네받고는 살며시 고개를 숙였다.

"다녀오세요."

간결하기는 했으나 그 대화는 양쪽 모두 소녀임에도 불구하고 금실 좋은 부부처럼 매우 자연스러운 분위기를 풍겼다.

하지만 미라는 알아채지 못했다. 마리아나가 아주 조금 뺨을 부풀리고 있다는 사실을. 포옹하는 것을 잊어서는 안 될 사람이 한 명 더 있다는 것을. 이 사실을 알아채게 되게끔 되는 것이야말로 미라의 다음 과제일지도 모른다.

탑을 나선 후, 막 날아오르려던 참에 나란히 자리한 탑 중 바로 옆 탑을 본 미라는 문득 어떤 사실이 떠올랐다. 옆은 사령술의 탑이었고 생각이 난 것은 아마라테와 약속을 했다는 사실이었다. 시녀 릴리와 이야기해본 결과, 시간이 있을 때 치수를 재고 싶다고 했던 일이 방금 기억난 것이다.

'그러고 보니 깜박했었군.'

미라는 수도로 향하기 전에 몇 가지 용건을 마쳐두고자 우선 사령술의 탑에 들어갔다.

느닷없이 은발머리 소녀가 나타나자 사령술의 탑 내부가 들썩거리기 시작했다. 소환술의 탑과는 달리 이곳에서는 그럭저럭 많은 수의 술사가 밤낮을 가리지 않고 연구에 힘쓰고 있었다.

미라는 그런 술사들의 호기심 어린 시선을 한 몸에 받으며, 소환술의 탑과의 차이를 느끼고는 어깨를 늘어뜨린 채 최상층으로 올라갔다.

아래에서는 미라를 배웅한 술사들이 "저게 소문이 자자한……" 이라고 운을 떼더니, 이곳에 온 이유는 딱히 궁금하지도 않은지 각 방면에서 들려온 미라에 관한 소문이며 그 외모에 관한 대화로 이야기꽃을 피우기 시작했다.

　사령술의 탑 최상층. 미라가 집무실 문을 두드리자 얼마 지나지 않아 기척이 다가오더니 붉은 두건을 쓰지 않은 아마라테가 고개를 내밀었다.

　"어라, 미라 양. 힘들게 여기까지 와줬다는 건, 그 일에 진전이 있었다는 뜻이겠지?"

　미라를 보자마자 용건을 알아챈 아마라테는 살며시 미소를 지었다.

　굳이 말하자면 지적인 인상에 붉은 두건 하나 없다고 이렇게까지 인상이 변할 수 있는 건가, 싶어 미라는 어떤 의미에서 감탄하며 "그렇다" 하고 고개를 끄덕였다.

　"릴리도 꽤나 의욕적이더구나. 치수를 재고 싶으니 가능한 시간을 알려달라고 하던데."

　"그래? 고마워, 미라 양. 그럼 당장 오늘이라도 가볼까."

　아마라테는 그렇게 대답하더니 처음 만났을 때 받았던 인상에서는 상상도 못 할 정도로 기쁜 미소를 지었다. 그러고는 문 옆 선반에 놓여 있던 작은 꾸러미를 들어 "이건 답례야"라고 말하며 그것을 내밀었다.

　"답례를 받을 만한 일은 아닌데 말이지."

　"고마워서라는 이유도 있지만, 내가 주고 싶어서. 너한테 잘 어울릴 것 같았거든."

　"어울려? 무엇이기에."

"후후후, 나중에 확인해 봐. 분명 마음에 들 거야."

미라는 받아든 꾸러미를 한 번 쳐다보고는 그대로 아이템박스에 넣고 "용건은 그것뿐이다. 그럼 이만" 하고 집무실을 뒤로했다.

"눈이 시리도록 하얀 피부, 빛나는 은빛 머리카락. 역시 거기에 어울리는 색은 검정이지. 샤를로테 씨도 그렇게 생각하지?"

아마라테가 누군가에게 그렇게 묻자, 보좌관실에서 장신의 여성이 모습을 드러냈다. 샤를로테라 불린 그 여성은 사령술의 탑의 보좌관이자 데이 라이프 워커라 불리는, 말하자면 흡혈귀의 일족이기도 했다.

가녀린 몸에 상복 같은 옷차림, 지나치게 번듯한 이목구비. 그리고 오른쪽 눈에 안대를 한, 어쩐지 덧없고 허무한 분위기를 풍기는 검은 눈. 실로 흡혈귀답다는 인상을 풍기는 외모였다.

"그 질문에는 동의하기 어렵네요. 저는 단호히 하얀색을 추천하겠어요."

샤를로테는 엘리베이터를 타고 내려가는 미라의 뒤를 쫓듯 탑 아래로 시선을 보내며 딱 부러지게 이의를 제기했다. 유령처럼 일렁이는 눈동자는 벽으로 가로막혀 있는 상태로도 미라의 모습을 보고 있었다.

"어머, 또 의견이 갈렸네."

"아마라테 님이라 해도 이 건은 양보 못 해요."

대담한 미소를 주고받는 두 사람 사이에 이질적인 분위기가 풍기기 시작했다.

사령술의 탑을 나선 미라는 그대로 마술의 탑으로 향했다. 이번에는 루미나리아 차례였다. 세계수의 조각이 손에 들어와서 이것으로 재를 대신할 수 없을지를 묻기 위해서였다.

"이봐라~ 루미나리아~. 없느냐~ 대답해라~!"

미라는 큰 소리로 외치며 개인실 문을, 온힘을 다해 난타했다. 문이 삐걱대는 소리가 울리는 가운데 호쾌하게 열어젖힌 문에서 선명한 붉은 그림자가 튀어나왔다.

"작작 좀 두드리랬지! 근데, 이 콩트도 오랜만에 해보네!"

짜증스러운 투로, 하지만 기쁜 듯이 허공을 꿰뚫은 발을 내리며 루미나리아가 말했다.

"그렇지, 그렇지? 좋아할 것 같아서 이번에는 아주 요란하게 두들겨 보았지."

"그렇구나, 그거 고맙네──라고 할 리가 없잖아."

미라가 가슴을 펴고 말하자 루미나리아가 그 얼굴을 싸쥐었다. 하지만 힘은 주지 않고 시늉만 낸 것이었다.

"그래서, 어쩐 일이야?"

가볍게 되밀어내듯 미라의 머리를 놓아주고 문에 기댄 루미나리아는 머리카락 끄트머리를 지분거리며 고개만 돌린 채 물었다.

"그대에게 부탁받았던 것들 중, 세계수의 재가 있지 않았느냐. 그건 아니지만 이걸 손에 넣었는데 말이지."

미라가 팔찌를 조작하며 그렇게 운을 떼고는 세계수의 조각을 끄집어내서 루미나리아에게 내밀었다.

"이건 혹시, 세계수의 조각?"

얼핏 보기에는 평범한 나뭇조각 같고, 재조차도 아니었다. 하지만 루미나리아는 그것이 무엇인지 금방 감을 잡은 모양이었다. 재를 의뢰했는데 나뭇조각을 건네면 대충은 상상을 할 수 있을 듯하기는 했지만.

"음, 정답이다. 해본 적은 없지만 그걸 재로 만든다는 방법은 없을까? 가능하다면 첫 번째 의뢰품은 해결되는 셈이다만."

"글쎄. 시험해본 적이 없어서 모르겠는데. 뭐, 그건 장인 조합에라도 물어보면 되겠지. 거기는 레어도(度) 같은 건 신경도 안 쓰는 괴짜들 소굴이니까. 분명 실험한 적이 있을 거야."

세계수의 조각은 용도가 많고 효과도 뛰어났지만 그런 만큼 매우 귀중한 물건이었다. 그에 반해 세계수의 재는 주로 '정화의 비석'이라는 특수한 아이템의 소재로만 사용되기에 조각만큼 수요가 있지는 않았다. 약간이기는 하지만 입수 확률도 조각보다는 높은지라 꼭 정화의 비석이 필요한 경우가 아니면 굳이 조각을 재로 만들 필요가 없었다.

"장인 조합이라. 그런 것도 있었군그래."

"그래, 그것 말고도 농림 조합이나 해양 조합 같은 것도 있어."

"꽤나 본래 세계와 비슷해졌군. 조만간 국제연합도 생길 기세야."

미라가 그렇게 말하며 어깨를 으쓱하고서 웃자, 루미나리아는 "비슷한 거라면 있지" 하고 웃는 얼굴로 되받아쳤다.

궁금해진 미라가 그것에 관해 묻자 루미나리아는 대략적인 내용을 설명해주었다.

듣자하니 그것은 '히노모토 위원회'라고 하여 플레이어 출신 군주가 모여, 비밀리에 행하는 회의라는 모양이었다.

플레이어 출신자인 탓에 본래부터 지니고 있던 현대적인 평화 사상과, 가상이 아닌 진짜 생명이 살아가는 세계에서 전쟁 게임 같은 것을 해서는 안 된다는 윤리관이 싹튼 것이 발단이 되었다고 한다.

이 위원회는 플레이어 출신자가 건국한 최대 국가인 아틀란티스 왕국의 주도하에 각국의 국주(國主)를 초치한 일에서 비롯되었다고 한다. 그리고 그 제1 히노모토 회의에서는 우선 선전포고를 금지한다는 약정이 체결되었다는 모양이었다.

이로 인해 전쟁은 크게 줄었지만 그럼에도 근절되지는 않았다. 왜냐하면 플레이어 출신자 이외의 국주, 요컨대 본래부터 이 세계에 살았던 자가 우두머리인 나라가 있기 때문이었다.

히노모토 위원회는 그러한 나라를 원생국(原生國)이라 불렀다. 그리고 이 원생국은 플레이어 출신자가 국주를 맡은 나라보다 훨씬 많았다.

대부분이 일본인의 사고를 공유하고 있어, 전쟁을 회피하는 데 진력하는 플레이어 출신 국주와 본래부터 이 세계에서 살았던 자들의 전쟁에 관한 가치관에는 당연히 큰 차이가 있었다. 따라서 기회를 보이면 침략을 당하기 마련이었고, 원생국에게 둘러싸인 플레이어 출신자의 나라는 외교로 인해 관계가 개선되거나 악화되거나 하는 등, 한시도 방심할 수 없는 상태라는 듯했다. 개중에는 거듭된 원생국의 침공에 견디다 못해, 개전을 선언한 플레이어 국주도 있다고 한다.

이에 대해, 다음 회의에서는 방위전시 소국에 대한 지원 조약이 추가되었다는 모양이었다.

현재는 위원회의 이름하에 **플레이어 출신자 끼리**의 전쟁 금지가 확약되어 있으며 그밖에도 이런저런 합의가 이루어졌다고 한다. 그리고 그것은 군사뿐 아니라 다른 방면에서 여러 가지 경제 효과를 낳고 있다는 모양이었다.

"원생국과의 관계라는 게 문제거든. 애초에 전쟁은 원인을 해결하지 못하면 멈추지 않는 법이야. 나라를 위해, 부를 위해, 살기 위해, 보다 좋은 생활을 위해 싸운다. 잘못된 일은 아니지만, 우리의 가치관에서 보면 삐뚤어져 있지. 손을 맞잡고 살면 될 것을 사상, 역사, 나라, 그런 눈에 보이지 않는 악마가 방해를 해대니 원. 뭐, 솔직히 말해서 난 잘 모르는 일이지만 말이야."

튀는 불똥은 털어내야 한다, 그러는 수밖에 없다. 루미나리아는 그런 말로 이야기를 매듭지었다. 아닌 게 아니라 알카이트 왕국 역시 원생국에 둘러싸인 나라였던 것이다.

"이 몸도, 그런 건 질색이다. 솔로몬에게 맡겨두면 되겠지."

"뭐, 그렇지. 그게 제일일 거야."

두 사람은 농담이라도 하듯 그런 말을 주고받더니 결코 겉으로 드러내지 않고 마음속으로만 솔로몬에게 감사했다.

"어쨌든, 그걸 재로 만들 수 있다면 그다음은 홍련왕의 검이로군."

"그래, 부탁 좀 할게."

그렇게 두 사람은 간단히 인사를 나누고서 헤어졌다. 루미나리아는 곧장 리탈리아를 불러내 장인 조합에 문의를 해보겠다고 했다.

미라로 말하자면 엘리베이터 안에서 알카이트 왕국의 입지에 관해 생각했다. 원생국에 둘러싸인 나라라는 사실을.

'전쟁은 본래, 그러한 것이었지. 한 번 개전하면 누군가가 죽어. 그러기 위한 억지력이라…….'

미라는 새삼 자신에게 주어진 임무의 중대함을 실감하며 마술의 탑을 뒤로했다.

탑을 나서 페가수스를 타고 실버 호른에서 날아오른 미라는 그로부터 몇 시간 후, 알카이트 왕국 수도인 루나틱 레이크의 왕성에 도착했다.

문지기와 한두 마디 인사를 나누고 성 안으로 들어간 미라는 누군가에게 솔로몬이 어디 있는지를 묻기 위해 현관홀 안을 둘러보았다.

수도의 왕성인 만큼 샹들리에며 회화(繪畫), 대표적인 장식품인 갑주에 램프, 중앙 계단에서부터 이어진 번듯한 자수가 들어간 붉은 융단 등, 사치스러운 내부 광경을 본 미라는 새삼 감탄했다.

'현관답게 역시 호화롭군. 그나저나 저기 걸린 그림은 누가 그린 걸까.'

취향이 고상하다고 해야 할지 고약하다고 해야 할지 판단하기가 애매한, 반라의 정령들이 모인 호수를 그린 대형 그림. 소녀가 강 위를 달리는 한순간을 옮겨놓은 듯한, 약동감 넘치는 중형 그림. 얇은 옷 한 겹만 걸친 소녀와 하늘을 나는 천사가 서로에게 뻗은 손을 맞잡은 소형 그림. 그리고 어디선가 본 듯한 은발머리 소녀가 토끼 같은 차림새를 한 채 잠들어 있는 그림.

그러한, 본래 세계였다면 일러스트로 분류될 법한 그림이 번듯한 액자에 담긴 채 걸려 있었다.

그것들을 멍하니 바라보며 아무래도 좋은 일에 관해 생각하던 미라의 눈이 문득 낯익은 인물의 모습을 포착했다. 수레에 책을 산더미처럼 실어 옮기고 있는, 솔로몬의 보좌관 슬레이만이었다.

"오오, 슬레이만이 아니냐. 마침 잘됐구나."

달려가 미라가 그렇게 말을 붙이자 슬레이만은 걸음을 멈추고 방긋 웃으며 답했다.

"이거 미라 님 아니신가요. 어서 오십시오."

"음, 다녀왔다."

슬레이만은 수레에서 손을 떼고 약식 인사를 했다. 미라도 간단히 인사를 하고는 슬레이만이 옮기고 있던 수레에 담긴 책을 흘끔 쳐다보았다. 제목에는 통일성이 없었지만 수레에 쌓인 책들은 하나같이 고대에 관한 자료들이었다.

"전부 떠맡겨서 미안하구나. 돕고 싶은 마음은 굴뚝같다만, 이 몸도 독해라는 놈은 젬병이라 말이지."

"아뇨아뇨, 저로서는 감사인사를 하고 싶을 정도입니다. 제 고대와 정령에 관한 지식이 솔로몬 님께 도움이 될 날이 오리라고는 생각지도 못했던지라. 덕분에 매우 충실한 하루하루를 보내고 있습니다. 이게 다 미라 님이 가지고 돌아와 주신 자료 덕분입니다."

슬레이만의 행동거지 곳곳에서는 진심으로 기뻐하는 듯한 분위기가 넘쳐났다. 그 모습을 본 미라는 슬레이만은 이런 인물이었음을 새삼 실감했다.

"미라 님은 보고하러 가시는 길인가요?"

"그렇다. 헌데 지금, 솔로몬은 어디에 있느냐?"

"이 시간이면 집무실에 계실 겁니다. 안내해드릴까요?"

슬레이만은 그렇게 말하며 수레를 눈에 띄지 않는 구석에 붙이기 시작했다. 하지만 미라는 해독 작업을 방해할 수는 없다는 생각에 "아니, 되었다. 보아하니 그대도 바쁜 듯하니. 어디인지 기억한다"라고 말하며 집무실이 있는 방향으로 시선을 옮겼다.

"알겠습니다. 저는 당분간 자료실에 있을 테니, 필요한 일이 있으면 언제든 불러주십시오."

"음, 바쁜 데 붙들어둬서 미안하다."

현관홀에서 우연히 만난 두 사람. 미라는 중앙 계단을 올라가 집무실 방면으로 향했고, 슬레이만은 수레를 밀고 현관홀을 가로질렀다.

"옜다, 부탁했던 물건이다."

왕의 집무실에서 데면데면하게 인사를 한 미라는 천마미궁 프라이멀 포레스트에서 채취해 온 시조의 종자를 책상 위에 늘어놓

앉다.

"와, 굉장한걸? 열 개 다 모았구나. 이야아, 고마워."

시조의 종자를 확인한 솔로몬은 필요한 숫자보다 다소 부풀려서 말한 수량을 미라가 맞춰온 일에 놀람과 동시에 감사하고는 책상에서 상자를 끄집어내서 그 안에 보관했다.

"실은 말이다. 단원 1호가 거의 다 찾아주었다. 어디에 있는지 알 수 있다더군. 의외의 능력을 발견하는 바람에 꽤나 간단하게 끝났지."

미라는 평소 앉던 소파에 깊이 몸을 묻고 앉아 자신의 캐트 시를 살짝 자랑했다.

"그랬구나. 그거 굉장한 능력이네. 무리한 부탁을 한 것 같아 아주 조금 마음이 아팠지만, 그렇게 간단했다니 또 부탁해도 되겠는걸. 이야~ 정말 기쁘다."

"으······. 뭐어, 근처에 볼일이 생기면 찾아주도록 하지."

다리를 뻗고 앉은 미라는 실언이었나 싶어 약간의 후회의 빛이 떠오른 얼굴로 쓴웃음을 지은 채 대답했다. 그런 미라의 모습을 바라보며 즐거운 듯 웃던 솔로몬은 "그래서, 어땠어?" 하고 이야기를 본론으로 몰고 갔다.

"음, 장로에게 증언을 듣기는 했다. 소울하울은 성배를 찾아다니고 있는 것이 틀림없을 게야."

"그렇구나. 그럼, 이쪽 방향으로 쫓다보면 잡을 수 있겠네."

자료를 모으기는 했지만 결국 성배에는 손을 대지 않을지도 모른다. 하지만 미라가 직접 흔적을 확인하고 온 덕분에 이 길 앞에 소울하울이 있을 가능성이 명확해진 것이다.

모든 것이 수포로 돌아갈 가능성은 회피할 수 있었다. 그 낭보를 들고 안심한 듯, 솔로몬의 표정이 꽤 밝아 보였다.

"그리고 말이지. 잘린 뿌리의 상태로 보아, 상당히 오래된 듯하더군. 장로는 언제 왔는지 기억이 안 난다는 모양이었지만, 이걸 알아내면 조금은 공정을 건너 뛸 수 있지 않을까."

전문적인 지식이 없는 탓에 단면이 생긴 시기를 특정할 수가 없었다. 지식이 있다 한들 상식 밖의 존재인 신목의 성장 속도를 파악하기는 어려울 것이다. 하지만 소울하울이 순조롭게 수순을 밟고 있다면, 초반 부분은 완료했다고 보고 생략하는 것도 가능하리라고 미라는 생각했다.

"듣고 보니 그러네. 나는 장로가 기억해주기를 기대했는데, 신들은 다들 데면데면해서 문제란 말이야~. 얼마나 건너뛸지를 정하려면 좀 더 특정할 만한 재료가 필요할 것 같고."

솔로몬으로서도 소울하울 한 사람에게 시간을 몽땅 쏟을 수는 없는 노릇인지라 생략할 수 있는 부분은 가급적 생략할 생각이었다. 하지만 현재, 그 지표가 될 만한 것이 아무것도 없어서 순서대로 돌아다니며 지표가 될 법한 정보를 찾게 한다는 수단을 취하고 있는 것이었다. 미라가 말한 대로 하고 싶은 마음은 굴뚝같으리라.

"흐음~ 그러고 보니 말이다. 특정할 재료가 될 법한 것은 아니다만, 소울하울 녀석이 돌아갈 때 검은 뭔가가 필요하다는 소리를 했다던데."

"검은 무언가?"

"음, 그리고…… 잔을 깎느니 어쩌니 했다던데."

"깎는다고……? 검은 무언가로 뿌리를 깎는다는 뜻이려나. 근데 검은 무언가가 뭘까."

솔로몬은 그 맥락 없는 정보를 듣고 고개를 갸웃한 채 "검은…… 깎는다, 검은~" 하고 중얼거렸다. 말을 꺼낸 미라도 결국 무슨 의미였을까 싶어 천장을 올려다보며 "검은, 검은 무언가"라는 말을 반복했다.

"어쨌든, 우리끼리 생각해봐야 답이 안 나올 것 같아. 새로운 정보니 전문가를 부르도록 하자."

일찌감치 포기한 솔로몬은 언젠가 봤던 초인종을 손가락으로 튕겼다.

잠시 후 문을 노크하는 소리가 들리더니 전문가, 슬레이만이 얼굴을 보였다.

"슬레이만이여, 해독 쪽은 어디까지 진행되었나."

목소리를 낮게 깔아 위엄 있는 말투로 솔로몬이 말했다.

"현재까지 판명된 것은 뿌리를 가공하기 위해 자연물 중 무언가가 필요하다는 부분까지입니다. 그리고 특별한 장소가 아니면 가공을 할 수 없다는 모양입니다만, 그 장소 자체에 관한 기술이 없어 난항을 겪고 있습니다."

슬레이만은 상황을 설명하고는 면목 없다는 듯 고개를 숙였다.

"그렇군. 단서가 될지는 모르겠다만 미라가 장로에게서 새로운 정보를 직접 얻어온 모양이다. 검은 무언가로 깎는다는 모양이다. 뭔가 짚이는 바는 없느냐."

"바쁜 와중에 미안하구나. 이 몸들은 전혀 짚이는 바가 없어서 말이지."

"아뇨, 이것도 제게 맡겨진 직무입니다. 이 자리에 불러주셔서 영광입니다."

슬레이만은 자신을 부른 이유를 듣고 기쁜 듯이 고개를 숙였다.

미라는 그렇게 도중 참가한 슬레이만에게 장로와 나눴던 이야기를 처음부터 간결하게 요약하여 들려주었다.

그러자 슬레이만은 입을 다문 채 진지한 표정으로 해독이 완료된 분량과 미라가 가지고 돌아온 정보를 정리, 통합하기 시작했다.

"과연. 감사합니다, 미라 님. 다음 장소를 알겠습니다."

아무래도 불명료했던 부분에 대한 답이 떠오른 모양이었다. 몇 분 만에 최종적인 결론을 도출해낸 슬레이만은 상쾌한 표정으로 그렇게 선언했다.

"뭣이라. 그것 참 훌륭하구나."

"슬레이만이여, 그 장소는 어디냐."

과연 슬레이만. 미라와 솔로몬은 마음속으로 그렇게 칭찬하며 몸을 내밀었다.

슬레이만은 품안에 넣어뒀던 지도를 꺼내 "실례하겠습니다"라고 말하며 책상 위에 펼쳤다. 그것은 삼신국과 알카이트 왕국의 속한 어스 대륙의 전도로, 슬레이만은 그 동쪽인 아리스파리우스 성국(聖國)의 북쪽에 위치한 산맥을 가리켜 보였다.

"여기 있는 폐도(廢都)일 것으로 추측됩니다."

"흠. 어째서 그것이라 추측한 거지?"

"우선 잔을 깎기 위해 필요한 자연물을 말씀드리자면, 일반적인 신목의 가공 난이도로 미루어보았을 때 상당한 경도가 필요할 것으로 예상됩니다. 다음으로 특별한 장소라는 것을 전혀 종잡을 수가 없었습니다만, 기술에 따르면 그 장소 이외에서의 가공은 불가능하다고 합니다. 하지만 가공 난이도를 전제 조건과 미라 님이 가지고 돌아오신 검은 무언가라는 말 덕분에 돌파구를 찾았습니다."

슬레이만은 감사의 뜻을 표현하듯 미라에게 시선을 보내더니 설명을 이어갔다.

"폐도에는 결정신전이라는 특별한 장소가 있었던 것으로 기억합니다. 그리고 그 최심부로 쏟아지는 빛을 쬐면 무르고 허물어지기 쉬운 흑수정은 백수정으로 변질되고, 그 어떤 보석보다도 강인해진다고 들었습니다. 그것이라면 장로의 나무를 깎는 것도 가능할 것입니다. 백수정은 몇 분 만에 흑수정으로 돌아가고 말기에 이 장소가 아니면 가공이 불가능하다는 기술과도 부합합니다."

슬레이만이 그 근거를 설명하자 미라와 솔로몬은 대번에 납득하여 연신 고개를 끄덕였다.

"그렇군. 장로의 뿌리쯤 되면 철이라 한들 깎을 수 있을지 의심스러우니. 허나 백수정이라면 분명 깎을 수 있겠지. 잘하였다, 슬레이만."

"분에 넘치는 말씀이십니다."

슬레이만은 공손하게 예법에 따라 고개를 숙였다. 그때, 솔로몬은 그 전에 나눴던 이야기의 내용을 떠올리며 말을 이었다.

"슬레이만이여. 만약 그곳에서 가공을 했다면, 그때 깎아낸 톱밥이 아직 남아 있을지도 모른다. 그것을 조사하면 깎아낸 연대를 특정(特定)할 수 있겠느냐?"

"톱밥 말씀이십니까……. 글쎄요. 정확히 특정할 수 있다고 장담은 못 드리겠습니다만, 장소는 폐도인 데다 신전 깊숙한 곳……. 비바람에 따른 변질은 없을 테니 깎아낸 상태 그대로 남아 있다면 어느 정도는 가능할 것으로 압니다."

"흠, 그러하냐. 그렇다면 결정되었군."

슬레이만의 답을 들은 솔로몬은 크게 고개를 끄덕이고는 그대로 미라에게 시선을 던졌다. 생각하고 말 것도 없이 솔로몬이 하고 싶은 말이 무엇인지 알아챈 미라는 가볍게 어깨를 으쓱하고는 소파로 몸을 던진 채 한쪽 손을 팔랑팔랑 흔들어 승낙하겠다는 뜻을 밝혔다.

21

"자아, 다음은 천상폐도네. 거리상으로 봐도 이번에는 좀 오래 걸리지 않으려나~."

임무를 마친 슬레이만이 해독 작업을 위해 돌아감과 동시에 솔로몬은 본래 말투로 말했다. 그때 문득, 미라의 뇌리를 의문이 스쳤다.

"전부터 신경이 쓰인 일이다만, 분명 대외용으로 위엄을 연출하기 위해 말투를 바꾸고 있다고 했지? 슬레이만으로 말하자면 예전부터 있던, 말하자면 식구 같은 것이 아니냐. 그럴 필요가 있는 게야?"

크레오스와 마리아나가 게임이었던 시절의 일을 모두 기억하는 것과 마찬가지로, 슬레이만 역시 그렇다면 굳이 억지로 위엄을 보일 필요는 없을 것이다. 아니, 이제 와서 그런들 늦었을 것이다. 미라는 그렇게 생각했다.

그러자 솔로몬은 땅이 꺼져라 한숨을 내쉬더니 "그거 말인데" 하고 운을 떼며 진상을 털어놓았다.

이 세계에서의 생활이 막 시작되었을 무렵에는 별로 신경 쓰지 않았다는 모양이었다. 하지만 루미나리아가 나타났을 때, 위엄이 없다고 지적을 당했다고 한다. 그리고 진짜 중역이 되어버린 현재, 예전 같은 마음가짐으로 행동하다가는 이래저래 문제가 생길 것이라고도.

그래서 우선은 조금이라도 위엄을 세우기 위해, 임금님처럼 거들먹거리는 듯한 말투부터 실천하기로 한 것이다.

그리고 그 일을 슬레이만에게 상담했더니 상당히 기뻐했다는 모양이었다. 그 후, 말씨며 태도에 부자연스러운 점이 없는지 만날 때마다 슬레이만이 빡빡하게 확인을 하기 시작했고, 안 좋은 점이 있으면 혼나기를 반복하고 있다고 한다.

"요즘에도 시시콜콜 잔소리를 해."

"진정한 충신이로군."

솔로몬은 끔찍하다는 듯 어깨를 으쓱하며 쓴웃음을 지었다. 미라는 즐거운 듯 득의양양한 미소를 지으며 그럴싸한 이유에 납득했다. 슬레이만은 그런 남자였기에.

"그나저나 본론으로 돌아가서, 천상폐도까지는 꽤나 먼데 말이지."

미라는 그렇게 말하며 지금까지 해온 하늘 여행을 떠올렸다. 경치는 절경이고 모피 코트가 있으면 추위도 신경 쓰이지 않았다. 그리고 마차에 비해 압도적으로 빨라서 아무리 거리가 멀어도 하늘을 통해 이동하면 결과적으로 시간 단축은 되었다. 다만 몇 시간이나 페가수스를 타고 다니는 것은 여간 피곤한 일이 아니었다.

"왜건 쪽은 어떻게 되었지? 슬슬 완성될 것 같으냐?"

미라는 기대감을 잔뜩 실어 말했다. 하지만 솔로몬은 고개를 가로저어 보였다.

"특수 주문품이 많으니 좀 더 걸리지 않을까. 그때는 지나치게 들떠서 거기까지는 생각을 못 했잖아."

"우음. 그러냐."

이상적인 왜건이 완성되면 모든 일이 해결되지만, 아직 완성이 안 되었다면 당분간은 페가수스를 타야하리라. 페가수스로 말하자면 미라와 함께 하늘을 나는 것이 기쁜지 매번 힘차게 날갯짓을 하고 있었다. 미라로서도 그것은 즐거운 일이기는 했지만, 유감스럽게도 축적되는 피로 앞에서는 장사가 없었다. 요전에는 중간에 쓰러져 초원에서 낮잠을 잤을 정도였으니.

소파에 벌렁 드러누워 천장을 올려다보며 미라는 이 소파가 하늘을 날았으면, 하는 꿈에서나 가능할 생각을 했다.

"꽤나 아쉬워하는 것처럼 보이는데, 무슨 일 있었어?"

솔로몬은 그런 미라의 모습을 보고 무언가를 느끼고는 그렇게 물었다. 미라는 그 자세 그대로 고개만 돌려,

"지금은 페가수스를 타고 이동하고 있어서 말이다. 아무리 하늘을 날 수 있다 해도 오랜 시간 매달려 있으면 살짝 지쳐서 문제다. 이번 목적지는 천상폐도가 아니냐. 고생 깨나 하겠다 싶어서 말이다. 좀 더 이 늙은이를 배려해주었으면 한다만."

하고 비장감이 감도는 말을 내뱉었다.

"아하, 그런 거였구나. 확실히 빠르다고는 해도 계속 타고 다니면 지치겠지. 근데, 그 늙은이 콩트는 오랜만에 들었네. 지금 상황에서 들으니 다른 의미에서 재미있는 것 같기도 하고."

미라의 불평을 듣고 납득한 솔로몬은 "그러면 말이야" 하고 말

하며 커다란 지도를 책상에 펼치기 시작했다. 미라는 덩달아 일어나 책상 옆까지 다가가서 그것을 들여다보았다.

"이건 지도……인 것 같다만, 뭔가가 다르군그래. 이 선은 무엇이냐?"

책상에 펼쳐진 지도는 대륙의 남동 전역, 아리스파리우스 성국을 중심으로 한 지역도(地域圖)였다. 간단한 지명과 매우 눈에 띄는 곡선이 지도를 횡단하듯 그어져 있었다. 그 선 위에는 점점이 마을 이름이 기입되어 있었는데, 솔로몬은 그 점 중 하나, 알카이트 왕국의 북쪽에 자리한 산을 넘은 곳에 위치한 지점을 가리켰다.

"이건 대륙 철도 노선도야. 하늘 여행이 피곤하다면 육로로 가면 되잖아. 루나틱 레이크에서 가장 가까운 역(驛) 도시가 바로 이 실버 사이드. 여기서 철도를 타고 아리스까지 가서, 거기서 페가수스로 갈아타면 기승 시간도 줄일 수 있잖아. 아리스에 도착하려면 사나흘 정도 걸리겠지만, 철도가 다니는 도시에는 여관이 많으니 충분히 휴식도 취할 수 있을 거야."

솔로몬은 그렇게 말하며 선을 따라 손가락을 그어, 아리스파리우스 성국의 역 도시에서 일단 손가락을 떼어 천상폐도가 있는 산맥에 착지시켰다.

미라는 그 노선도를 멍하니 쳐다보며 선로상에 있는 도시 이름을 좇다가 뒤늦게 자아를 되찾은 듯 고개를 들었다.

"철도라고?!"

그러한 이동수단은, 당시에는 존재하지 않았다. 플레이어는 부유대륙, 현지인은 마차나 배가 최상의 이동수단이었던 것이다. 대체 얼마나 기술혁신을 해야 직성이 풀리는 건가 싶어서 미라는 어이가 없기는 했지만, 쿡쿡 하고 웃음을 터뜨리더니 이윽고 흥분하여 책상을 두드렸다.

"좋구나, 좋아. 걸작이야! 설마 철도까지 있을 줄이야. 아니, 하늘을 나는 배가 있으니 충분히 있을 수야 있겠지만서도!"

"어라라, 비공선은 이미 아는구나. 놀라게 할 소재가 하나 줄어 버렸네."

솔로몬은 잔뜩 들뜬 미라는 개의치 않고 신기술의 결정인 비공선을 미라가 알고 있었다는 이야기를 듣고는 유감스럽다는 투로 말했다.

그 후, 한참을 떠들어댄 미라는 솔로몬을 뜨거운 눈으로 쳐다보며 상세한 설명을 요구했다. 솔로몬은 한 차례 고개를 끄덕이고는 그 기대에 응하기 위해 간결하게 설명했다.

대륙철도 역시 마도공학의 산물로, 초기에 배치된 노선은 삼신국을 서로 연결하는 모양새로 깔렸다는 것. 그 관리며 입출국에 관한 업무 일체는 삼신국에게서 독자적 권한을 얻은 역 도시가 총괄하며, 그곳은 특별 영지로 인정되고 있다는 것. 그리고 지금은 이용자도 많아져, 철도 부근의 도시는 크게 번영하고 있다는 이야기 등을.

"상당히 정착이 진행된 모양이로군. 그렇다면 다음은 철도로 아리스로 가보도록 할까……. 어이쿠, 그러고 보니 말이다. 목적지가 한 군데 더 있었다."

철도여행을 하기로 마음을 먹은 미라는 문득 신자의 숲에서 우연히 만난 자들이 떠올라, 아이템박스에서 끄집어낸 지도를 선로도 위에 펼쳤다.

"이건…… 뭐야? 사계의 숲에 표시가 되어 있는데."

이번에는 솔로몬이 질문할 차례였다. 대륙 중앙, 산맥이 맞물리는 장소에 붉은 표시가 되어 있었다. 솔로몬은 그것이 무엇인지 전혀 짐작도 안 가서 곧장 미라에게 시선을 날렸다.

"전에 키메라 클로젠에 관해 이야기 했었지 않느냐. 요전에 우연히 그 녀석 중 하나를 만났거든."

미라는 그렇게 운을 떼고는 천마미궁에서 나온 직후에 있었던 일을 상세하게 이야기하기 시작했다.

"그대에게 받았던 훈장 덕분에 어찌어찌 신분을 증명할 수 있었다. 그 결과, 본거지의 위치를 안내받게 되었지!"

그렇게 말한 미라는 껄껄대고 웃었다. 그에 반해 솔로몬은 다소 놀란 표정을 지은 채 붉은 표시를 바라보았다.

"그 사람들이, 정말로 이스즈 연맹이라고 했어?"

아무래도 솔로몬은 미라가 대항조직이라 설명한 이스즈 연맹이라는 이름을 듣고 놀란 모양이었다. 솔로몬이 어쩐지 눈살을 찌푸린 채 복잡한 표정을 짓고 있기에 미라는 "그렇다만 뭐냐. 무슨 일이라도 있었던 게야?" 하고 되물었다. 그러자 솔로몬은 살며시 고개를 끄덕이고는 책상 서랍에서 끄집어낸 책자를 지도 위에 포개어 놓았다. 그 책자의 표지에는 '정령이 살 수 있는 환경을 지키자'라고 적혀 있었다.

"환경을 지키자, 라. 꼭 환경보호 팸플릿 같군그래. 이게 뭐 어쨌다는 게야?"

미라는 그 책자를 집어 들고 팔랑팔랑 넘겼다. 안에는 환경보호 단체의 자선활동에 관한 상세한 설명과 호소, 그리고 의연금(義捐金) 입금처가 적혀 있을 뿐이었다.

하지만 미라가 그 입금처의 명칭에 주목했다. 입금처에 적혀 있는 환경보호 단체명이, 이스즈 연맹이었기 때문이다.

"이게…… 어떻게 된 게야?"

"네가 본 그대로야. 이스즈 연맹은 자연환경을 지키기 위해 발족한, 온 대륙에 이름이 널리 알려진 자선단체야. 활동자체도 활발해서 요전에 말했던 정령이 대부분 납치당했다는 그림다트 북쪽 숲도 이스즈 연맹이 지키고 있어. 언제든 정령이 돌아올 수 있도록 만들겠다더라고. 그 밖에도 새로운 거처가 될 정령수를 심는 일도 하고 있대. 다른 장소에서도 비슷한 활동을 하고 있는 모양이고. 확실한 실적과 자애의 정신, 조직력을 지녔지. 이 도시에도 특파원으로 몇 사람 있을 거야. 이게 공적으로 알려진 이스즈 연맹의 모습이야. 네가 본 것과 들은 것이 사실이라면 그 색깔로 된 가명을 쓰는 자들은 이 조직의 이면에서 움직이는 존재라는 뜻이 돼."

"흠…… 설마 그러한 일면이 있었을 줄이야."

이 정보교환으로 인해 솔로몬은 이스즈 연맹의 숨겨진 면을 알게 되었고, 미라는 공공연히 드러난 면을 알게 되었다. 그리고 납득했다. 아무리 보호에 열을 올린들 화근을 없애지 않는 한, 결국은 정령이 돌아오지 않아 환경이 안정되지 않을 것이다. 미라가

숲에서 만난 멤버들은 그 화근을 없애기 위한 실행부대라는 뜻이
리라.

"정확히 조사해본 건 아니라 단언은 못하겠지만, 네 이야기로
미루어 보자면 그럴 확률은 높을 것 같아. 하지만 곰곰이 생각해
보니 확실히, 이렇게 대규모로 환경보호를 목표로 활동을 하는
조직에게 가장 증오스러운 존재는 키메라 클로젠 같은 녀석들이
겠지. 그렇다면 무력으로 대항하는 부서가 있다 해도 이상할 건
없을 거야. 하지만 자선단체가 아니라 무장조직이라는 것이 알려
지면 경계할 나라도 나오겠지. 그 점을 염두에 두자면 환경보호
단체라는 명목은 좋은 위장 수단이라 할 수 있을 것 같아."

이스즈 연맹은 환경보호를 전면에 내세워 활동 범위를 대륙 전
토로 확장시켰다. 솔로몬이 말한 바와 같이, 설령 정령에게 해를
끼치는 키메라 클로젠을 감시하고 물리친다는 대의명분을 내건
다 한들, 무장조직이라는 형태를 취했다면 지금처럼 광범위하게
활동을 전개하지는 못했을 것이다. 미라도 그 점에 동의하며 책
자를 덮어 책상 위에 내려놓았다.

"그러고 보니, 정령이 없어지는 사건 말이다만."

이스즈 연맹, 그리고 키메라 클로젠 이야기가 나온 김에 미라
는 신자의 숲에서 조우한 사건에 관해서도 털어놓았다. 그 땅에
는 없을 터인 마물, 마수의 출현. 그리고 공간의 일그러짐. 그것
들은 정령이 없어짐으로 인해 일대의 마나가 정체된 결과 일어난
이변이라고.

"과연, 그런 일이 있었단 말이지. 생태계가 무너지는 일이 벌어

지면 이래저래 성가셔지겠지? 응응, 보고해줘서 고마워. 만일의 경우를 위해 위험한 마물이 남아 있지는 않은지 조사대를 파견하도록 할게."

이변이 종식되었다고는 하나 그 영향이 미친 범위는 상당히 넓었다. 미라 일행이 달려가기 전에 멀리까지 도망친 마물이 없으리라는 보장도 없다. 그렇게 판단한 솔로몬은 조사를 해보기로 결정하고는 서류 구석에 그 사실을 적어두었다.

"그나저나 이스즈 연맹이라. 대체 어느 쪽이 진짜 모습일까. 정령이 살 수 있는 환경을 지키는 걸까, 아니면 키메라 클로젠을 섬멸시키고 싶은 것뿐일까."

"글쎄, 어느 쪽일는지. 뭐어 보아하니 나쁜 녀석들 같지는 않았다만."

방법은 달라도 정령을 위한다는 근본은 같았다. 겉으로 드러난 얼굴과 숨겨진 얼굴. 미라는 숨겨진 얼굴밖에 몰랐지만 개의치 않고 그렇게 말했다.

"뭐어, 그렇지. 네 이야기로 미루어 해는 없을 것 같기도 하고. 오히려 그런 활동을 하고 있다면 의연금 액수를 좀 더 올려보는 것도 괜찮겠어."

가만히 보면 미라의 지인에는 별종, 괴짜 다음으로 착한 사람이 많았다. 솔로몬은 그런 엉뚱한 생각을 하며 실로 즐겁다는 표정을 지었다.

"호오, 보내고 있었나."

"당연하지. 환경을 지키는 일은 곧 정령을 지키는 일. 정령은 술사들의 친구잖아? 그런데 알카이트 왕국이 아무런 협력도 안 할 수는 없지 않겠어?"

"듣고 보니 그렇군."

술사의 나라로 유명한 알카이트 왕국. 술사와의 관계도 깊은 데다, 좋은 이웃인 정령의 거처를 지키겠노라 주장하는 이스즈 연맹을 지원하는 것은 내외적으로 좋은 인상을 줄 것이 분명했다. 오히려 그러한 나라이기에 지원하지 않을 수가 없는 것이리라.

"게다가 이번에 네가 훈장을 보인 덕에 분명 저쪽은 내 존재를 알아챘을 거야. 그러면서 본거지의 소재지를 밝혔다는 건 나의…… 아니, 알카이트 왕국의 전면적인 협력을 기대하고 있다는 뜻이겠지. 여기서 의연금을 올려두면 언젠가 결판이 났을 때, 국격도 상승할 거야."

타산적인 생각이기는 했지만 이스즈 연맹의 이면 활동이 알려진 지금, 언젠가 키메라 클로젠을 타도하는 미래도 상정할 필요가 있으리라고 솔로몬은 생각했다. 만약 그렇게 된다면 악을 멸한 정의의 지원자로서 이래저래 이득을 볼 수 있을 것이다.

또 커다란 선물을 가져와 줬네, 싶어 솔로몬은 마음속으로 웃으며 이스즈 연맹의 본거지가 표시된 지도를 내려다보았다.

"뭐냐, 이 훈장에는 그대의 서명이라도 박혀 있는 게냐?"

아무래도 훈장에는 솔로몬의 존재를 가리키는 무언가가 있는 모양이었다. 미라는 그 훈장을 끄집어내서 거기 새겨진 문양을 쳐다보며 그렇게 말했다. 어디에 그런 표기가 있다는 말인가, 싶어서.

"뭐어, 내가 서훈했다는 것 정도는 알 수 있지."

어쩐지 얼버무리는 듯한 말투로 그렇게 말한 솔로몬은 "소중히 간직해야 해"라고 말을 잇고는 등받이에 몸을 기대었다.

미라는 뭐어, 그러려니 하고 그 이상 캐묻지 않고 지도를 회수해서 소파에 몸을 던졌다.

"그나저나 사계의 숲이라니, 정말 이치에 맞는 장소를 골랐네. 사람이 쉽사리 들어설 수 없는 장소인 데다 정령도 많으니, 전력이 있다면 그곳을 거점으로 삼음으로써 정령을 지킴과 동시에 협력도 구할 수 있잖아. 이동수단만 있으면 거점으로는 손색없는 곳이라 할 수 있겠는걸."

솔로몬은 자신의 머릿속을 정리하는 듯한 말투로 그렇게 말했다.

"음, 본거지가 없었다면, 아무리 생각해도 사계의 숲은 키메라에게 절호의 사냥터가 되었을 테니 말이지."

사계의 숲은 정령들의 낙원이자 성지로 알려졌다. 수많은 정령들이 서식하고 있는지라 당연히 정령을 노리는 키메라 클로젠에게도 낙원이라 할 수 있으리라. 하지만 현재 그곳은 이스즈 연맹이 거점을 구축하여 쉽사리 손을 댈 수 없는 상황을 만들어내고 있다는 뜻이었다. 이 사실만을 두고 보면 교통수단에 난(難)이 있다고는 해도 최적의 한 수라 할 수 있었다.

거기까지 이야기한 후, 미라는 생각에 잠겼다. 목적지는 두 군데. 양쪽 모두 알카이트 왕국의 북쪽에 있지만 대륙 동쪽과 중앙으로 갈린 데다 양측의 거리도 멀리 떨어져 있었다. 천마미궁을 다녀왔을 때처럼 겸사겸사 들를 수가 없는 거리였다.

"헌데 그대는 천상폐도와 사계의 숲, 어느 쪽 용건을 먼저 마치는 게 좋을 것 같나?"

미라는 왜건이 완성될 때까지 사계의 숲에 가는 일은 뒤로 미뤄두고자 마음먹었으나, 시험 삼아 그렇게 물어보았다. 그러자 솔로몬은 가볍게 의자를 한 바퀴 회전시키더니,

"음~ 천상폐도부터 가도 되지 않을까. 톱밥을 회수한 뒤에도 연대를 특정하려면 시간이 걸릴 테니까. 그 시간에 사계의 숲을 가면 되지 않을까."

미소를 지은 채 그렇게 제안했다. 미라는 확실히 그렇게 하면 멍하니 기다리는 시간을 줄일 수 있겠다 생각하고는, 거기 숨은 의도를 알아채고 솔로몬을 노려보았다.

"이 몸을 얼마나 마구 부려먹을 셈이냐?"

솔로몬의 안은 요컨대, 휴식 시간을 깎자는 뜻이었다. 미라가 그렇게 말하며 바짝 다가가자 솔로몬은 부자연스럽게 "에이, 진정해" 하고 말하고는 미라의 본질을 자극하는 말을 입에 담았다.

"어찌 되었건 가만히 앉아 있지 못하는 타입이잖아. 게다가 철도 여행을 할 수 있으니 썩 나쁘지는 않지 않아? 각 역마다 이런저런 특색이 있으니 즐거울 거야. 지방 특색을 살린 철도 도시락(일본어로 에키벤. 지방 기업 등과 제휴, 각 지방의 특색을 살려 역과 차량 내에서 파는 도시락)만 해도 종류가 다양하고 양도 많거든."

"음, 뭐어 그러냐……. 그건 참, 뭐라고 해야 할지."

그 말을 들은 미라는 그 정경을 상상해보았다. 차창으로 보이

는 풍경을 즐기며 맛있는 철도 도시락을 먹는다. 그것도 나쁘지 않을 것 같다는 생각에 미라의 마음이 들뜨기 시작했다.

"좋아. 이번에는 그대의 안에 따라주도록 하지."

미라는 마지못해 따른다는 투로 승낙하는 말을 입에 담았다. 하지만 그 표정에는 이미 철도 여행이 기대된다고 쓰여 있었다.

"모처럼의 기회니 이 세계가 얼마나 넓은지를 실컷 실감하고 와."

소풍을 앞둔 초등학생. 솔로몬은 그런 단어를 떠올리며 다정함으로 가득한 눈으로 미라를 바라보았다.

"우선, 이로써 보고회의는 끝이려나. 시간도 시간이니 점심이나 같이 먹을래?"

"흠, 벌써 그런 시간이었나. 뭐어, 이 몸은 가져왔지만 말이지."

책상 위를 정리하며 솔로몬이 말하자 미라는 아이템박스에서 보란 듯이 바구니를 끄집어냈다.

의기양양하게 가슴을 젖히고 자랑이라도 하듯 호들갑스럽게 소파 앞에 자리한 테이블에 바구니를 내려놓는 미라. 그 모습을 본 솔로몬은 눈이 휘둥그레져서 바구니를 응시했다.

"그건 설마…… 애정 도시락?!"

"그렇다!"

미라는 다소 쑥스러워하면서도 딱 잘라 대답했다. 그것은 탑을 나설 때 마리아나가 건네주었던 바구니였다. 미라는 마치 도발이라도 하듯 솔로몬을 흘끔 쳐다보더니 그 바구니를 열어 보았다.

"꽤나 공을 들였네에."

그 내용을 본 솔로몬이 감탄했다. 바구니 안이, 영양 균형에 신경을 쓴 것은 물론이거니와 다채로운 색의 식재료로 꾸며져 있어, 먹는 자에 대한 애정으로 넘쳐나고 있었기 때문이다.

"부럽지? 안 줄 테다."

미라는 곧바로 애정을 독차지 하겠노라 선언했다. 솔로몬은 다소 아쉽다는 듯 어깨를 으쓱하고는 시녀를 불러 점심식사는 집무실에서 하겠다고 지시를 내렸다.

잠시 후, 시녀가 식사를 가져오자 두 사람은 담소를 나누며 느긋하게 시간을 보냈다.

점심식사가 끝나고 국왕 어용(御用) 고급 홍차로 티타임을 만끽하던 중, 흘끔 눈을 돌려 시간을 확인한 솔로몬이 불쑥 생각이 났다는 듯이,

"그러고 보니 실버 사이드에서 아리스 방면으로 가는 열차의 발차 시간이 오후 즈음이었던 것 같은데."

라고 말했다. 그러더니 자리에서 일어나 무언가를 찾듯이 선반을 뒤지기 시작했다. 미라는 그런 솔로몬의 모습을 멀뚱멀뚱 쳐다보며 팔찌의 메뉴를 열었다. 표시된 시간은 오후 두 시 반. 마침 솔로몬이 말한 그 오후 즈음이었다. 조금 전에 보았던 노선도로 확인한 바로는 지금 길을 나서도 저녁 즈음이 되어야 실버 사이드에 도착할 것이다. 당연히 발차 시간 안에 도착하는 것은 무리였다.

"뭐냐, 하루에 한 번밖에 안 다니는 게냐. 촌구석이로구나."

"이래 봬도 꽤 많아진 거라고. 철도가 막 다니기 시작했을 무렵에는 일주일에 한 대였으니까."

"흐~음. 뭐어, 본래는 없었던 것이니 그럴 만도 하려나. 그나저나 오후 즈음이라니, 그건 대체 몇 시를 말하는 게냐?"

"음~ 모르겠어. 대략적인 시간만 알고 정확히는 안 정해져 있거든. 아, 찾았다 찾았어."

미라의 물음에 대답하며 선반에서 책자를 끄집어낸 솔로몬은 그것을 미라에게 던졌다. 정확히 무릎 위에 떨어진 책자를 펼친 미라는 그것이 무언가를 확인할 요량으로 페이지를 넘겼다.

"이건…… 시각표인가?"

"뭐어, 그런 셈이지. 대략적인 발착표(發着表)야. 그걸로 확인해 봐."

그 말을 들은 미라는 실버 사이드의 발착 시간을 찾아보았다. 몇 페이지를 넘기다 발견한 표에는 우순환선, 아침 여덟 시. 좌순환선, 정오~오후 세 시라고 적혀 있었다.

"꽤나 데면데면하군그래."

"아무래도 아직 1분 1초도 틀리지 않고 정확히 운행하지는 못하는 모양이야. 그래도 있는 게 어디야."

"어찌 되었건 지금 출발해도 오늘은 못 탈 것 같구면."

미라는 메뉴와 책자를 덮고는 남은 고급차를 홀짝 들이키고서 소파에 드러누웠다.

"그럼 내일 편에 타도록 해. 지금 출발하면 밤에는 저쪽에 도착할 것 아냐. 거기서 1박하면 되지 않겠어? 아까 말했듯이 역 도시에는 여관이 많으니, 쾌적한 하룻밤을 보낼 수 있을 거야. 물론 여기서 묵어가도 상관없고."

솔로몬은 그렇게 말하며 소파에 드러누운 미라의 가슴께에 금화 세 닢을 올려놓았다.

"이게 이번 군자금이야. 네 활약을 기대할게."

"……음, 뭐어 최소한의 기대에는 응하도록 하마."

미라는 작위적인 티가 팍팍 나도록 윙크를 날리는 솔로몬을 한 차례 노려보고는 가슴께를 더듬어 금화를 집어다 웨이스트 파우치에 던져 넣었다.

"그럼 슬슬 가볼까. 역 도시의 여관이 얼마나 훌륭한지, 꼼꼼히 확인을 해줘야 하니 말이지."

미라는 소파에서 몸을 일으켜 가볍게 옷매무새를 가다듬었다. 일찌감치 여관에 들어가 느긋하게 쉬며 요리를 맛본다. 그런 정취 넘치는 시간을 만끽하고야 말겠다고 단단히 마음을 먹은 모양이었다.

"그게 좋을지도 모르겠네. 여기서 실버 사이드까지만 해도 거리가 꽤 되니까. 여관은 역 근처에 늘어서 있을 테니 도착하면 역으로 가보도록 해."

"흠, 알겠다. 그럼, 또 보지."

"응, 나중에 봐."

미라는 문을 열고는 등을 돌린 채 가볍게 손을 흔들었다. 닫히는 문을 바라보며 의자에 앉은 솔로몬은 다양한 서류를 늘어놓고 왕의 업무를 재개했다.

미라는 한시라도 빨리 쉬기 위해 잽싸게 알카이트성을 뒤로했다. 성문 앞에 자리한 광장에서 페가수스를 소환하여 그대로 실버 호른을 향해 날아올랐다.

이번 목적지는 상당히 먼 곳이었다. 다시 돌아오려면 일주일은 더 걸리리라. 미라는 오행기구를 둘러보며 견학은 다음번에나 가능하려나, 라는 생각을 하며 멀어져 가는 도시 풍경을 아쉽다는 눈으로 바라보았다.

그런고로, 후기입니다. 우선은 출판에 도움을 주신 모든 분들께 감사를. 그리고 구입해주신 독자 여러분께도 감사인사를 드리고 싶습니다.

감사합니다. 덕분에 올해도 어찌어찌 먹고살 수 있을 것 같습니다. 내년도 그랬으면 더 기쁘겠습니다.

그러니, 잘 부탁드립니다!

최종 목표는 언제든 외식을 할 수 있게 되는 것입니다.

외출 중에 배가 고플 때, 집에 식재료가 뭐가 있는지를 생각하여 계획을 짤 필요 없이, 눈에 들어온 식당에서 우아하게 식사. 단골 식당이라는 단어는 뭔가 좀 있어 보이잖아요.

그리고 이 책이 잘 팔리면 올해 크리스마스에는 켄터키 치킨을 사 먹을 예정입니다. 지금 이 글을 쓰고 있는 날은 10월 29일. 이제 두 달도 안 남았군요. 그때 무엇을 먹고 있을지, 벌써부터 가슴이 설렙니다.

당연히 혼자라는 데는 변함이 없겠지만, 크리스마스 분위기 같은 걸 꽤 좋아하거든요.

그 시기가 다가오면 ○타 사냥이라거나, 리얼충 커플 어쩌고저쩌고 하는 글이 눈에 띕니다만, 실제로는 다들 그렇게까지 화가 나진 않으시죠?

크리스마스 당일보다는 크리스마스를 앞둔 시기라고 해야 할지. 그 마을 전체가 판타지에 가까워지는 듯한 느낌이 뭐라 말할 수 없이 즐겁습니다.

그리고 마무리는 켄터키 치킨. 올해는 꼭 그랬으면 좋겠습니다.

산타 여러분, 잘 부탁드립니다!

아아, 크리스마스라 하면 그것도 있죠. 26일이 되자마자 갑자기 부풀어 오르는 연말 분위기. 다음 주의 오늘은 내년인가…… 따위의, 뭐라 형용할 수 없는 느낌.

이러니저러니 해도 이제 두 달. 이 책이 나올 무렵에는 한 달이 남았겠군요.

최근에는 1년이 너무도 빠르게 느껴집니다. 그만큼 밀도가 낮은 인생을 살고 있어서 그런 것일지도 모르겠습니다만.

하지만 연말 분위기라는 거, 뭔가 좋지요……. 마지막 회 같아서. 그리고 애니메이션도 마지막 회 러시. 실로 감회가 깊어지는 시기입니다.

화제를 바꾸어, 스트리트 뷰라는 것을 아십니까?

그것은 집에서 해외여행을 즐길 수 있는 근사한 뷰입니다. 이걸 알고 나서 여행의 즐거움에 푹 빠져버렸습니다. 요전에도 체코와 프라하를 산책했지요. 참으로 멋진 시대가 아닐 수 없습니다.

그리고 최근, 새로운 놀이를 고안해냈습니다. 예전부터 하던 놀이 중에 단독 주택의 건물 정보를 검색해서 방들을 쳐다보며 그곳에서의 삶을 망상한다는 것이 있었습니다만, 여기에 스트리트 뷰를 조합함으로써 근처를 산책하는 것까지 재현할 수 있게 되었습니다!

억대를 넘는 건물에서의 우아한 생활. 그리고 우아한 외출. 뭔가 풍요로워진 기분을 맛볼 수 있습니다. 한 번 해보세요.

자아, 이번에도 후지 초코 님이 근사한 일러스트로 책을 장식해주셨습니다. 감사하기 그지없는 일입니다. 매번 편집자 분께 러프 스케치를 받아보는 일이 너무나도 기대됩니다.

그리고 표지의 완성판이 도착하면 즉시 데스크톱의 화면 갱신. 그때의 충실감은 필설로 형용하기가 어려울 정도입니다.

그럼 다음 권에서 또 뵙겠습니다!

KENJA NO DESHI WO NANORU KENJA
© 2015 by Hirotsugu ryusen
First published in Japan in 2015 by Hirotsugu ryusen.
Korean translation rights reserved by Somy Media, Inc.
Under the license from Micro Magazine Co., Ltd., Tokyo JAPAN

현자의 제자를 자칭하는 현자 4

2017년 2월 15일 1판 1쇄 발행
2019년 10월 30일 1판 5쇄 발행

저　　　자 류센 히로츠구
일 러 스 트 후지 초코
옮 긴 이 정대식
발 행 인 유재옥
본 부 장 조병권
담당편집자 정영길
편　　　집 김다솜, 김민지, 박상섭, 이성호, 정영길, 조찬희
미　　　술 강혜린, 박은정
라이츠담당 박선희, 김슬비
디 지 털 최민성, 박지혜
발 행 처 ㈜소미미디어
등　　　록 제2015-000008호
주　　　소 서울시 마포구 토정로 222, 403호 (신수동, 한국출판콘텐츠센터)
판　　　매 ㈜소미미디어
마 케 팅 한민지, 한주원
전　　　화 편집부 (070)4164-3962, 3963 기획실 (02)567-3388
　　　　　　 판매 및 마케팅 (070)4165-6888, Fax (02)322-7665

ISBN 979-11-5710-677-6 04830
ISBN 979-11-5710-460-4 (세트)

소미미디어 라이트 노벨 시리즈

대인기 크리에이터 콤비가 선사하는 새로운 학원 묵시록 제3탄!!

어서오세요 실력지상주의 교실에 3

여름 방학!! 호화 여객선을 타고 떠나는 크루즈 여행!! 실상은 무인도 서바이벌?!

◆초판한정◆
스페셜 책갈피, 어나더커버 증정

"그럼 지금부터——
올해 첫 특별시험을 시행하겠다."

키누가사 쇼고 **지음**
토모세 슌샤쿠 **일러스트**
조민정 **옮김**

계절은 여름. 기말시험까지 무사히 마치고 여름방학을 맞이한 키요타카와 그 친구들에게 고도 육성 고등학교가 준비한 것은 호화 여객선을 타고 떠나는 보름간의 크루즈 여행이었다. 모두들 들뜬 표정이었지만, 완전 실력주의 학교가 그저 단순한 여행을 계획했을 리 없어 배는 무인도에 도착한다. 그리고 올해 첫 특별시험—— 무인도에서의 서바이벌을 통보받는다. 생활 도구는 전부 시험용으로 지급된 포인트로 구입 가능. 하지만 시험 종료 때까지 보유한 포인트가 2학기 학교생활 때 합산된다고 한다. 상위 반과의 차이를 좁히기 위해 최하위 D반은 포인트를 쓰지 않기로 계획하고, 서바이벌 생활에 돌입하려 하는데, 특별시험은 그리 만만하지 않다——?! 대인기 크리에이터 콤비가 선사하는, 새로운 학원 묵시록 제3탄?!